에로스를 위한 청원

A Plea for Eros

시리 허스트베트 ———————————— 김선형 옮김

PLEA FOR EROS

예로스를 위한 청원

muʃintree
뮤진트리

▪ 일러두기

- 이 책은 Siri Hustvedt의 《A Plea for Eros》(Picador, 2006)를 우리말로 옮긴 것이다.
- 외래어는 국립국어원의 외래어 표기법에 따라 표기했다.
- 옮긴이의 주는 본문 하단에 각주로 표기했다.
- 책 제목은 《 》로, 잡지·논문·영화 제목은 〈 〉로 표기했다.

차례

욘더yonder, 여기와 저기 사이

1

언젠가 아버지는 '욘더yonder'가 어디 있는지 아느냐고 내게 물으셨다. 그래서 '욘더'는 '저기there'의 다른 말인 줄 알았다고 답했다. 아버지는 미소를 지으며 말씀하셨다. "아니야, '욘더'는 여기와 저기 사이에 있단다." 이 작은 이야기는 언어학적인 마술의 예로서 오래도록 내 기억에 남았다. 언어가 새로운 공간을 붙잡아 이름을 붙였다. 여기도 저기도 아닌 중간 지역. 이름이 붙여지기 전까지는 내게 존재하지도 않던 장소 말이다. 아버지가 '욘더'라는 말의 뜻을 간단하게 설명해주는 동안, 그리고 그 후로 그 기억을 떠올릴 때마다, 어떤 풍경이 내 마음속에 나타난다. 나는 작은 언덕마루에 서서 단 한 그루의 나무가 서 있는 탁 트인 계곡을 내려다보고 있고, 그 너머로는 낮은 산이나 언덕들이 겹친 지평이 펼쳐져 있다. 이 따분하지만 쓸모 있는 이미지는 내가 '욘더'라는 말을 떠올릴 때마다 되살아난다. 나중에 알게 됐지만 '욘더'는 언어학에서 '변형사shifter'라고 부르는 멋진 단어다. 이런 단어들은 발화자에 의해 발동되고 그에 따라 움직이는 특성이 있다. 언어학적 관점에서 보면, 사실 '욘더'에는 아무도 있을 수 없다는 의미다. '욘더'에 있는 나무에 다다르면 '욘더'는 '여기here'가 되고 영원히 그 상상의 지평으로 물러서 버린다. 나는 물컹물컹한 말들에 매혹을 느낀다. 내가 서 있는 자리에 따라 '여기'와 '저기'가 미끄러지고 미끄러져 간다는 사실에는 어쩐지 아련한 데가 있다. 말과 사물 사이의 얄팍한 관계와 언어가 지닌 기적적인 유연성을 둘 다 드러내 주기 때문이다.

솔직히 말해서 어떤 장소에 존재하는 것보다 그 자리에 부재하는 것이 더 내 마음을 강렬하게 끌어당긴다. 떠나고 나면 장소는 마음에 살게 되고, 다다르기 전에 우리는 장소를 상상한다. 그리고 저 '욘더'에 있는 내 나무 한 그루처럼 장소는 아무것도 없는 무에서 문득 회상되곤 한다. 이런 정신적 장소들은 "실제 지도"보다 훨씬 더 충만하게 내면의 삶을 그려주며, 여기와 저기의 경계를 구획하고 우리가 현재 바라보는 것에 형체를 부여한다. 내 사적인 지리는 다른 사람들과 마찬가지로 이 세계에서 엄청나게 넓은 부분을 배제한다. 미국 지도를 우뚝 솟은 맨해튼에서 시작해서 쭈그러져 잘 보이지도 않는 중서부·남부·서부를 표시하고, 그리고 로스앤젤레스를 중심으로 캘리포니아를 눈에 훨씬 잘 띄게 그린 유명한 만화가 솔 스타인버그의 지도 같은 것을 나도 가지고 있다. 내 삶에서 중요한 장소는 세 곳밖에 없다. 내가 태어나고 부모님과 세 여동생과 함께 살며 자란 미네소타주 노스필드, 우리 어머니와 아버지의 조부모님이 태어나신 노르웨이, 그리고 내가 지난 17년간 살아온 뉴욕시다.

어렸을 때 나의 지도에는 지역이 둘밖에 없었다. 미네소타와 노르웨이, 나의 이곳과 나의 저곳이었던 곳. 그리고 이 둘은 각자 별개의 장소로 존재했으나―노르웨이는 바다 건너 멀리 있었고 미네소타는 빤히 보이는 눈앞에서 일상의 지리를 구성하는 수천 가지 하위구획으로 나뉘어졌다―언어에서 서로 혼합되었다. 나는 영어를 말하기 전에 노르웨이어부터 배웠다. 말 그대로 어머니의 언어인 노르웨이어는 내게 유년기의 언어, 애정과 음식과 노래의 언어로 남아 있다. 나는 내 영어적인 사고와 산문 저변에서 노르웨이어의 리듬을 느낄 때가 자주 있고, 가끔은 노르웨이어 어휘가 침범해 들어오기도 한다. 내가 노르웨이어를 처음 배운 건 첫 돌 전에 외할머니가 노스필드에 와서 아홉 달 동안 함께 사셨기 때문이다. 그러나 외할머니가 고국에 돌아가신 후에는 영어를 배우고 노르웨이어를 잊었다. 언어를 다시 기억한 건 1959년 어머니, 여동생과 함께 노르웨이를 여행했을 때다. 나는 네 살이었고 여동생 리브는 불과 두 살 반이었지만 노르웨이에서 지낸 그 몇 달 동안 우리는 영어를 잊었다. 미네소타에 돌아와서는 영어를 기억하고 금세 다시 노르웨이어를 잊었다. 우리에게 잠든 언어가 되긴 했지만 노르웨이어는 우리 집안에서 명맥을 이어갔다. 부모님들은 서로 자주 노르웨이어로 대화했고, 리브와 나와 아스트리드와 잉그리드가 영어라고 생각하고 습관적으로 쓰는 단어들도 사실 노르웨이어였던 경우가 많다. 예를 들어 턱받침, 소시지, 오줌싸기, 엉덩이를 의미하는 노르웨이어 단어들은 다 영어를 잡아 삼켰다. 리브와 나는 친구들한테 무심코 이런 노르웨이어 단어를 썼다가 본 어리둥절한 표정에 놀랐던 기억이 생생하다. 자질구레한 유아용품, 먹을 것, 불가피한 화장실용 언어는 어머니와 단단히 연결되어 있어서 오로지 노르웨이어로만 존재했다. 내가 열두 살 때, 노르웨이 어문학 교수였던 아버지는 베르겐에서 안식년을 보내셨고, 노르웨이어가 순간 장면들처럼 삽시간에 내게 돌아왔다. 그 후로 노르웨이어는 완전히 자리를 잡았다. 우리 네 자매가 생활 자체를 노르웨이어로 옮긴 속도는 가히 경이로웠다. 그해 이후 우리는 노르웨이어로 놀고 생각하고 꿈을 꾸었다.

　나는 1972년 노르웨이로 돌아가 1년 동안 베르겐 김나지움에 다녔다. 그때는 가족이 함께 가지 않았다. 나는 교외의 삼촌 댁에 살면서 버스를 타고 통학했다. 처음 몇 주간은 가끔 꿈을 꾸었다. 내용은 기억나지 않지만 노르웨이어 꿈에 영어 자막이 달려 있었다. 언제나 그 꿈은 내게 림보로 떠오른다. 영화적 기호는 두 개의 문화와 두 개의 언어 사이에 존재하는 내 장소를 정확히 표현했다. 그러나 내 삶의 은유적 자막은 사라졌고 나는 꿈의 "원어"에 몰입했다. 내가 정말로 노르웨이어로 '삶을 영위하게 된' 지 이제 23년째가 되었다. 40년의 생애에서 내가 베르겐에서 살았던 기간이 3년도 채 안 되는데 일 분 일 초가 다 기억난다는 생각을 하면 나 스스로도 놀란다. 내가 말하는 노르웨이어는 베르겐 사투리가 너무 심해서, 우리 부모님조차 그것을 재미있어 한다. 그 사투리는 베르겐에서 보낸 세월의 진정한 유산이며 영원히 사라지지 않을 경험의 날인이다. 심지어 치매가 와도 그 기억은 잊히지 않을 공산이 크다. 노쇠해진 정신은 유년기의 언어로 복귀하는 경향이 짙기 때문이다. 그러나 내 안에 살아있는 노르웨이어는 베르겐의 기표일 뿐 아니라 미네소타 주 부모님 집의 기표이기도 하다. 의붓아들 다니엘은 아주 어렸을 때 나와 제 아버지를 대동하고 미네소타의 집에 가서 보내는 성탄절을 늘 고대하며 묻곤 했다. "우리 언제 노르웨이에 가요?"

언어가 장소의 가장 심오한 특징이라면,―나는 그렇다고 생각한다―잊었다 기억하는 내 유년기의 역사는 모든 이민자의 방언을 축소한 모형이다. '여기'와 '저기'는 무엇보다 기억으로 규정되는 끝없는 긴장 관계다. 3세대 노르웨이인인 아버지는 노르웨이어 억양으로 영어를 쓰는데, 이는 주로 노르웨이어로 말하며 미국에서 보낸 유년기의 증거다. 대양이 사이에 가로놓여 있었지만, 어머니와 아버지는 같은 언어를 쓰는 성장기를 보낸 것이다.

어머니는 서른 살 때 미국에 와서 영원히 살게 되었다. 지금은 미국 시민이고 투표를 할 때마다 다행이라고 생각하신다. 그러나 골드-워터가 당선되면 다음 날 첫 비행기를 타고 노르웨이로 돌아가겠다는 어머니의 협박은 내 기억에 강렬하게 남아 있다. 노르웨이는 언제나 거기 있어서 항상 부르고 있었다. 아버지는 풀브라이트 장학금을 받아 오슬로 대학에 유학을 가서 어머니를 만났다. 두 분이 만난 상세한 사연은 모른다. 다른 가족이라면 신화화되었을 이야기가 우리 집안에서는 사적인 비밀로 남았다. 언젠가 이모가 그 만남을 묘사하며 "첫눈에 반한 사랑"이라는 표현을 쓴 적이 있긴 하지만, 나로서는 두 분 만의 문제에 참견하며 오지랖을 떨 이유가 없었다. 오슬로는 파리는 아닐지라도 노스필드보다는 훨씬 큰 도시고 지방색도 덜하다. 따라서 어머니는 가족의 얼굴도 못 본 아버지와 결혼하러 장소를 옮기면서 틀림없이 앞으로 살게 될 장소를 상상했을 것이다. 불완전하나마 아버지가 설명해준 묘사에 의존해 마음속으로 어떤 세계를 그렸을 것이다. 그러나 상상의 세계가 실제 맞닥뜨린 세계와 부합했는가는 전혀 다른 얘기다. 확실한 점은 어머니가 하나의 세계를 등지고 떠나왔다는 것이다. 어린 시절 어머니는 노르웨이 최남단의 도시 만달에 살았고 (어머니만이 아니라) 모든 사람들의 이야기로 조합해볼 때 그 세월은 목가적이었다. 부모님과 형제자매와 함께 도시를 내려다보는 아름다운 집에 살았던 생애 초반 10년간에 대한 어머니의 추억은 너무나 아련한 행복으로 수놓아져 있어, 어머니는 상대적으로 나와 여동생들이 박탈감을 느낄까 봐 가끔은 말을 아끼기도 했다. 어머니가 열 살 때, 할아버지는 돈과 땅을 모두 잃었다. 친척의 사업에 연대보증을 섰다가 잘못된 것이다. 혼자라도 망하지 않고 살아남을 길이 있었지만 할아버지는 의리를 지켰고 남은 평생 자기 것도 아닌 부채를 갚았다. 이 사건이 어머니의 삶에서 가장 큰 분기점이 되었던 것 같다. 별안간, 돌이킬 수 없이, 어머니는 사랑했던 집에서 쫓겨나 다른 집으로 이사를 가야 했는데, 이는 땅이 갈라져 두 장소 사이에 건널 수 없는 균열이 생긴 거나 다름없었다. 가족은 오슬로 외곽의 아스킴으로 이사했고, 어머니의 말소리에 남부 사투리와 동부 사투리의 흔적 둘 다가 남아 있는 것도 이 때문이다. 균열의 양편에서 나온 소리가 뒤섞인 것이다. 나는 어머니가 만달에서 보낸 처음 10년 동안 행복했을 거라 믿어 의심치 않았다. 사랑 넘치는 부모님이 있고, 문밖으로 나가면 암벽과 산과 바다가 펼쳐졌다. 집안일을 덜어줄 하녀들이 있고 형제자매와 가족이 가까이 살았으며 성탄절은 집뿐만 아니라 탄테 안도라와 온켈 안드레아스의 집에서도—나는 이분들을 여러 번 상상했지만 내가 본 사진에서는 너무 젊은 모습이어서 어머니의 삼촌과 숙모 같지 않았다—길고 성대하게 치렀다. 그러나 내가 보기에는 잃어버렸기 때문에 낙원이 더 찬란하게 빛났던 것 같다. 어머니에게뿐만 아니라, 좀 이상하지만 내게도 그랬다. 내가 만달에 갈 때는 한 번도 비가 내린 적이 없는데, 이런 우연은 이상하기도 하지만 감정적으로도 울림이 남는다. 노르웨이 사람은 누구나 비에 염증을 느끼고 열정적으로 해를 찾아 헤매는데, 예를 들어 캘리포니아 같은 데서 온 사람이 보면 좀 안쓰러울 정도로 필사적이다. 그러나 1959년 우리가 어머니를 따라갔을 때는 전설적일 만큼 해가 쾌청하게 내리쬐던 여름이었고, 1991년 가족 모임을 위해 어머니와 자매들과 내 딸까지 다 함께 다시 찾았을 때도 며칠 연달아 햇살 밝은 날이 이어져 도시가 천국의 맑고 흠 없는 빛으로 환히 빛났다.

나는 할아버지를 생전에 뵌 적이 없다. 어머니가 열아홉 살 때 돌아가셨다. 사진들이 남아 있는데, 그중 한 장에서 할아버지는 어린 세 자녀를 태운 하얀 말을 마주 보고 서 있다. 눈에 그늘을 드리우는 밀짚모자를 쓰고 입술 사이에 담배를 물고 있다. 이 사진에서 눈에 확 들어오는 건 할아버지의 자세다. 당당하고 꼿꼿하며, 굳이 멋 부리려 하지 않아도 멋이 배어나는, 또 다른 자질이 드러난다. 할아버지는 생김새가 지적이었고 특히 눈빛에서 생각의 깊이가 느껴졌다. 할머니는 할아버지가 (다른 책은 거의 손도 대지 않을 정도로) 교회사와 키에르케고르를 탐독하셨다고 했다. 할머니는 할아버지를 우러러보았고 끝까지 재혼하지 않았다. 내 어머니의 어머니를 생각하면 목소리, 몸짓과 손길이 떠오른다. 모두 부드럽고 모두 세련되었다. 그리고 동시에 자유롭고 열정적으로 애정을 표현했다. 왠지는 잘 모르겠지만 나는 여동생들과 어머니, 아버지와 함께 할머니 집의 문으로 들어가던 열두 살 때의 기억이 굉장히 또렷하다. 겨울이라 어머니가 내 갈색 코트와 어울리는 흰 모자와 목도리를 새로 짜 주셨다. 할머니는 나를 반기며 내 뺨을 양손으로 감싸고 말씀하셨다. "흰색을 두르니까 정말 아름답구나, 우리 아가."

마지막으로 노르웨이에서 살던 때 나는 날마다 방과 후에 할머니를 찾아뵈었다. 할머니는 도시의 작고 오래된 공동묘지를 내려다보는 작은 아파트에 살고 계셨다. 할머니는 나를 보면 항상 기뻐하셨다. 안타깝지만 나는 그해에 음침하리만큼 심각한 사춘기를 겪고 있었고 포크너와 볼드윈, 키이츠와 마르크스를 똑같이 경외하는 마음으로 독파하는 소녀였다. 그러니 보나 마나 별로 유머 감각이 없는 말동무였을 것이다. 그러나 함께 있을 때 외할머니보다 더 좋은 사람은 아무도 없었고, 그 덕분에 나는 조금 활기를 찾았다. 우리는 커피를 마셨다. 우리는 이야기를 나누었다. 할머니는 노르웨이어로 읽은 찰스 디킨스를 사랑했다. 할머니가 돌아가시고 여러 해가 지난 후 나는 디킨스에 대해 논문을 썼다. 할머니는 그렇게 위대한 작가를 내가 연구한다고 하면 걱정하셨겠지만, 나는 어쩐지 그 영국인 작가를 공부하면서 내 노르웨이 뿌리로 돌아가는 이상한 느낌을 받았다.

나의 모르모르mormor(노르웨이에서는 모계와 부계를 지시하는 말이 다르다. mormor는 말 그대로 '어머니-어머니'를 뜻한다)는 내가 실제로 겪은 노르웨이의 중심을 차지했다. 구체적이고 일상적인 노르웨이, 하나의 고향으로서 노르웨이 말이다. 외할머니는 숙녀lady라는 단어의 옛날식 의미에서, 그러니까 신사gentleman에 상응하는 의미에서 숙녀였고 19세기 신사계급의 유산을 끝까지 간직한 사람이었다. 내가 독단적 정의감에 사로잡힌 사회주의자 단계에 깊이 매몰되어 있을 때 할머니가 부드러운 말씨로 했던 말이 잊히지 않는다. "너는 우리 집안에서 처음으로 메이데이 퍼레이드에 참가하는 사람일 거야." 할머니는 외출할 때마다 모자와 장갑을 반드시 챙겼고, 먼지 하나 없는 아파트를, 벽에 걸린 액자 하나하나까지 빠짐없이, 날마다 총채로 털었다. 그리고 청소해주시는 분이 친근한 호칭인 du를 써서 말을 걸자 충격을 받았다. 할머니의 작은 아파트는 생생히 기억난다. 우아한 파란색 소파, 벽에 걸린 그림과 사진, 반짝이는 테이블, 할머니의 앵무새 비튼리튼(이 이름은 '작은 것'이라고 번역해야 할 것 같다)이 사는 새 우리. 그리고 열렬한 애정으로 물건 하나하나를 낱낱이 기억한다. 할머니를 사랑하지 않았다면, 할머니가 우리 어머니를 아주 잘 사랑해주고 나를 사랑하지 않으셨다면, 물건은 그저 물건이었으리라. 모르모르가 돌아가신 후, 미네소타 우리 집 밖에서 어머니와 함께 산책할 때 어머니가 말씀하셨다. 할머니의 죽음으로 인해 가장 낯선 점은 어머니가 잘되기만을 바라던 존재가 더이상 세상에 없는 거라고. 어머니가 그 말씀을 하실 때 우리 둘이 서 있던 장소까지 기억 난다. 여름의 날씨, 열기로 살짝 타들어 간 풀, 우리 왼편의 숲을 기억한다. 흡사 내가 어머니의 말들을 그 특정한 풍경에 새겨 넣은 것만 같은데, 이상하게도 그 말들은 여전히 지워지지 않았다. 그 대화를 하고 얼마 되지 않아, 나는 할머니가 살아계셔서 내게 말을 거는 꿈을 꾸었다. 꿈속에서 뭐라고 하셨는 지는 기억나지 않지만, 어떤 사람이 죽었는데 갑자기 살아나 나 와 함께 있다는 사실을 꿈에서도 의식하는 그런 꿈이었다. 세세 한 구조 같은 건 잊어버렸지만 어떤 방안에 앉아 있는데 할머니 가 문을 열고 내게 걸어오셨던 건 확실하다. 할머니의 집 문을 열 고 들어갔던 내 기억과 흰색을 두른 내가 아름답다고 하셨던 할 머니 말을 공간적으로 뒤바꿔 놓은 꿈이었다. 할머니를 보고 얼 마나 뜨거운 기쁨을 느꼈는지도 기억한다.

내 딸 소피는 언제나 우리 어머니를 '모르모르'라고 불렀는데, 그보다 모계를 더 잘 환기하는 이름은 없다. 내게 '어머니-어머 니'는 한 사람에게서 다른 사람이 나오고 시간이 흐르면 같은 과 정이 반복되는 임신과 출산이라는 마술의 주문이다. 소피를 임 신했을 때 나는 그것이 육체가 복수성複數性을 띠는—하나에 둘 이 들어 있는—유일한 때라는 느낌을 받았다. 하지만 이것은 물 론 이전에도 일어난 사건이다. 애초에 내가 안에 들어 있는 사람 이었으니까. 자궁이라는 공간은 신비스럽다. 우리는 그 유동적 현실을 기억할 수 없지만 이제 태아가 목소리를 듣는다는 사실을 알게 되었다. 폭력적인 출산을 거치고 나면 (출산 강의, 호흡법, 출 산의례 같은 온갖 허튼소리로 출산의 폭력성이 없어지지는 않는다) 신 생아가 인식하는 어머니의 목소리가 그 최초의 야만적인 분리를 넘는 다리를 놓는다.

2

 원초적 공간, 모성의 공간이란 그 본질상 말이 되지 않는다. 그곳에서의 인간 경험은 미분화 상태이기 때문에 말로 옮길 수 없다. 그러나 그 공간은 우리 몸속에서 생명을 이어간다. 우리가 몸을 말고 잠을 잘 때, 먹을 때, 목욕이나 수영을 할 때도. 그리고 타인을 향한 우리의 육체적 욕망 속에 확실히 흔적을 남긴다. 이상적인 의미로 규정한 아버지의 공간은 다르다. 우리는 어머니'의' 것인 만큼 아버지'의' 것이기도 하지만 결코 아버지 '안에' 있지 않다. 그 분리는 명백하다. 진짜 사람들의 진짜 삶 속에서 이 거리는 과장되거나 축소된다. 우리 세대의 수많은 어린이들은 정도의 차이는 있으나 아버지의 부재 속에 성장했다. 나는 아니었다. 우리 아버지는 나와 동생들의 삶에 든든하게 존재하셨고 어머니와 마찬가지로 자신이 성장한 장소에 의해 형성된 인간이었다.

 아버지는 1922년 미네소타 주 캐넌폴즈에서 멀지 않은 통나무 집에서 태어났다. 그 집에 불이 나서 가족은 가까운 곳에 다른 집을 구해 이사했다. 우리 할머니와 할아버지께서는 내가 어렸을 때 줄곧 그 집에 사셨다. 그 집에는 끝까지 상수도 배관이 없었으나 앞마당에 펌프가 있었다. 나와 동생들은 그 녹슨 펌프를 정말 좋아했다. 몸이 너무 작아서 팔을 뻗어야 간신히 손잡이를 잡을 수 있었던 기억이 난다. 나는 양손을 다 쓰고 온몸의 체중을 실어서 펌프 손잡이를 여러 번 내리고 콸콸 쏟아질 물을 기다렸다. 아버지는 마구간 기금 모음, 퀼트 동아리, 떠돌이 행상, 스퀘어댄스, 말이 끄는 썰매의 세계를 기억한다. 아버지는 전 학년을 통틀어 교실이 하나뿐인 학교에 다녔고, 울란드 교회—언덕마루에 하얀 첨탑이 우뚝 서 있는 교회였다—에서 노르웨이어로 견진성사를 받았다. 내게 그 교회는 근거리의 기호다. 가족의 차를 타고 교회에 간다는 건 할아버지와 할머니 댁을 볼 수 있다는 의미였다. 교회는 일련의 랜드마크들 속에서 최후의 랜드마크였고, 나와 동생들은 그 교회에 '큰 언덕'이라는 참 창의적이기도 한 별명을 붙여주었다. 우리는 랜드마크마다 그런 창의적인 노래를 붙였다. "우리는 큰 언덕을 내려가요. 우리는 큰 언덕을 내려가요." 부모님은 몇 년이나 이런 우리를 참고 봐줘야 했다. 소도로로 17마일 거리를 가는 데 대충 삼십 분이 걸렸다. 동생들과 나는, 아이들이 대개 그렇듯, 반복과 의례의 동물이었다. 여러 번 다시 찾는 장소들은 성스럽고 매혹적인 자질을 띠었다. 조심스럽지만 내가 이런 단어들을 쓰는 이유는, 같은 땅을 그토록 여러 번 찾는다는 행위에는 어쩐지 의례적인 구석이 있기 때문이다. 루터교 주일학교와 동화의 소산인 우리는 성장기를 보낸 장소들에 우리가 가장 잘 아는 것들을 주입했다.

같은 언어를 공유했음에도 불구하고 아버지와 어머니가 성장한 세계는 아주 달랐다. 19세기 미국 중서부에서 형성된 노르웨이계 이민자 사회와 그들이 두고 온 나라는 물리적 거리뿐 아니라 문화적으로도 까마득히 멀었다. '작은 노르웨이'라 불리는 이민자 사회는 심지어 언어만 봐도 모국과 전혀 다른 방향으로 발전했다. 사람들이 원래 지니고 있던 사투리들은 대평원에서 전혀 다른 길을 걸었다. 노르웨이어에 상응하는 단어가 없는 영어 어휘가 노르웨이 구어口語에 도입되어 젠더를 갖게 되었다. 몇 세대에 걸쳐 미국에 사는 친척을 방문한 노르웨이 사람들은 고색창연한 발음과 문법에 놀랐다. 홈스테드 법으로 자영 농지를 불하받아 집과 땅을 가꾸며 살아온 유산, 대평원에서 원시적인 삶을 꾸려온 세월이 모국과의 실재적 거리와 결합해 노르웨이 본국보다 오히려 아메리카에서 19세기가 더 오랫동안 살아남았다.

내가 살아오는 동안 20에이커로 줄어든 우리 할아버지의 작은 농장은 우리들의 놀이터였지만, 심지어 어린애였는데도 나는 과거의 무게를 감지했다. 더이상 농사를 짓지 않는 땅뿐만 아니라 지역사회 전반에서 묵직한 과거가 느껴졌다. 나는 살면서 서서히 그 사회가 사라지는 것을 보았다. 노인들은 세상을 떠났다. 많은 소농장들이 농업기업에 팔리고 합병되었고, 상점에 들어가거나 이웃집을 방문해도 노르웨이어는 들리지 않는다. 할머니가 향년 아흔여덟에 돌아가시자 아버지가 장례식 추도사를 했다. 아버지는 할머니를 '최후의 개척자'라고 불렀다. 아버지는 모든 형태의 클리셰와 거짓 감정을 꺼린다. 그러니 그 말은 말뜻 그대로였다. 할머니는 초원의 삶을 기억하는 사람들 중 최후의 인물이었다. 당돌하고 거침없고 전적으로 합리적이지는 않은 여인이었던—특히 정치, 은행, 사회 문제에서는 몹시 비이성적이었다—할머니는 훌륭한 이야기꾼이었다. 군더더기 없이 신속하게 서사에 접근하면서도 적절하고 구체적인 세부사항을 빼놓지 않았다. 요즘 들어 그 이야기들을 테이프에 녹음해 놓지 않은 걸 후회할 때가 한두 번이 아니다. 우리 할머니 마틸다 운더달은 여섯 살 때 어머니를 잃었다. 우리 가족 사이에서 엄청나게 유명해진 이야기가 하나 있다. 지역 목사가 틸리 할머니(틸리는 마틸다의 애칭—옮긴이)에게 어머니의 죽음은 "하느님의 뜻"이라고 말하자, 할머니는 발을 쾅쾅 구르며 소리를 버럭버럭 질렀다. "아니야, 아니란 말이에요!" 할머니는 평생 종교적 신앙심에 의구심을 가졌다. 아는 사람들 여럿의 목숨을 앗아간 유행성 소아마비를 기억해낸 할머니는 짧고도 생생한 이야기를 통해, 그 역병을 내가 생생하게 느끼게 해주었다. 할머니가 자신의 아버지와 함께 창가에 앉아 있는데, 이웃집에서 두 개의 관이 운구되는 광경이 보였다. 관 하나는 커다랗고 하나는 작았다. 지켜보면서 할머니의 아버지가 나지막한 목소리로 말했다. "우리는 기도해야 한단다. 그리고 양파를 먹어야 해." 할머니는 개기일식을 기억했고, 세계의 종말이 닥쳤다는 말을 들었다고 했다. 일요일 예배용 외출복을 차려입고 집안에 앉아 손을 모으고 기다렸다. 할머니는 우물 속에 사는 '노켄' 이야기를 들은 기억을 떠올렸다. 노켄은 깊은 우물 속에 살면서 어린아이들을 끌고 내려가 잡아먹는 물의 괴물이라고 했다. 아이들한테 겁을 줘서 우물에 가까이 갔다가 익사하는 일이 없도록 하려는 의도가 분명했지만, 그 이야기를 듣고 호기심이 동한 어린 마틸다는 곧장 우물로 직행했다. 그리고 거기서 운명을 시험했다. 우물가에서 머리를 내밀고 길고 빨간 곱슬머리를 우물 안에 늘어뜨린 후 고집불통으로, 말 없는 공포 속에서, 노켄이 오기를 기다렸다.

그러나 유달리 내 마음에 오래 남은 이야기는 딱 한 번 들었던 짧은 일화다. 어렸을 때 할머니는 미네소타 주 오터테일 카운티에 있는 어떤 호숫가에 살았다. 그리고 겨울에 호수가 얼면 다른 아이들과 함께 썰매를 호수로 끌고 가서 돛을 달아 몰고 나가곤 했다. 무엇을 돛으로 썼는지 정확히 기억은 나지 않지만, 바람이 불면 돛이 팽팽하게 부풀어 얼음 위로 썰매를 몰고 갔고, 가끔은 엄청난 속도가 났다. 할머니가 이 이야기를 할 때 추억의 즐거움이 목소리를 타고 전해졌고, 나도 멀리서 그 썰매들을 볼 수 있었다. 얼어붙은 망망한 호수를 소리 없이 미끄러져 가는 서너 대의 썰매들. 아직도 나는 그렇게 상상한다. 아이들의 모습이나 목소리는 보이지도 들리지도 않는다. 할머니의 기억은 틀림없이 내가 할머니의 추억에 부여한 이미지와는 딴판으로, 병존 불가능할 정도로, 파격적으로 다를 것이다.

내 외증조부는 바다의 선장이었다. 지금은 삼촌이 갖고 있는 그 배의 그림이 있다. 배의 이름은 '마스Mars'였다. 어쩌면 나는 대양을 항해하는 그 거대한 범선의 그림을 미네소타 내륙의 얼음을 지치는 작은 배들과 연결했는지도 모른다. 틸리 할머니의 가족은 송네피오르sognefjord¹⁾의 운더달에서 왔다. 틸리 할머니는 그곳에 한 번도 가보지 못했지만 나는 부모님과 동생들과 함께 보트를 타고 협만을·여행할 때 운더달을 보았다. 협만의 산등성이가 워낙 가팔라서, 농부들은 아래쪽 마을로 내려갈 때 전통적으로 사다리를 사용했다. 운더달에는 아주 아담한 교회가 있었다. 보트에서 볼 때 하얀 건물은 흡사 인형 같았고, 그 이름은 내게 할머니뿐 아니라 그 미니어처 건물을 뜻하게 되었다.

친할아버지와 할머니는 경제 공황으로 큰 타격을 받았다. 물론 두 분만 그런 건 아니었지만 그때의 고생은 과거에도 지금도 아버지 삶의 형태를 좌우했다—이 사실만은 확신할 수 있다. 아버지는 함께 자란 사람들의 이야기를 아주 많이 들려주었지만, 아버지 내면의 삶과 그 속에 간직하고 있는 어떤 것들, 특히 가장 고통스러운 광경은 끝까지 내게 숨겼다. 아버지가 열 살 때 다른 농장에서 일하기 시작했다는 건 안다. 할머니가 돈을 벌기 위해 납작한 감자전인 렙세lefse를 만들어 팔았다는 것도 안다. 농장에 1200달러의 빚이 있었는데 공황이 닥치자 갚을 수 없게 되었다는 사실도 안다. 육십 에이커에 달하던 농장에서 사십 에이커의 땅이 사라졌다. 미합중국이 참전하자 할아버지는, 수많은 다른 사람들처럼, 지역의 군수공장에 취직했다는 사실도 안다. 그리고 워싱턴 주의 어느 소도시로 전근해 가족과 헤어졌다는 사실도.

---

1) 노르웨이 서해안에 있는 204킬로미터 길이의 노르웨이 최장의 피오르.

할아버지는 훗날 원자폭탄을 제조하게 될 공장의 건설 현장에서 일했다. 그러나 오랜 세월이 흐른 뒤까지 그 사실을 알지 못했다. 그 지역사회의 수많은 사람들이 골병을 무릅쓰고 일했지만 그런 노동으로는 기후나 경제의 대참사를 막을 수 없었고, 따라서 인명이 희생되었다. 사람들은 육체적으로 정신적으로 죽어갔다. 혹독하고 잔인한 구석이 너무나 많은 삶이었음은 두말 할 필요도 없을 정도지만, 그래도 그건 사실이었고 내가 아버지가 어린이로서 살았던 세계를 돌아보게 되었을 무렵에는 일종의 평형상태가 자리잡혀 있었다. 나는 할아버지의 농장이 얼마나 고요했는지를 기억한다. 하늘이 망망하고 들판이 허허롭고 농장을 가로질러 달리는 차가 없기 때문만은 아니었다. 내면의 고요함 또한 있었다.

노르웨이 서부의 소도시 보스를 굽어보는 높은 산맥 위에 내게 이름을 준 농장이 있다. 허스트베트Hustveit(노르웨이 발음으로는 후스베트에 가깝다—옮긴이). 언제부터인가 tveit는 tvedt가 되었는데, 공터라는 의미의 같은 말이지만 철자가 다를 뿐이다. 그 농장에 가본 적이 있다. 그곳은 현재 노르웨이 정부가 소유하고 관리한다. 허스트베트에 가려면 꼬박 산 하나를 올라야 하고, 그보다 더 미네소타 평원과 동떨어진 풍광은 상상하기 힘들다. 증조할아버지가 '아메리카Amerika'를 상상하며 무엇을 보았는지 궁금했다. 실제로 다다른 그 넓고 탁 트인 풍광을 마음의 눈으로도 보셨을까?

이민은 불가피하게 시행착오와 궤도수정을 초래한다. 내가 상상했던 모습, 그건 실제가 아니다. 좋든 나쁘든, 소정의 실수는 불가피하다.

동생들과 나는 우리 집안의 이민자가 저지른 실수에 대한 소박한 이야기를 듣는 것을 좋아했다. 할아버지의 사촌 중에 나와 동생들이 데이비드 할아버지라고 불렀던 분이 있는데, 스물두 살때 허스트베트를 떠나 혼자 아메리카로 향했다. 그는 1902년 8월에 엘리스 섬에 도착했다. 뉴욕시에서 첫날을 보내고는 혼돈과 색채와 군중에 혼비백산했다. 그런데 시내에서 사과를 파는 남자를 보았다. 한 번도 본 적 없는 아름답고 붉고 완벽한 사과들이었다. 돈이 거의 없었지만 그 탐스러운 사과를 한 알만 먹고 싶었다. 사과에 홀려 욕망의 노예가 된 데이비드 할아버지는 큰맘을 먹고 그것을 사고 말았다. 할아버지는 사과를 입에 가지고 가서 한 입 베어 물자마자 오만상을 찌푸리며 뱉고 말았다. 토마토였던 것이다. 데이비드 할아버지는 토마토를 본 적도 들은 적도 없었다. 동생들과 나는 이 이야기를 듣고 폭소를 터뜨렸다. 기대와 현실의 괴리라는 교훈이 어찌나 깔끔하게 담겨 있는지 우화로도 손색이 없었다. 토마토가 몸에 좋다는 사실은 논점이 될 수 없다. 사과를 먹게 될 거라고 생각하면, 토마토에 혐오감을 느낄 수밖에 없다. 뉴욕의 별명이 하필 '빅애플'이었고, 사과는 인간이 원죄를 짓고 낙원에서 쫓겨나게 된 과일이며, 유럽인들은 아메리카 대륙에 첫발을 들여놓은 순간부터 그 땅과 낙원을 연결하고 혼란스러워했다는 사실은 이 이야기를 신화로 메아리치게 만든다.

한편으로는, 파격적으로 뒤집히지만 않는다면 기대는 그 자체로 힘을 지닐 수 있고, 어떤 장소에 말 그대로 거기 없는 무언가를 줄 수 있다. 허스트베트를 보았을 때 나는 만달에 처음 갔을 때와 똑같은 외경심을 느꼈다. 물론 둘 다 엽서나 19세기 풍경화에 나올 법하게 아름다운 곳이지만, 나는 나 자신과 연결해서 과거를 상상했기에 그보다 덜 예뻤어도 그런 마음은 변하지 않았을 것이다. 만달에서 어머니와 나란히 걸으며 어머니가 자신의 어머니, 아버지, 형제자매와 함께 살았던 집으로 가는 길에, 나는 지금은 세상을 떠난 사람들, 특히 부모님을 추억하며 어린 시절 걸었던 그 길을 걷는 어머니의 마음이 어떨까 상상해보았다. 그러자 공감으로 내 안에서 깊은 감정이 꿈틀거렸다. 아버지는 허스트베트에 사신 적이 없고, 아버지의 아버지도 그곳에 살지 않았지만, 두 분 모두의 삶에서 그 장소의 존재감은 강했다. 1961년에 할아버지 라르스 허스트베트는 노르웨이의 친척 안나 허스트베트로부터 뜬금없이 약 850달러에 달하는 5850크라운을 상속받았다. 할아버지는 그 돈을 생애 처음이자 마지막 노르웨이 여행에 썼고, 그 여정에서 보스와 허스트베트를 방문했다. 그때 연세는 일흔넷이었다. 할아버지의 노르웨이 체류는 굉장한 성공이었다. 아버지 말씀으로는 할아버지가 허스트베트를 너무나 속속들이 잘 알고 있어서 친척들이 놀랐다고 한다. 할아버지는 어떤 건물이 어디 있는지 어떻게 생겼는지 정확히 알고 있었다. 할아버지의 아버지가 아들에게 자신의 고향에 대해 자세히 설명해줬던 것이다. 허스트베트는 과거에도 지금도 실재하는 장소이지만, 한편으로는 기원의 기호이기도 하다. 세대를 이어 이미지를 수반하고 전승하는 그 기호 하나가 무상한 자연과 정치에 만신창이가 되어 그곳을 떠나 다른 장소에 닻을 내리고 자식과 손주를 키운 사람들에게 마음의 지주가 되어주었던 시절이 있었음을 나는 믿어 의심치 않는다.

할아버지는 한 번도 본 적이 없는 광경을 기억했다. 다른 사람을 통해서 갖게 된 기억이었다. 구전으로 전해진 그 이미지가 놀라우리만큼 정확했다는 건 할아버지와 증조할아버지가 얼마나 훌륭한 분이었는지를 여실히 보여준다. 모든 이야기에는 일종의 정신적 대지坐地가 주어진다. 영어에서 "본다I see"가 "이해한다I understand"의 의미로 쓰이는 것은 우연이라 하기 어렵다. 우리는 우리가 듣는 이야기에 늘 그림을 부여한다. 어머니와 아버지 두 분 다 2차 세계대전을 몸으로 겪으셨다. 어머니는 나치 점령 하의 노르웨이에 있었고, 아버지는 뉴기니와 필리핀을 거쳐 미군정 하의 일본에서 군인으로 복무했다. 두 분 다 그 거대한 역사적 대변동의 안쪽에 있었다. 두 분에게는 그 사태의 시작에 대한 각자의 이야기가 있었는데, 나는 그 이야기들이 기묘하게 평행을 이루어서 둘 다 좋았다. 아버지는 세인트 올라프 대학(아버지는 훗날 이 대학의 교수가 되고 네 딸 중 세 딸이 이 학교의 학생이 된다) 1학년 1학기에 기말 리포트를 쓰느라고 열심히 정보를 기록해 둔 인덱

스카드로 뒤덮인 책상에 앉아 있다가 징집 영장을 우편으로 받았다. 아버지는 처음에 딱 떠오른 생각이 "잘됐네! 이 빌어먹을 리포트를 끝마치지 않아도 되니까!"였다고 내게 말했다. 아버지는 영장을 읽으며 죽음의 얼굴을 바라보지 않았다. 그건 나중의 일이었다. 어머니는 나치가 노르웨이를 침공한 1940년 4월 9일에 할머니가 자식들을 깨우며 이렇게 말했다고 전했다. "일어나. 전쟁 났다." 어머니는 두려움에 앞서, 오로지 강렬한 흥분을 느꼈다고 했다. 나는 나중에 마음속으로 이 두 이야기에 배경을 부여했다. 아버지와 인덱스카드들을 생각하면, 내가 학생일 때 친구가 살던 대학 기숙사에 앉아 있는 아버지 모습이 떠오른다. 허위의 배경이다. 아버지는 그곳에 살지 않으셨다. 나는 장소가 필요해서 무의식적으로 그곳에 아버지를 턱 갖다 놓은 것이다. 나는 전쟁 중에 어머니가 살았던 장소도 본 적이 없다. 하지만 빈 곳을 채우려고 내가 마음대로 꾸며낸 방에서 자식들을 깨우는 할머니의 모습은 눈앞에 떠올릴 수 있다. 창문으로 아침 햇살이 흘러들어오고 어머니가 눈을 뜨고 독일군이 노르웨이 땅을 밟았다는 걸 알게 되는 하얀 침대도 보인다.

어머니의 오빠들 두 분은 모두 노르웨이 지하조직에서 활동했고, 따라서 나는 삼촌들의 이야기에도 배경을 부여했다. 두 분 다 당시의 활동에 대해 한마디도 하지 않으셨지만, 어머니는 스베르 오빠가 마을의 학교 선생님과 이야기 나누는 걸 보고 즉시 알았다는 얘기를 한 적이 있다. 나는 벽돌 건물 근처에 서서 왜소한 대머리 남자와 이야기를 나누는 삼촌의 모습을 본다. 어머니는 이런 상세한 내용을 말해준 적이 없다. 내가 만들어냈으니 틀린 게 확실하지만, 그 이미지는 완강하다. 나는 어떤 식으로든 그 그림을 바꾸거나 꾸민 적이 없다. 전쟁 중에 스베르 삼촌은 나치가 그의 지하조직 활동을 보고받았다는 소식을 들었고, 스키를 타고 스웨덴으로 탈출했다. 그리고 전쟁이 끝날 때까지 줄곧 그곳에서 지냈다. 어머니와 여동생은 숲으로 삼촌을 데리고 갔고 손을 흔들어 작별인사를 했다. 이번에도 삼촌의 행방에 대한 말은 한마디도 없었다. 나는 앙상한 나무들 사이로 눈밭에 선 세 사람을 본다. 눈 밖으로 갈색 줄기들이 몇 개 튀어나와 있다. 등에 배낭을 멘 삼촌이 스키를 타고 출발해 폴대로 힘차게 밀어 앞으로 달려나간다. 그런 이미지의 기원은 추적이 불가능한 경우가 많지만 가끔은 조금만 생각해도 배후에 작동하는 연상의 논리를 추론할 수 있다. 삼촌이 있던 자리 근처의 건물이 벽돌일 가능성은 희박하다. 내 마음속 붉은 벽돌은 '학교 선생님'이라는 단어로부터 소환되었다. 내가 다녔던 모든 학교가 벽돌 건물이었다.

그리고 때로는 이야기를 하는 사람이 던져준 세부사항이 듣는 사람의 마음에서 자란다. 어머니가 내게 해준 감자 이야기가 그렇다. 4월 침공이 있고 이듬해 2월에 어머니는 9일 동안 독일군 감옥에 갇혔다. 어머니와 다른 학생들은 12월에 나치 점령에 대해 시위를 했었다. 나치 장교들이 학교에 와서 어머니를 체포했다. 어머니는 벌금을 내느니 차라리 감옥에 가기를 선택했다. 어머니는, 시기가 좀 더 나중이었다면, 시위자들은 독일로 보내져 아마 영영 돌아오지 못했을 거라고 자주 말씀하셨다. 하지만 곧 이 말도 덧붙였다. 좀 더 나중이었다면, 아마 아무도 그렇게 공개적으로 시위하겠다는 발상을 하지 못했을 거라고. 어렸을 때 나는 내 사랑하는 어여쁜 엄마가 감옥에 갇혀 있었다는 생각만 해도 분노와 자긍심이 복받쳐 올랐다. 노스필드에서 우리 엄마는 '감옥'에 갇혔었다고 자랑할 수 있는 아이는 나와 동생들뿐이었다. 어머니는 쇠창살 창문 하나, 침상, 소변과 대변을 받는 양동이 하나밖에 없는 작은 감방에 갇혀 있었다. 영화에서 본 것과 똑같았다. 음식은 형편없었다. 감자가 속까지 초록색이었다고 했다. 그 감자들은 내 마음속에서 감옥의 기표로 자리한다. 그 감옥을 상상하면 모든 게 사진처럼 흑백이지만 그 감자들만은 침침한 빛에도 초록색으로 빛난다. 겨우 9일밖에 되지 않았지만, 어머니는 부어오른 위장을 안고 출소했다.

아버지는 전쟁에 대해 극도로 말을 아꼈다. 이건 다 미친 짓이라고 거듭거듭 자신에게 타일러 말해야만 했다고, 그래야만 미치지 않고 제정신으로 살 수 있었다고 아버지가 내게 말한 적이 있다. 아버지가 들려준 이야기 하나가 내게 깊은 인상을 남겼다. 필리핀에서 복무할 때 아버지는 병이 났다. 병세가 위중해서 야전병원으로 이송되었다. 열이 워낙 높아 의식이 깜박깜박했기에 그 당시의 기억은 희미하다고 했다. 그러나 아버지가 깨어나 보니 자기 가슴에 '황열병'이라는 딱지가 붙어 있었다. 하지만 그건 오진이었다. 나는 아버지의 이 기억을 상상하면서 나 자신을 아버지에 대입하곤 한다. 나는 눈을 뜨고 여기가 어디인지 파악하려 한다. 야외에 임시로 설치된 병원의 침상에 누워 있고, 불구가 되거나 병에 걸린 다른 병사들이 들것에 누워 있다. 딱지는 노란색이다. 질병의 이름을 딱지의 색깔에 투사하는 건, 물론, 웃기는 일이지만 내 두뇌가 대담한 단순화 작업에 몰두하고 있는 게 분명하니, 내 눈에는 그렇게 보인다. 이 광경은 컬러로 펼쳐진다. 나는 당연히 세부사항을 전쟁영화에서 빌려왔고, 실제로 아버지가 계셨던 남쪽이 아니라 내가 봐서 아는 아시아 지역의 풍경, 즉 태국과 중국의 이미지를 가져왔다.

내가 왜 아버지의 이 이야기에서는 아버지의 몸속에 있는 나를 상상하고, 감옥에 있는 어머니의 이야기에서는 안 그럴까. 그건 우연이 아니라고 생각한다. 각 이야기에서 뚜렷하게 차별되는 의식의 수준에 상응하기 때문이다. 그 말은, 어머니에게 일어난 일을 이해하기 위해서는, 그 감옥으로 나 자신을 이동시켜서 그 안의 어머니를 보는 것으로 충분하다. 아버지에게 일어난 일을 이해하려면, 고열에 시달리다 깨어나 글자를 읽고 눈앞에 죽음이 닥쳐왔음을 알게 되는 상상을 해야 한다. 나는 아버지한테 이 이야기를 재차 확인했는데, 아버지는 그때 필리핀에는 황열병이 없었고 실제로 누가 그런 진단을 내렸는지 전혀 모른다고 한다. 사실은 딱지가 아니라 아버지가 노란색이었다. 말라리아와 간염이 겹쳐 극심한 황달 증세가 있었던 것이다. 아버지는 다른 이야기를 해주지 않았고 전투 자체의 공포에 대해서도 말이 없었다. 따라서 이 경험은 내게 전쟁의 본질적인 순간, 즉 자기 자신의 죽음을 바라보는 이야기가 되었다. 정확성이 이해에 항상 필요한 요소가 아니라는 주장을 할 수도 있다. 나는 감옥에 갇힌 적이 없고 군인이었던 적도 없지만, 이 사건과 장소들을 내가 할 수 있는 만큼 상상했고, 그리고 그 상상 덕택에 부모님에게 더 가까이 다가갈 수 있었다.

종전 후에 아버지는 제대군인 등록금 지원 프로그램을 통해 세인트 올라프 대학을 마쳤다. 당시 함께 학교에 다닌 수많은 제대군인들은 현재 이 대학의 전설이 되었다. 노르웨이 이민자가 설립한 미국 루터교회 계열의 세인트 올라프 대학에는 중서부 백인 중산층의 모범생 자녀들이 주로 다니며, 그들 중 상당수는 노르웨이 혈통이다. 야성적인 장소는 아니다. 춤은 1950년대까지 금지였다. 나도 그 대학에 다녔고 멋진 교수님들도 만났지만, 학생들은 전반적으로 졸리고 현실에 안주하는 부류다. 교수보다 더 보수적이라서 교수가 '다루기'도 쉬웠다. 아버지와 제대군인 동창들은 그렇지 않았다. 내가 누군가의 몹시 점잖은 '아빠'로 알았던 분이 기숙사 서까래에 매달려 말 그대로 그네를 탔다는 얘기를 아버지한테 들은 적이 있다. 나는 위스키 병을 들고 군중의 머리 위로 날아가는 그를 본다. 그러나 술병은 내가 집어넣은 꾸밈일 가능성이 있다. 전장에서 보낸 4년의 경험이, 속담대로, 그들을 남자로 만들었고, 그들은 학교를 거침없이 장악했다. 포커게

임과 타잔놀이만 한 게 아니라 지적인 허기도 굉장한 이들이었다. 이 일은 모두 사실인데도, 허구의 자질을 띠게 되었다. 나는 내가 들은 이야기들을 내 방식대로 읽고 서사로 구성했다. 서사는 고리가 연결된 사슬이기에, 나는 구멍과 간극과 비밀들을 신나게 뛰어넘으며 치열하게 연결했다. 그럼에도 나는 구멍들이 거기 있었다는 사실을 나 자신에게 상기시키려고 노력한다. 구멍들은 언제나 거기 있다. 타인의 삶뿐 아니라 나 자신의 삶에도.

나와 가장 가까운 사람들의 삶에 내가 짜 넣는 이야기와 그림들은 내 공감능력의 형상이다. 아버지는 자신이 가장 잘 아는 공간을 장악해 변화시켰지만, 그곳을 등지고 떠난 적은 없다. 아버지는 매디슨에 있는 위스콘신 대학에서 스칸디나비아 연구로 박사학위를 받았다. 책으로 엮여 나온 아버지의 논문은 맥나이트상 문학 부문을 수상했다. 그 논문은 미국 내 노르웨이인 이민자 사회의 유력자인 라스무스 비요른 안데르센[2]의 전기였다. 그 책은 한 인간의 전기일 뿐 아니라 어떤 시간과 장소의 이야기이기도 했다. 아버지는 특정한 사람들이 사는 한 채의 집이라는 협소한 의미에서가 아니라 하위문화라는 더 큰 의미에서 '집'을 이해하고 보존하는 일에 자신의 재능을 활용했다. 아버지의 '장소'—유년기의 세계, 내가 어린 시절 그 노인들에게서 일별한 세

---

2) Rasmus Bjorn Andersen(1846~1936), 미국의 작가, 교수, 편집자, 사업가이자 외교관. 바이킹 탐험가들이 신대륙을 발견했다는 주장을 대중화했다.

계—는 이제 종이에 불과하다고 주장해도 무방하다. 아버지는 삼 10년 이상 노르웨이계 미국인 역사 협회의 총무로 재직하셨다. 협회는 이민자 역사에 관한 책을 발간하는 일을 하지만, 한편으로 기록보관소이기도 하다. 오랜 세월 동안 아버지는 산처럼 쌓인 어지러운 서류 상자들을 정리해 편지, 신문, 일기, 일지 등에 주해를 달고 문서기록으로 만드는 일에 셀 수 없이 많은 시간을 바쳤다. 이것들은 사실이다. 더욱 흥미로운 건 아버지의 의지다. 과거를 꿰고 엮는 작업에 지칠 줄 모르고 헌신하는 태도다. '민족'을 위한 단순한 민족주의나 쇼비니즘은 논점에 어긋난다. 그 기록보관소는 영웅뿐 아니라 바보에 관한 정보도 제공한다. 무모한 개척자뿐 아니라 향수병에 걸려 죽거나 미친 사람들의 기록도 보관한다. 판판한 미네소타의 평원을 더이상 보면 죽을 것 같다고 생각했던 농부의 이야기도 나온다. 바윗돌을 파고 또 파서 농부는 떠나온 고향을 기리는 자기만의 산을 쌓았다. 어머니는 이 남자에게 자연스럽게 공감했고, 미네소타의 집 마당에서 커다란 바윗돌을 파냈을 때 버리지 않고 보관했다. 그 바위는 아직도 그곳에 있다. 어머니의 '노르웨이 산'이었다. 나도 아버지와 함께 기록보관소 참고문헌 목록 작업을 한 적이 있는데, 그때 나는 비로소 이해했다. 아버지가 평생을 바친 작업은 특정 사실을 카탈로그화함으로써 한 장소를 복원하는 일이었음을. 그 일은 적어도 취지에서는, 18세기 백과사전 편찬자들의 작업을 닮았다. 본질적으로 카탈로그는 항목 하나하나에 품위를 부여한다. 정치 팸플릿

이건 편지건 케이크 레시피건 가리지 않는다. 중요도는 다를지언정 각자는 큰 이야기의 일부이고, 서술은 민주적이다. 아버지가 이런 얘기는 한 번도 해준 적 없으나, 나는 또한 아버지의 작업은 아버지의 아버지를 위한 것이라고, 장소와 이야기의 복원을 통한 사랑의 행위라고 생각한다.

내가 기억하는 할아버지는 말씨가 부드러운 분이었다. 그리고 외할머니와 마찬가지로 나는 할아버지의 손길을 기억한다. 어린 아이였는데도 그 손이 유난히 부드러웠던 기억이 또렷하다. 할아버지에게는 투박한 구석이 하나도 없었고, 내가 그린 그림을 보여드리면 진중하고 고요한 얼굴에 생기가 돌던 모습도 기억이 난다. 할아버지는 잎담배를 썹었고 우리에게 특별한 간식으로 리본 캔디를 주었다. 나무를 패는 도끼에 손가락 넷을 잃었고, 그 뭉툭한 손마디는 나를 꼼짝 못하게 했지만 무섭지는 않았다. 할아버지를 생각하면, 그 집의 작은 거실에 있는 특정한 의자에 앉은 모습이 떠오른다. 할아버지는 내가 노르웨이에 있던 해인 1973년에 뇌일혈로 돌아가셨다. 나는 너무 멀리 있어서 장례식에 참석하지 못했다. 우리는 장거리 전화로 통화하는 가족이 아니었다. 그래서 편지로 그 소식을 받아보았다. 나는 그해에 부모님과 전화 통화를 딱 한 번 했다.

3

내 최초의 진짜 기억은 목욕탕에서 일어났다. 타일 바닥이 기억난다. 연한 색이었는데, 특정 색깔을 부여할 수는 없다. 나는 문을 지나 욕조에 있는 어머니에게로 걸어가고 있었다. 거품이 보인다. 사진이나 이야기에서 따온 가짜 기억이 아니라 진짜 기억이라는 걸 아는 이유는 그 목욕탕을 찍은 사진이 한 장도 없고, 욕조와 변기의 비율이 어린아이의 키에 부합하기 때문이다. 나는 거품에 매료되고, 어머니의 존재로 인해 강렬하고 단순한 쾌감이 내 안에 차오른다. 평생을 살면서 거품 욕조에서 오랜 시간을 보낸 적이 없는 어머니는 언제나 이 기억을 미심쩍어했다. 하지만 이 개별적이고 단편적인 기억 속에서 나는 내가 걸어가는 길을 본다. 복도, 작은 거실, 문을 지나 부엌으로. 그 경로를 어머니에게 설명했더니 그 방들이 매디슨에 있는 위스콘신 주립대학 근처의 대학원생 숙사와 일치한다고 확인해주었다. 내 나이 세 살 때였다.

첫 노르웨이 여행에 대한 추억도 있다. 가장 강렬한 기억은 빛과 색이었다. 나는 동생과 어머니와 이모와 함께 야외에 앉아 있다. 사촌들도 아마 같이 있었을 텐데, 그들에 대한 기억은 없다. 햇빛이 찬란해서 눈살을 찌푸려야 했다. 우리는 바로 물가에 있다. 베르겐 근방의 피오르인지 만달 앞바다인지는 전혀 모르겠다. 물이고 파랗다. 광활함이나 해변의 기억은 없고 나무와 바위만 기억나는 것으로 보아 피오르였을 것이다. 테이블은 하얗고,

테이블 위에 빛나는 소다 팝이 든 유리컵이 놓여 있다. 노란색과 빨간색. 그 브뤼스brus(노르웨이어로 '소다 팝'이라는 뜻인데, 이 단어는 그 후로 영영 잊지 않았다) 유리컵이 나를 기쁘게 하고 매혹한다. 나는 빨간색 소다를 그때 처음 봤다고 확신한다. 그리고 그 기억은 엄청나게 강렬하다. 분명히 노르웨이의 기적을 보고 있는 느낌이었으리라. 하얀 식탁 위에 놓인 그 빨간색 브뤼스 유리병은 그곳에서만 가능한 일의 기표로서 내 어린 시절 내내 은은하게 빛을 발했다. 부분적으로는 다섯 살인가 여섯 살 때 어머니에게 내가 했던 질문 때문인지도 모른다. 나는 "어째서 노르웨이에서는 모든 게 다 더 좋아?"라고 물었다. 나는 그 질문을 한 기억이 없지만, 어머니는 내가 그런 질문을 할 만큼 눈치 없는 아이였다고 장담한다. 불쌍한 우리 어머니는 이민의 삶을 잘못된 시선으로 표현했다는 결론을 내리고 앞으로는 두 나라를 비교할 때 좀 더 조심해야겠다는 다짐을 했다.

초기의 기억들은 유리된 경험의 조각들인데, 기억의 이유를 짚어 보려 하면 말로 옮기기 힘들 때가 많다. 틀을 지어줄 큰 서사가 없기 때문에 그 기억들은 표류한다. 하지만 한편으로 이 기억들은 바로 그런 이유로 후기의 기억들보다 더 순수한지도 모른다. 일상성이 기억에 들어오면, 장소들은 반복을 통해 마음속에 고정된다. 그러나 또한 얽히고설킨 풍부한 경험의 무게 때문에 풀어내기 어려울 때도 많다. 예를 들어, 나는 초등학교 때 다닌 롱펠로우 스쿨을 아주 잘 기억한다. 눈앞에 선한 복도들을 서로 연결할 수도 있다. 심지어 3학년 교실 밖의 화장실도 눈에 선하다. 회색으로 기억한다. 실제로 회색이었을 수 있는데, 내가 기억 속에서 채색했을 수도 있다. 그 건물의 내부에도 나는 역시 감정적인 색이기도 한 단색을 부여했다. 회색이었다. 가을(기나긴 여름을 사이에 두고 봄과 떨어져 있는 계절) 신학기가 되면 늘 들떠서 개학을 기다렸고, 어머니가 지어준 새 옷을 세 동생과 똑같이 맞춰 입고 스쿨버스까지 걸어가는 길도 좋아했지만, 학교 건물 그 자체에 대한 내 기억은 무겁고 억압적인 감정을 자아낸다. 다른 아이들보다 내가 유난히 학교에서 즐거워하지 않았던 건지 그건 모르겠다. 내가 학교가 싫다는 얘기를 했을 리가 없고, 즐거웠던 순간들도 뚜렷하게 기억하지만, 이 진실들이 그 장소에 대한 내 기억을 바꿀 수는 없다. 본능적인 반응이 거짓일 수도 있다고 말하려니 좀 기분이 나쁜 구석이 있지만, 나는 그럴 수도 있다고 생각한다. 감정은 일반적으로 언어보다 조야하다. 죄책감, 수치심, 다른 사람들한테 받는 상처는 몸에서는 놀랄 만큼 똑같은 느낌이다. 이성理性은 어린 시절 그 학교의 경험이 고통, 쾌감과 지루함의 복잡한 혼합물이라고 말하지만, 차를 몰고 그 옆을 지나거나 그 학교에 대해 생각을 떠올릴 때면, 건물 자체가 침울함에 휩싸여 있다.

여러 해가 지난 후, 나는 비슷하되 역전된 경험을 했다. 1978년부터 1986년까지 나는 컬럼비아 대학에서 대학원을 다녔다. 하지만 1981년에는 장래의 남편을 만났고 맨해튼 시내의 소호로 처음

이사를 했으며, 그다음에는 브루클린으로 갔다. 컬럼비아 대학 근처에 살던 처음 한두 해 동안 나는 매우 가난했다. 사실 나는 힘들고 멍청한 연애로 고생했고 형편없는 일자리를 전전하며 버텨야 했다. 그럼에도 나는 그 시절을 특별했던 것으로 기억하고, 그 무엇과도 바꾸지 않을 것이다. 지금도 그때 돈이 더 많았으면 좋았을 텐데, 하고 바라지 않는다. 누군가 그때 고생스럽냐고 물었다면 반항적으로 "아니요"라고 대답했을 것이다. 그 동네를 떠난 후로는, 돌아가 본 적이 거의 없다. 나는 논문지도 교수를 삼 년에 세 번 만났고 1986년 청명한 봄날에 심사를 받았다. 그 후로 나는 영원히 사라졌다. 몇 년이 지난 후에야 돌아왔는데, 남편 폴 오스터가 메종 프랑세즈에서 강연 요청을 받았기 때문이었다. 캠퍼스를 걷다 보니 슬픈 감정이 들었고, 마음속으로 내가 여기서 행복하지 않았다는 생각을 했다. 그리고 독회가 끝난 후 우리는 버틀러 도서관을 지나 걸었다. 어두웠지만 도서관의 불빛이 창문을 밝히고 있었다. 학생들이 책을 읽고 공부를 하고 있었고, 그 불 켜진 창문들이 내게 훌훌 날아갈 듯한, 근사한 기분을 선사했다. 내가 거기서—도서관에서—얼마나 행복했는지 처음으로 깨달았다. 버틀러는 좋은 도서관이다. 최고의 도서관이다. 멋지고 아름다운 방들이 있지만, 서고는 살갑지 않고 컴컴하다. 학생 때 어느 봄철에는 서고에 들어가기 전에 모든 여학생이 호루라기를 받았다. 노출증 환자가 불빛이 닿지 않는 어두컴컴한 복도를 배회하고 있었기 때문이다. 우리는 문제가 생기면 입술을 오므리고 힘차게 휘파람을 불라는 지시를 받았다. 나는 아직도 그 도서관에 대한 내 감정적 반응을 온전히 이해하지 못할뿐더러 신뢰하지도 않는다. 그곳은 학생으로뿐 아니라 인간으로서 내게 핵심적이었던 지적 깨달음들을 얻은 장소다. 나는 그 도서관에서 지그문트 프로이트와 에밀 벤베니스트와 로만 야콥슨과 미하일 바흐친을 읽었고 그로 인해 항구적으로 변화했다. 그러나 나는 또한 그곳에서 땀을 뻘뻘 흘리며 형편없는 리포트들을 써냈고 따분해하고 괴로워하고 짜증을 냈다. 내 마음은 눈앞의 작업에 머무르지 못하고 음식이나 돈이 없어 살 수 없는 옷이나 책상 저 끝에 앉아 있는 어떤 젊은 남자의 매력적인 팔이나 어깨를 배회했다. 그렇다면 버틀러 도서관을 보고 내가 감상에 젖어 울먹거리는 꼴이 되었다는 건 무슨 의미일까? 결국 떠나온 장소들이 감정적으로 단순해진다는 것은 그들이 고통이나 쾌감의 한 음만을 내는 것일 수 있는데, 이것은 그들이 결코 과거의 참모습이 될 수 없다는 의미다.

동시에 나는 도서관들이 내 삶에서 특별한 자리를 차지하고 있음을 아주 잘 알고 있다. 그리고 버틀러 도서관에 대한 내 갑작스러운 감정의 분출이 이어지는 곳이 대학원 시절의 내 삶만은 아니라는 것도 안다. 아버지는 역사 협회 일을 맡아 하시던 세인트올라프 대학의 룰바그 도서관 7층의 침침하고 먼지 쌓인 서고로 나와 동생들을 데려갔다. 그곳에 가기 위해서 새빨간 문과 접히고 펼쳐질 때마다 엄청나게 삐걱거리고 쿵쾅거리던 쇠살 접이문이 달린 오래된 엘리베이터를 탔다. 나는 이미 그때쯤 여주인공이 되어 있었다. 앨리스나 폴리아나나 동화의 아무 공주가 된 기분이었다. 그리고 책등과 어두운 조명으로 이루어진 그 풍광으로의 여행이 기묘한 모험담에 나오는 등장인물이 된 기분이 들게 했다. 어쩌면 나는 모든 도서관을 그 최초의 도서관과 연결하는지도 모른다. 아버지 책상 옆 마룻바닥에서 그림을 그리던 유년기의 경험. 도서관은 물론 실재하는 장소지만 또한 비실재적인 장소기도 하다. 그곳에서 벌어지는 일은 대체로 소리가 없다. 생각해 보니 나는 언제나 도서관의 속삭이는 측면, 쉿 하고 주의를 주는 사서들과 군중 속의 고독이라는 내 감정을 연결한 것 같다. 어머니 역시 아이들을 어느 정도 키워놓고 나서 세인트 올라프 도서관에서 파트타임으로 일했다. 어머니가 도서관에 취직했을 때 나는 학생이었다. 롤바그 도서관에서 잠을 자지는 않았어도 눈을 뜨고 사는 시간 대부분을 그곳의 열람석에서 보냈다. 그리고 어머니는 가끔 나를 보러 왔다. 어깨에 닿는 손길을 느끼면 어머니를 보게 될 거라 기대하며 고개를 돌렸다. 그 도서관에서 정기 간행물을 꽂아 넣는 일을 하기 수 년 전에, 어머니는 나를 위해 책을 찾아주었다. 어렸을 때 내게 가장 큰 감동을 준 영시와 소설을 소개해준 건 미국인 아버지가 아니라 노르웨이인 어머니였다. 어머니는 내가 열한 살 때 윌리엄 블레이크의《순수와 경험의 노래》를 주었다. 그 시들을 이해하지 못하면서도《이상한 나라의 앨리스》만큼이나 매료되어 공포와 쾌감이 뒤섞인 마음으로 읽고 또 읽었다. 어머니는 비슷한 시기에 에밀리 디킨슨의 시집도 주었다. 유명한 시들을 엮은 작은 초록색 판본이었는데, 나는 황홀경에 빠져 반쯤 넋을 놓고 그 시들을 거듭 읽었다. 그 시들은 내게 기이하고 사적인 비밀들이었다. 내가 사랑했던 건 그 시들의 소리였다는 생각이 든다. 나는 블레이크와 디킨슨의 언어들을 음식처럼 씹었다. 의미를 파악할 수 없을 때마저도 그 시들을 먹었다.

열세 살 때 《데이비드 코퍼필드》와 《제인 에어》와 《폭풍의 언덕》을 찾아 읽으라고 나를 도서관에 보낸 것도 어머니였다. 그리고 나는 오늘날까지 이 소설들 가운데 단 한 권도 극복하지 못하고 살고 있다 해도 과언이 아니다. 그때가 1968년 여름이었는데, 우리 가족은 아이슬란드에 있었다. 레이캬비크를 떠올리면 자동으로 내가 거기 그 집에서 데이비드였고 제인이었고 캐서린이었다는 생각이 따라 나온다. 해가 지지 않았기에 잠을 이루기가 어려웠다. 창가에 가서 침실 블라인드를 걷고 지붕 위에 떨어지는 오묘하고 섬뜩한 빛을 내다보았다. 대낮의 햇빛이 아니었다. 이전에 내가 본 적이 없고 그 후로도 보지 못한 뭔가 다른 빛이었다. 이 세상 같지 않은 아이슬란드의 풍광은 내게 이야기를 뜻하게 되었다. 아버지는 우리를 시골로 데리고 가서 북유럽 전설들의 배경지로 알려진 곳들을 보여주었다. 북유럽 전설은 허구지만, 배경은 지리적으로 정확하다. 아버지는 우리가 빌린 폭스바겐 버그를 멈춰 세웠다. 그리고 우리 여섯 명이 그 작은 차에서 한 사람씩 순서대로 내려 검은 현무암과 연기를 뿜는 간헐천과 초록색 이끼가 덮인 나무 한 그루 없는 땅에 서자, 아버지가 우리에게 《헤임스크링글라》의 주인공인 스노레가 죽은 곳을 보여주었다. "여기서 그의 목에 도끼가 떨어진 거야!" 아버지가 그 말을 하는 순간 나는 땅에 흐르는 붉은 피를 보았다. 아버지는 영웅들이 배회한 장소를 답사하지 않을 때면 도서관에서 그들에 관한 책을 읽었다. 나에게 도서관이라는 개념 자체는 아버지와 어머니에 연결된 것이고, 책들을 통한 나 자신의 변화라는 역사를 포함한다. 허구들은 내가 실제로 겪은 개인사 못지않게 나의 일부가 되었다.

4

데이비드 할아버지가 배에서 내려 엘리스 섬으로 걸어 들어가고 76년이 지난 후에, 내가 뉴욕 공항에 도착했다. 1978년 9월 초순의 일이다. 뉴욕에는 아는 사람이 한 명도 없었다. 짐가방이 무거웠음에도 아무도 나를 도와주지 않았는데, 미니애폴리스에서는 듣도 보도 못한 일이었다. 그러나 솔직히 말하자면 뉴요커들의 무관심마저도 전혀 기분 나쁘지 않았다. 나는 소도시의 삶, 시골의 생활을 영원히 떠나왔고 다시는 돌아갈 의향이 없었다. 내 고향이 싫어서가 아니라 내가 떠날 거라는 걸 늘 알고 있었기 때문이다. 떠난다는 건 내 인생 소망의 일부였고 모험을 떠날 운명을 타고난 사람이라는 자아 관념의 일환이었다. 그리고 내가 아는 한 모험은 미네소타의 농경지가 아니라 맨해튼의 도시 정글에서 벌어지는 것이었다. 이것이 내 길을 인도한 허구였고, 나는 그 허구를 실현하기로 작정했다. 할렘의 경계인 웨스트 123번가에 있는 인터내셔널 하우스에 좁은 방 하나를 빌렸다. 처음 사흘은 열병과 흡사한 상태로 《죄와 벌》을 다시 읽으며 보냈다. 잠을 이룰 수가 없었다. 내 방 창밖에서 들려오는 자동차와 사이렌과 청소트럭과 흥에 겨운 행인들 소리에 뜬눈으로 밤을 지새웠다. 친구도 없었다. 나는 행복했던가? 나는 미칠 듯 행복해서 어쩔 줄 몰랐다. 비좁은 방의 공간을 거의 다 차지하는 침대에 걸터앉아 정말로, 진짜로 여기 뉴욕에 와서 새로운 삶을 시작한다는 사실이 기뻐 감사 기도를 속삭였다. 나는 그 장소를 숭배했다. 그 아름다운 땅을 낱낱이 곱씹어 음미했다. 군중, 과일과 야채를 파는 노점상, 끝없이 이어지는 포장도로, 낙서, 심지어 쓰레기까지, 이 모든 것이 온몸이 부르르 떨리도록 좋았다. 두말할 필요도 없지만, 나의 희열에는 비이성적인 구석이 있었다. 도시의 낙원이라는 관념에 푹 빠져 뉴욕에 도착하지 않았더라면, 잠을 설쳐 기분이 나쁘거나 외롭고 길 잃은 느낌에 빠졌을 수도 있다. 그러나 나는 오히려 사랑에 푹 빠진 바보처럼 도시를 누비며 걸어 다녔고, '거기'와 '여기'의 차이를 한껏 들이마셨다. 나는 뉴욕 같은 곳은 정말 처음 보았다. 그 새로움이 창창한 내 미래의 약속을 품고 있었다. 내가 갈망했던 경험들—낭만적이고 도시적이고 지적인 경험들이 농밀하게 들어차 있었다. 그 순간을 돌아보면 나를 실망에서 구해준 건 내가 품었던 "크나큰 기대great expectations(찰스 디킨스의 소설 《위대한 유산》의 원제이기도 하다—옮긴이)"의 본질이었다. 솔직히 나는 안정이나 행복을 찾고 싶다는 관습적 사고에 전혀 부담을 느끼지 않았다. 내 인생의 그 시기, 심지어 "행복하던"그때에도, 행복을 기대했던 건 아니었다. 그런 건 나보다 덜 낭만적인 사람들을 위한 것이었다. 나는 부자가 되고, 배불리 먹고, 모두에게 친절한 대접을 받을 거라 기대하지 않았다. 심오하고 충만하게 살고, 이 도시가 나를 위해 간직한 게 무엇이든 기꺼이 받아안기를 원했다. 이것이 수차례의 정서적인 타박상과 심지어 한두 번의 쇼크를 의미한다 해도, 충분히 잘 또는 충분히 자주 먹지 못하는 걸 의미한다 해도, 끔찍한 일자리들의 난장을 의미한다 해도, 그래도 좋았다, 얼마든지.

시간이 자기 자신을 낭만적 여주인공으로 상상했던 그 젊은 여인을 코믹 캐릭터에 가까운 모습으로 바꾸어 버린 것 같지만, 나는 여전히 그때 그 여인을 좋아한다. 어쨌든 우리는 친척이니까 (relatives, '연결되어 있다'는 어감을 중의적으로 간직한 표현이다—옮긴이). 내가 실제로 살았던 모든 장소와 마찬가지로, 뉴욕시는 내게 '맥락'이나 '배경' 이상이다. 뉴욕에 도착한 후 몇 주일 내에 나는 다른 사람이 되었다. 심리상태에 파격적 변화나 외상이 있었기 때문이 아니라 단순히 다음과 같은 이유였다: 사람들이 나를 바라보는 관점이 전례 없이 새로웠다. 부모님과 동생들과 함께 있을 때는 늘 마음이 편했지만, 또래 친구들과 있을 때는 편안한 느낌을 받은 적이 없었다. 대학에 다닐 무렵에는 내가 안이 아니라 밖에 존재한다는 느낌이 강렬했다. 어느 정도까지는 내가 자초한 일이고 남과 다르다는 사실에 자부심을 느끼기도 했지만, 솔직히 털어놓자면 "이상하다"는 시선에 상처받고 놀라기도 했다. 사랑하는 친구들도 있고 사랑하는 교수님들도 있었지만, 내 성격을 야성적이라거나, 수도승처럼 근면하다거나, 그냥 한 마디로 괴상하다고 단정 짓는 뜬소문들이 대학 시절 내내 나를 괴롭혔다. 아버지가 미소를 지으며 어떤 제자가 나를 "아주 유니크하다"고 표현했다고 말씀하신 기억이 떠오른다. 뉴욕에서는 이런 일이 뚝 그쳤다. 내가 지닌 이국적 매력은—정확히 뭔지 몰라도 아무튼—중서부 출신다운 내 진지함과 세속적으로 세련되지 못한 면모에서 나왔다. 자아의 변화는 자기가 있는 장소와 관련이 있고, 정체성은 타자에게 의존한다. 미네소타에서 나는 언제나 싸울 준비를 하고 있었다. 진실보다 '착함'을 앞세우고 '동일'이나 '무관용'으로 변질된 '평등'의 관념에 젖어 헤어 나오지 못하는 문화에 반발했다. 이 문화는 병자나 죽어가는 사람들, 못생기거나 장애가 있는 사람들이 아니라 재능이나 미모나 지성이 발군인 사람들을 참아주지 못했다. 그곳은 "콧대 높은 사람들"을 납작하게 두드려 팼다. 찰나의 허세도 못 봐주는 그곳에서, 자기가 조지 엘리어트와 《그림자 없는 사나이The Thin Man》의 여주인공 노라 찰스를 섞어놓은 인물이라 믿는 여자아이의 삶은 힘들 수밖에 없었다. 미네소타에서 나는 공급이 딸리는 모든 자질들—작위성, 아이러니, 과장된 연극성, 치열한 지적 논쟁, 화려한 원색의 립스틱까지—을 절실하게 욕망했다.

뉴욕에서는 '착함'이 최우선의 가치가 아니었고 '선함' 역시 뒷전이었다. '선함'은 내가 허심탄회하게, 한 점 부끄럼 없이, 내 목숨을 바쳐서라도 지키고자 하는 가치다. 나는 새로운 세계에 적응하기 위해 방향감각을 재조정해야 했다. 이를테면, 나는 순진하게도 사람들 대부분이 종교적 교육을 받았고 그들의 삶에 종교가 확고한 사실로 남아 윤리적 생활의 토대를 제공한다고 추정했다. 그러나 문학 수업에서 구약 성경을 과제로 받았을 때 같이 공부하던 학생들 대다수가 창세기를 한 번도 읽어본 적 없다는 걸 알고 충격을 받았다. 그럼에도 나는 뉴욕에서 '괴짜 왕따'는 아니었다. 뉴욕은 세상의 모든 괴짜들을 수용하거나 묵살하는 도시였다. 일상의 삶은 혹독했지만—항상 길거리를 떠나지 못하는 헐벗고 춥고 쓰라린 느낌이 있었다. 내가 살던 아파트 자체가 길거리에 나앉은 형상이었다—뉴욕에서는 편안했다. 이처럼 "마침내 집에 온" 느낌은 그 도시에 대해 내가 갖고 있던 관념, 책과 영화와 연극으로 빚어진 관념, 무한한 가능성이라는 관념과 일치했다.

그러나 여기에 살러 온 사람들에게 뉴욕이 어떤 도시인지 내가 알게 된 계기가 있다. 맨해튼에 살게 된 지 2년째였다. 장래의 남편을 만나 사귀고 있었고, 우리는 웨스트베스에 저녁 초대를 받아 갔다. 웨스트빌리지에 예술가들의 집을 마련해주는 프로젝트였다. 나는 그곳에 있어 그런 사람들과 어울리게 되어 기뻤다. 나는 사랑에 빠져 있었다. 행복을 추구하지 않으면서도 행복했다. 뭔가 바보 같은 차림을 했던 게 어렴풋이 기억나는데, 아무도 신경 쓰지 않았다. 식탁에 둘러앉은 사람들 모두가 내게는 경이롭기만 했다. 하지만 그중에서도 그날 밤 특히 반짝거렸던 한 남자가 있었다. 내 눈에는 노엘 카워드의 희곡에서 방금 걸어 나온 사람처럼 보였다. 그가 뱉는 농담은 재치 있었고, 대꾸는 날카로웠으며, 매너는 무심하고 도도했다. 그는 앤디 워홀에 관한 책을 썼다고 했다. 전혀 놀랍지 않았다. 그는 내 눈길이 닿은 사람들 가운데 가장 도회적인 인간이었다. 그래서 나는 소리 내어 웃고 미소를 지었고 마치 미란다가 된 기분이었다. "인류는 얼마나 아름다운가. 아 이토록 근사한 사람들이 사는 이 멋진 신세계여."[3] 대화는 다 그렇듯 이리저리 종작없이 헤맸고, 사람들은 자기가 자란 곳에 대해 말하기 시작했다. 내 기억이 정확하다면 뉴욕시에서 태어나 자란 사람은 아무도 없었다. 그런데 나의 우상은, 교양과 위트의 신과 같은 이 사람은, 어디서 불쑥 솟아났을까? 유년기와 청소년기를 어디에서 보냈을까? 미네소타 주 노스필드였다. 나보다 몇 살 연상이라 그를 알지 못했지만, 정말이었다. 그와 나

---

3) 셰익스피어의 희곡 《폭풍우》에 나오는 마술사 프로스페로의 딸인 미란다가 태어나 처음으로 젊은 청년 퍼디난드 왕자를 보고 사랑에 빠지는 장면에 나오는 대사다.

는 같은 소도시에서 자랐던 것이다. 뉴욕시는 사람들이 자아를 창조하고, 재창조하고, 원하는 사람이 되는 데 필요한 여유를 찾으러 오는 곳이다. 허구가 자유롭고 풍요롭게 뛰놀고, 어느 정도 자아를 위장해도 용인해 주고, 페르소나나 삶의 방식을 가꾸는 행위를 허락하고 심지어 장려한다. 이것이 영광스러운 도회적 자유와 무관심이다. 당연히 단점도 있다. 어느 여름 나는 혼자 뉴욕에 있었다. 친구들은 모두 도시의 열기를 피해 도망갔다. 그때 그런 생각을 했던 기억이 난다. 내가 지금 당장 이 아파트에서 죽는다면, 누군가 알아차릴 때까지 얼마나 걸릴까?

이제 나는 브루클린에 살고 있다. 방문객은 없어도 아주 많은 사람들이 사는 곳이다. 브루클린은 맨해튼보다 인종과 문화가 다양하다. 건물은 더 낮다. 나무들도 더 많다. 나는 우리 동네인 파크 슬로프에 열심히 정을 붙였고 충성스럽게 옹호한다. 그러나 오랜 시간 브루클린에 살면서, 나는 다른 장소들에 대해 글을 썼다. 여기서 나는 《당신을 믿고 추락하는 밤》이라는 책을 썼다. 컬럼비아 대학 근처에 살면서 여러 별스러운 모험을 겪는 젊은 여자에 관한 책이었다. 그 여자와 나는 같은 사람이 아니지만, 그 여자는 나와 가깝다. 그리고 나는 그녀를 옛날에 내가 살던 아파트에 살게 했다. 웨스트 109번가에 월세로 빌렸던 그 아파트 말이다. 그 여자의 이야기들을 쓸 때는 너무나 잘 아는 거리의 내 아파트에 있는 그녀가 보였다. 그녀가 한 일은 내가 했던 일이 아니지만, 그녀를 그 아파트에 살게 하지 않았다면 그 책을 못 썼을

것 같다. 그리고 내가 여전히 거기 살고 있었다면 역시 그 책을
쓸 수 없었을 것이다.

5

신비평이나 구조주의나 해체주의 얘기를 듣기 오래전부터, 교
사들은 허구의 요소로 '배경'을 들어 가르치는 걸 좋아했다. 배경
이 나오면 '테마'와 '캐릭터'가 따라 나왔다. 폴[4]과 내가 언제부
터 허구 속의 장소에 대한 논의를 시작했고, 어떻게 해서《오만과
편견》에 대한 남편의 깜짝 놀랄 발언까지로 이어졌는지는 기억나
지 않는다. 그러나 오스틴의 소설은 뉴저지에 있는 자기 부모님
의 집을 배경으로 한다고 폴이 말했던 기억만큼은 또렷하다. 자
존감이 있는 중학교 교사라면 '배경'에 대해 그런 발언에 코웃음
을 쳤겠지만, 나는 나 또한 셀린의 소설《빚에 몰린 죽음Death on
the Installment Plan》을 읽으며 똑같이 했던 기억이 났다. 페르디낭
이 마침내 숙부의 집에 숨게 되었을 때, 나는 캐넌폴즈 교외에 있
던 우리 할아버지의 작고 하얀 집에 있는 그를 상상했다. 페르디
낭은 1층 거실에 붙어 있는 작은 침실에서 "예, 숙부님"이라고 말
한다. 18세기 후반 잉글랜드 신사계급의 응접실과 20세기 중반

---

4) 남편인 폴 오스터를 말한다.

의 뉴저지 교외의 거실 사이의 괴리, 혹은 20세기 초반 프랑스 시골의 거실과 중서부 농업도시의 간극은 분명하다. 내가 놀랍다고 생각한 건, 정확히 어떤 일을 했는지 생각해 보기 전까지는 몰랐다는 점이었다. 읽을 때 우리는 본다. 그 이미지들은 노력해서 만들어내는 게 아니다. 텍스트의 경험을 통해 저절로 눈앞에 나타나고, 웬만해서 따져보지도 않는다. 소환되는 그림들은 우리를 떼밀어 전진하게 하며, 내 생각에는, '욘더'라는 말의 이미지와 몹시 비슷하다. 그 이미지들이 맡은 기능이 있다. 그리고 내가 간직한 지하조직의 동료와 이야기를 나누는 외삼촌의 그림처럼, 미완성일 수도 있다. 생전에 본 적이 있기에 외삼촌의 얼굴은 알지만, 학교 선생님의 얼굴은 대머리 말고는 흐릿한 공백이다.

그러나 허구의 인물들이 내 마음의 본토를 부단히 침공해 짓밟는 건 아니다. 이미지의 출처가 불분명한 경우도 빈번하다.《미들마치》[5]는 내가 여러 번 읽은 책이고, 도로테아가 캐소본과 함께 로마에 가는 대목에서 나는 언제나 똑같은 그림을 연상한다. 이 사실은 중요하다. 내가 실제로 로마에 가보기 이전에도 이후에도 그 책을 읽었는데, 현실의 도시가 내가 상상 속에서 도로테아에게 지어준 도시를 전혀 뒤흔들지 못했다는 뜻이기 때문이다. 엘리엇이《미들마치》에서 그린 로마는 내게 본질적으로 무대 세트다. 공허하고 죽은 도시의 장벽은 돌처럼 보이게 칠한 카드보

---

5) Middlemarch, 영국의 소설가 조지 엘리엇의 소설.

드로 지어졌다. 이 이미지는 어떤 면에서 뒤틀리고 비뚤어져 있으나, 내가 보는 건 은유로서의 건축물이다. 도로테아의 끔찍한 실수는 거짓되고 무능한 것에서 진실과 힘을 보는 데 있다. 그리고 나의 작위적인 로마는 신혼여행에서 얻는 깨달음을 사건의 배경이 되는 도시로 확장한다. 나는 뭔가를 읽을 때면 방탕하고 호사스럽게 세계를 약탈한다. 실제의 세계와 가상의 세계를 누비며 강도질을 하고, 영화에서 엽서에서 그림에서 심지어 만화에서 이미지들을 빼앗아온다. 그리고 어떤 책을 생각하면, 특히 내게 소중한 책을 생각하면, 내가 도둑질한 그 장소들을 다시 보고 감동을 받는다. 어쨌든, 폴이 제인 오스틴의 정교한 사회적 담화와 윤리적 드라마를 부모님 집의 거실로 상상한 데는 이유가 있다. 그에게는 비슷한 대화의 현장이었던 것이다. 거실에서는 여러 가지 일들이 일어난다. 페르디낭이 최후로 선택한 전원의 피신처가 우리 할아버지의 집이었던 이유를 살펴보면, 그곳이 내게는 아버지의 집이기 때문이다. 그리고 그 불쌍한 소년이 황당무계하고 가슴 아픈 모험을 한 후에 마침내 아버지와 같은 존재인 그의 숙부에게서 위로를 얻기 때문이다.

독서의 장소는 말하자면 '욘더'의 세계, 여기도 저기도 아닌 장소, 실재와 허구를 아울러 모든 의미의 경험을 조각조각 짜깁기해 만든 장소다. 실재와 현실이라는 두 범주는 깊이 생각할수록 서로 분리하기 어려워진다. 등록금과 생활비를 벌기 위해 대학원생으로 교수의 연구를 돕던 중에 나는 쿡 선장의 전설적인 항해 동안 기록된 일기에서 발췌한 글을 읽게 되었다. 그 원정에서 선장과 선원들 모두 화산을 보았다. 이 화산의 모습을 쿡 선장 본인과 배에 타고 있던 청년이 각자 묘사했다. 이 두 묘사의 차이에 나는 놀라고 말았다. 쿡은 계몽주의의 냉정하고 과학적인 산문으로 화산을 보고하지만, 청년은 똑같은 광경을 이미 낭만주의의 코드를 담은 황홀한 어조로 그려낸다. 두 사람은 같은 방향을 보고 있었으나, 그들이 본 것은 같은 사건이 아니었다. 각자는 보는 행위에 대해 그 나름의 언어를 갖고 있었고, 그 언어가 눈에 보이는 광경vision을 규정했다. 우리 모두는 그 두 사람과 마찬가지로 비전을 물려받는다. 두 남자는 나란히 서 있었으나 지적인 균열로 갈라서 있었다. 서방세계의 거주민인 우리로서는 낭만주의 이전의 자연을 상상한다는 게 거의 불가능하다. 노르웨이 서부의 산악 지역에 대한 나의 감정은 분명 우리 가족의 역사로 인해 형성되었겠지만, 또한 낭만주의의 영향도 받았다. 이제 산을 보고 단순히 짜증 나게 길을 막는 장애물이라고 생각하는 사람은 없다. 산 공기를 마시고 가슴을 두드리고 험준한 풍광의 아름다움을 한껏 들이마신다. 하지만 거친 바위산과 깎아지른 절벽을 숭고의 형상이라 불렀던 낭만주의자들에게서가 아니라면 이게 다 어디에서 온 걸까? 벌거벗은 장소는 없다. 유아기에는 아무 꾸밈없이 장소를 체험할지 모르지만, 기억이 없으니 닿을 수도 없다.

딸을 낳고 나서 나는 갓 엄마가 된 희열에 복받쳐 날아갈 듯 아파트를 돌아다녔다. 사랑하는 우리 아기의 작은 얼굴을 아무리 들여다봐도 부족했고, 아무리 봐도 더 보고 싶었다. 그래서 아기가 낮잠을 자면 살금살금 방에 들어가서 넋을 잃고 내려다보곤 했다. 그러나 아이를 보고 있다 보면, 그 애가 보는 세상은 어떨까 궁금해졌다. 그 애는 어디서 자기가 시작되고 끝나는지 몰랐고, 그렇게 재미있어하는 발가락들이 제 몸에 달려 있다는 것도 몰랐다. 그러나 아이들은 연결을 금세 배운다. 어머니의 존재와 부재를 통해서, 울음의 응답을 통해서, 미소의 화답을 통해서, 언어는 아니지만 언어 같은 소리를 통해서 일찌감치 의미가 조성된다. 그리고 그다음에 빠진 부분에 대한 반응으로 말이 나타난다. 이제 여덟 살이 된 소피는 자아를 형성하는 허구들이 빽빽하게 들어찬 세계에 살고 있어 남편과 나를 항상 즐겁게 한다. 그 애는 머리에 스카프를 두르고 손에 컵을 들고 구걸하는 가난한 아낙이다. 잃어버린 사랑에 관한 가사를 구성지게 뽑는 컨트리-웨스턴 가수다. 〈서머스톡〉이라는 무명의 뮤지컬에 나오는 주디 갈런드다. 그 애는 삐삐 롱스타킹이다. 그린 게이블스의 앤이다. 맹렬한 기세로 아이를 돌보는 엄마가 되어 기저귀를 갈고 트림을 시키고 낮잠 자는 천사를 깨워 어르고 노래하고 토닥거리고 걸음마를 시킨다. '아기'는 실제 아기 크기의 플라스틱이고 프랑스에서 제조되었다.

우리가 '유희'라고 부르는 온갖 파격적인 페르소나의 실험을 위해, 아이들은 장소를 판다. 어른보다 더 한 장소에 머물러 있기를 좋아하고, 반복의 형태를 띠는 질서를 사랑한다. 아이들은 집과 방들, 친숙한 사물에 애착을 형성하고 변화를 싫어한다. 폴과 나의 가까운 친구 아들이 좋은 사례다. 그 애는 화가인 아버지와 함께 다운타운 맨해튼의 로프트에서 수년을 살았다. 로프트의 목욕탕은 바닥이 다 망가져 형편없는 몰골이었다. 그래서 수리를 했더니 아들이 슬퍼했다. "그 낡은 화장실 바닥은 내 친구였단 말이에요." 실내장식을 바꾸려는 부모가 아이들의 끔찍한 반대에 부딪히는 일은 자주 있다. 딸아이는 8년의 생애에서 딱 한 번 이사했다. 브루클린의 작은 아파트에서 한 블록 반 정도 떨어진 커다란 브라운스톤 주택으로 옮겼다. 우리가 딸에게 새 집을 보여주자 아이는 싫어했다. 그 집에 있는 이상한 가구들이 걱정된다고 했다. 우리에게 집을 판 사람이 자기 세간을 두고 갈 거라고 상상하고, 그 낯선 물건들이 자기를 불편하게 만들 것으로 생각하는 것 같았다. 그다음에는 자기 방을 포함한 집안 페인트칠을 견뎌내야 했다. 페인트칠은 이삼 주쯤 걸렸는데 딸은 그것도 싫어했다. 그러나 일단 그곳에 자리를 잡고 장난감들을 늘어놓고 나자 아이는 접착제로 붙인 것처럼 그 장소에 딱 달라붙었고 옛날 방에 느꼈던 애정을 다 쏟아부었다. 삶에서 꼭 필요한 방향감각으로서 형상들―공간적·언어적으로―의 힘은 아무리 높이 평가해도 지나치지 않다.

그리고 밤마다 나는 딸에게 책을 읽어주었다. 우리는 헤아릴 수 없는 책들을 함께 헤치고 나아갔다. 《오즈》 전집 열네 권, 《빨강머리 앤》 다섯 권, 《나니아Narnia 연작》, 무민트롤에 대한 책들

전권, E. 네스비트와 로이드 알렉산더와 전 세계의 동화들을 읽었다. 책읽기는 그 자체로 장소와 연결된 의례였고, 딸이 이를 닦고 잠이 들기 전에 일어나는 사건이었다. 아무리 무서운 이야기라도, 혹은 아무리 동일시가 깊다 해도 (소피는 숨을 헉 몰아쉬고, 부르르 떨고, 아주 가끔은, 우리가 책을 읽는 동안 큰 소리로 울기도 한다) 적어도 그애의 몸은 안전하게 침대 안에 있다. 의례 안에서 장소의 특수성이 바로 이 이야기들의 슬픔·공포·흥분을 참아낼 수 있게 해주고, 나아가 즐길 수 있게 해준다. 의례 안의 반복은 시간을 관통하는 질서를 창출하고, 진실에 더 가까이 다가간다. 아이들은 무엇보다 총체성·단일성을 희구하는데, 이는 그들이 '자아'가 형성되기 이전의 파편적 상태에 더 가깝기 때문이거나, 아니면 정말로 자기 운명의 주인이 아니기 때문일 것이다. 이혼은 이제 흔한 일이고 또 온화하게―부모가 서로에게 악의를 드러내지 않고―진행되는 경우도 많지만, '여기'에서 '저기'로 가는 것은 '아무 곳에도 없음'의 형태를 띠기도 한다. 아이는 자기가 아버지와 어머니 사이에 있는 땅 '욘더'에 있다고 생각한다. '집'은 단순히 몸을 누이는 곳이 아니고, 반드시 상징적 풍경이어야 하는데, 집이 두 개 있다는 게 무슨 뜻이 되겠는가? 두 개의 집은 불가피하게 서로 상충하기 마련이다. 불화는 대체로 소소하겠지만 이따금 크게 터질 수도 있다. 한 장소에서 말해지는 단어들이 다른 곳에서 말해지는 단어들과 상충하면 어떻게 될까? 아이는 그럼 어디에 거주할까? 그리고 그 아이가 상징계 일반과 맺는 관계에 어떤 의미가 있을까? 진실의 표현, 모든 의미의 표현으로서 언어 자체와 맺는 관계에 대해서는? 대니얼은 2학년 때 '절반 세계Half-World'라는 걸 창안했다. 그 세계는 우주에 있고, 거기 사는 사람들은 말 그대로 반으로 뚝 나뉘었던 것 같다. 아이는 어려서 자기가 왜 이런 장소를 만들어냈는지 알지 못했지만, 그 애한테 이야기를 들었을 때 나는 날카롭고 뼈저린 아픔을 느꼈다. 그래서 그 사람들은 다시 원래대로 붙을 수 있는 거냐고 물었다. 대니얼은 그렇다고 했다. 나는 그 애가 옳았다고 생각한다. 갈래갈래 찢긴 역사를 변화시킬 수는 없더라도, 절반세계를 다시 봉합할 길은 있다. 대니얼은 사진을 찍는데, 범상치 않은 작품들도 있다. 상당수는 내가 상상도 못 해본 방식으로 분리해낸 장소들의 이미지다. 보도에 드리운 그 애의 그림자들, 창문에 비친 그 애의 거울상들, 버려진 집 문짝들의 갈라진 틈과 망가진 선들, 아담한 건물의 모양을 희미하게 하며 침습하는 넝쿨들을 보면 이 사진들이 그 애 자신의 가닥임을 알 수 있다. 대니얼은 카메라로 암실에서 바느질한다. 그리고 아무리 유기되고 방치된 피사체를 찍더라도 사진 한 장 한 장에 찬란하게 빛나는 질서가 깃들어 있다. 프레임에 한 치의 오차도 없다. 모든 선, 모든 그림자는 정확히 그 애가 원하는 자리에 있다.

　장소의 사진은 책만큼이나 실제의 장소가 아니다. 그럼에도 우리는 구경꾼 또는 동일시하는 행위자로 사진에 거주한다. 말은 이미지보다 더 추상적이지만, 이미지는 불가피하게 말에서 태어난다. 읽는다는 것의 그림 드라마는 글쓰기를 수반한다. 하나를 빼고 하나만 취할 수는 없다. 읽기는 능동적이지만, 쓰기는 더 능동적이다. 허구를 제작하는 행위는 텍스트 안의 독자를 위해 장소를 만들어내는 것이고, 그러다 보면 책 만들기의 영원한 문제를 논하지 않을 수 없다. 무엇을 넣고 무엇을 뺄 것인가. 세계에는 두 종류의 작가가 있다는 주장을 할 수도 있겠다. 모든 걸 집어넣는 작가와 아주 많이 들어내는 작가. 역사와 이러한 충동들에 대해서는 온갖 조야한 일반론을 펼칠 수 있다. '포함'과 두꺼운 책이라는 문학적 관념은 18세기에 시작되어 19세기에 발전해 제임스 조이스까지 이어졌다. (조이스는 문학을 전복시켰을지는 몰라도, 책에는 아주 많은 내용을 담았다.) '생략' 역시 후기 모더니즘에 필수적 요소로 간주되는데, 가장 두드러진 예로 카프카와 베케트가 있다. 그러나 '여기'서는 이런 범주가 유용하지 않다. (성별은 모르겠지만 지금까지 읽어주었다면 독자는 나와 함께 '여기' 있다.) 거실과 가구에 대한 상세한 묘사가 짜증스러워질 때가 있는데, 그 묘사가 읽기를 방해할 때다. 그러나, 그렇지 않을 때도 있다. 제인 오스틴은 묘사를 많이 하지 않는다. 오스틴이 베넷 저택 응접실의 물건을 낱낱이 묘사했다면, 폴은 절대로 그 많은 세간 가운데에 뉴저지의 집 거실을 욱여넣지 않았을 것이다. 그리고 내 생각에는 《오만과 편견》의 도덕적 울림도 일부 사라졌을 것 같다. 반대로, 나는 찰스 디킨스를 장소에 대한 특유의 상세하고 포괄적인 설명을 빼놓고는 상상할 수 없다. 예를 들어 악취가 풍기는 템즈강과 《우리 공통의 친구Our Mutual Friend》에 나오는 비너스 씨의 섬뜩한 작업장까지 말이다. 그러나 이 묘사들은 《트리스트람 샌디Tristram Shandy》에서 스턴이 묘사한 시계처럼 항상 목적에 부합한다. 책에 속도를 붙이는 것이다. 무의미한 소설적 수다처럼 책의 발목을 잡고 늘어지지 않는다. 좋은 책은 대개 이야기가 어디에서 펼쳐지는지를 충분히, 하지만 지나치지는 않게 설명한다. 충분하다는 건 많을 수도 적을 수도 있다. 하지만 소설이나 이야기나 시가 무엇인지 또 어디를 배경으로 하는지, 작가가 기대하는 바를 독자에게 떠먹여 주는 건 나쁜 책이다. 나쁜 책은 편한 구석이 있다. 그래서 사람들이 나쁜 책을 읽는 것이다. 놀라움은 멋진 것이지만, 전반적으로 사람들은 놀라움을 원치 않는다. 아이들이 자기 방이 바뀌는 걸 싫어하는 것과 마찬가지다. 사람들은 이미 아는 것을 확인받기를 원하고, 대중 독자의 부상과 함께 소설이 인기를 얻은 18세기부터 이미 허구적 위안의 공급은 부족하지 않았다. 그러나 좋은 독자(문학적 교양과는 전혀 상관이 없는 자질이다)는 스스로 채워 넣을 여백을 원한다. 독자는 누구나 자기가 읽는 책을 쓰고, 거기 없는 것을 공급한다. 그 창조적인 발명이 그 책이 된다.

지난 4년간 나는 내 고향, 아니 허구화된 노스필드를 배경으로 한 소설을 써왔다. 책에 나오는 소도시는 진짜 노스필드가 아니지만 몹시 유사하다. 웹스터라는 다른 이름을 갖고 있고 실제의 소도시를 닮았지만, 지리가 좀 비뚤어져 있다. 나는 진짜 장소들—아이디얼 카페, 스튜어트 호텔, 타이니의 바비큐 식당, 캐논 강, 히스 크리크의 이름을 바꾸지 않고 그대로 썼다—을 취했지만, 장소들의 일부를 다른 위치로 옮기고, 새로운 거주민들이 살게 했다. 이상하게도 이런 변화는 내 편의를 위해서는 아니었다. 뭔가 바꾸기 전에는 먼저 꼭 마음속으로 그림을 그려보았다. 알려진 풍광을 무너뜨리고 바꾼 건 "옳다"는 느낌이 들어서였다. 허구적 웹스터의 지도는 노스필드의 지도와 동일하지 않다. 웹스터가 노스필드로부터 정서적으로 떨어져 나간 탓이다. 책을 쓰기 시작한 후에도 나는 여러 번 노스필드로 돌아갔다. 해마다 크리스마스에, 그리고 여름에 한 번. 여주인공 릴리 달이 일하는 아이디얼 카페를 지날 때 나는 별다른 감정을 느끼지 않는다. 어느새 카페를 유심히 보며 2층의 창문들을 살펴보고 있다. 그 창문 뒤에 내가 상상한 릴리의 아파트가 있다. 하지만 그곳은 내가 허구 속에서 나 자신에게 지어준 거처가 아니다. 그 장소는 기억 속에 존재하지만 '실제의' 기억은 아니다. 가장 친한 친구 헤더 클라크와 내 동생 리브와 아스트리드 모두 아이디얼 카페가 전성기를 누리던 1970년대에 그곳에서 아르바이트를 했고 손님들 이야기를 내게 들려주었다. 나는 그 이야기들을 좀 훔쳤다. 나는 아이디얼 카페에서 아침과 점심을 먹었고 파이조각을 게걸스럽게 먹어치웠고, 내가 고등학교에 다니던 시절 그 카페의 모습을 꽤나 잘 기억한다고 생각하지만, 릴리 달이 일하는 가상의 카페가 내 기억 속의 카페를 대체해서 내게는 더 '리얼'해져 버렸다. 허구를 쓴다는 건 일어나지 않은 일을 기억하는 일 같다. 기억이 아니면서 기억의 흉내를 낸다. 이미지들이 텍스트의 장에서 나타난다. 뇌가 그렇게 작동하기 때문이다. 기억과 창안의 과정은 마음속에서 서로 연결되어 있다고 나는 생각한다. 호머는 이야기를 시작하기 전에 기억의 여신을 부른다. 그리고 회상을 강화하기 위해 구축된 고대의 기억 체계는 언제나 장소들에 뿌리박고 있었다. 화자는 실제와 허구를 막론하고 마음속의 집들을 배회하며, 무수한 방들과 사물에 말을 위치시킨다. 키케로는 기억의 건축은 불이 환하게 밝혀진 공간들에 의존한다고 설명했다. 어두컴컴하고 답답한 움막은 회상의 공간적 도구로 쓸모가 없다. 책의 초고를 고쳐 쓰기란 축소와 확장과 축소를 반복하는 작업에 그치는 게 아니라 책의 진실을 찾는 과정이기도 하다. 그 말은 곧 나를 유혹하는 거짓말들을 내버려야 한다는 뜻이다. 이는 안일한 망상에 가려져 있던 기억을 바닥에서 긁어내 억지로 '밝은 데로' 끌어올리는 준설浚渫과 비슷하다. 이 과정은 진이 다 빠지도록 괴로울 수 있다. 허구는 몽상과 기억 사이의 국경지대에 존재한다. 꿈처럼 자기 목적에 따라, 가끔은 의식적으로 가끔은 무의식적으로 왜곡하고, 때로는 기억처럼 '실제로' 어떠했는지 회상하기 위해 고도의 집중력을 요구한다. 현재형으로 쓰인 걸출한 책들이 몇 권 있긴 하지만, 대체로 현재형은 어색한 양식이다. 허구는 보통 과거형으로 일어난다. 어쨌든 거기가 자연스러운 장소다.

폴은 자주 이런 말을 한다. 이렇게 방안에 앉아서 사람과 장소들을 꾸며내다니 정말 이상한 삶이라고, 그러니까 길게 봐서, 꼭 해야 하는 사람이 아니라면 아무도 하지 않게 될 거라고. 폴은 오래전에 프랑스 작가 조제프 주베르의 책을 번역했는데, 그 간명하고 충격적인 일기는 예술에 관해 우리가 나누는 지속적 대화의 일부가 되었다. 주베르는 이렇게 썼다. "이 세계로는 충분하지 않은 사람들—시인, 철학자, 그리고 모든 애서가들." 삼십대 초반 《빚에 몰린 죽음》을 읽었을 때—주인공이 우리 할아버지 집에 있다고 상상했던 그 책이다—나는 그 책이 너무 좋아서 다 읽고 나자 서운한 마음이 들었다. 책을 덮고, 이건 삶보다 더 나아, 라는 생각을 하는 바람에 스스로 충격을 받은 기억이 있다. 이런 생각을 할 의도도 없었고 그리고 싶지도 않았는데, 안타깝지만 그런 생각이 들어버렸다. 책에 대한 이런 감정이 사람으로 하여금 글을 쓰게 만드는 게 틀림없다. 왜 글을 쓸 때 더 살아있는 느낌이 드는지 모르겠지만, 나는 그렇다. 종이를 열심히 긁어 흔적을 남기다 보면 내가 사라지지 않을 거라 상상하는지도 모르겠다. 이 세계로는 충분하지 않아서, 세계와 허구의 구분이 그리 뚜렷하지 않아서 그럴지도 모르겠다. 허구는 어쨌든 이 세계의 것들로 만들어지며, 거기에는 꿈과 소망과 판타지와 기억이 모두 들어간다. 그리고 허구는 외따로 창조되는 게 아니라 우리 사이에 존재하는 질료인 언어로 지어진다. 미하일 바흐친은 소설이 대화적이라고 주장한다. 다양한 목소리가 공존하고, 상충하며, 소설 내에서 끝없는 대화를 한다는 것이다. 바흐친은 모든 작가의 머릿속에 울려 퍼지는 온갖 횡설수설하는 목소리들의 정체를 밝혀낸다. 소설 쓰기는 고독한 행위지만 또한 복수複數적이고, 다수의 목소리들이 끝없이 우리를 어딘가—여기나 저기나 욘더—에 자리하게 한다. 동시에 글쓰기는 이 공간적 범주들을 붕괴한다. 심장박동이나 숨처럼 글쓰기는 살아있는 의식의 시간을 페이지에 표기한다. 현존하지만 또한 부재하는 의식을. 페이지는 잃어버린 것과 죽은 것, 이제 거기 없는 것과 애초에 거기 없던 것을 다시 살려낼 수 있다. 허구는 마음속에 존재하는 헤아릴 수 없이 많은 도시들, 풍경들, 집들과 방들을 누비는 기억의 유령 쌍둥이 같은 것이다.

1995

에로스를 위한 청원

　몇 년 전 내 친구가 버클리에서 오래전부터 생각해온 주제인 팜므파탈femme fatale에 대한 강의를 했다. 처음 만났을 때 그는 컬럼비아 대학원생이었지만 이제는 어엿한 철학자이고, 강의가 끝나면 프랑스의 갈리마르 출판사와 미국의 하버드 대학 출판부에서 책이 출간될 예정이다. 그는 벨기에 사람이지만 파리에 살았는데, 내가 하려는 이야기에서는 이 세부사항이 중요하다. 그가 다른 수사학적 전통, 즉 프랑스의 전통에서 왔기 때문이다. 그는 강연이 끝나고 질문을 받았는데, 어떤 여자가 안티오크 시행령에 대한 그의 의견을 요구하는 적대적인 질문을 했다. 안티오크 시행령은 안티오크 칼리지에서 발효된 법으로, 본질적으로 캠퍼스에서 성적 접촉의 모든 단계는 구두 합의가 있어야만 합법이라고 명시했다. 내 친구는 잠시 말이 없다가 미소를 짓더니 대답했다. "멋집니다. 정말 좋아요. 에로틱한 가능성들을 상상해보세요. '내가 네 오른쪽 가슴을 만져도 될까? 왼쪽 가슴을 만져도 돼?'" 여자는 할 말을 잃었다.

짧게 오간 이 대화가 내 뇌리에서 맴돌았다. 내게 흥미로운 부분은 내 친구와 그 여자가 정확히 동일한 문제, 즉 허락이라는 관념을 문제 삼고 있었다는 점이다. 하지만 두 사람의 관점이 너무나 동떨어져 있어서 아예 다른 언어로 말하는 것 같았다. 여자는 반대 반응을 예상했지만 생각대로 되지 않자 할 말을 잃었다. 공격적인 질문은 내심 가르치려 드는 경우가 많다. 그 말은, 대답이 질문자의 마음속에 이미 쓰여 있어, 미리 응수할 말을 준비하고 기다린다는 뜻이다. 경청의 위장이다. 그러나 이야기를—이 경우에는 예비연인들의 서사를—새로운 장으로 옮김으로써 젊은 철학자는 적의 허를 찌른 셈이다.

안티오크 시행령이 캠퍼스에서의 성적 쾌감의 증진을 목적으로 발효된 게 아니라고 말해야 안전하겠지만, 그 시행령이 창출해낸 새로운 장벽들은 성적 제스처와 여성의 몸(이 법은 남자가 아니라 여자를 보호하기 위해 제정되었다)을 해부하며, 이러한 장벽들은 예로부터 유구히 에로틱한 판타지의 소재로 쓰여 왔다. 음유시인은 사랑하는 레이디를 그리워하며, 불가능한 줄 알면서도 특별한 은총을—아마도 한 번의 키스를—허락받기를 소망한다. 소네트 자체가 사랑하는 이의 몸을 산산이 해체하는 양식이다. 머리카락, 눈, 입술, 가슴. 조각난 몸은 구두 허락이라는 법적 드라마에서 다시 태어난다. 에로티시즘은 경계와 거리 모두에서 번창한다. 성적 쾌감에 반드시 문지방이 필요하다는 건 상식이다. 내 철학자 친구는 선을 넘어 금지된 영역으로—침범하려면 특별한 허가가 필요한 장소로—들어가는 흥분을 기민하게 시연해 보였다. 게다가 여기에는 거리도 있다. 시행령을 창안한 진지한 십자군들이 예측했을 리가 없는 거리 말이다. 타인의 몸을 언어로 표현하는 행위는 몸을 쾌감의 가능성으로 점철된 지도로 바꾸고, 몸이 에로틱한 대상으로 변화함에 따라 효과적으로 그 몸과 거리 두기를 하게 된다.

대상화는 우리 문화에서 백안시된다. "여성은 성적 대상이 아니다"라는 외침이 수년째 울려 퍼지고 있다. 내가 처음 이 주장을 접한 것은 9학년 때 샀던 《자매의 연대는 강력하다Sisterhood Is Powerful》이라는 책에서였다. 나는 그 책을 너덜너덜 해어져 떨어질 때까지 들고 다녔다. 페미니즘은 여러 다른 명분들과 마찬가지로 내게 유익했으나, 내가 사고하는 인간으로 성장하는 사이, 모든 이데올로기의 판에 박힌 주장과 경직된 도그마는 그 책의 표지처럼 너덜너덜하게 낡아버렸다. 당연히 여자는 성적인 대상이다. 남자도 마찬가지다. 페미니즘의 수사를 담은 책을 가슴에 꼭 껴안고 다니던 그때도, 나는 꼼꼼하게 몸단장을 하고 타이트한 청바지의 지퍼를 올리고 제일 갖고 싶은 남자애를 따라다니며 머릿속으로는 바람직한 남성의 몸을 감정평가사처럼 낱낱이 해부했다. 에로틱한 쾌감은, 사실 가장 내밀한 신체접촉에서 나오면서도, 타자의 낯섦을 죽이지 않고 살려두어야 에로티시즘 역시 지속된다는 역설을 통해 강렬해진다. 사람은 누구나 성적 감정이 애정과 은밀히 공모하되 서로 뚜렷이 구별된다는 사실을 날카롭게 의식하고 있다. 하지만 이런 주장은 고전적 페미니즘의 결을 거스른다.

미국의 페미니즘은 언제나 청교도적 경향을 띠었고 에로틱한 진실에 억지로 눈을 감았다. 여기에는 엄격하고 실용적인 측면이 있다. 성적 쾌감은 각양각색이고, 여자들도 남자와 다름없이 차라리 멍청하면 다행인 변태적 행위에 성적 흥분을 느낄 때가 많다고 인정하면, 정치의식이 없는 사람이 된다. 성적 흥분은 항상 문화적인 성질을 띠며 사회가 규정한 경계들에서 그 이미지와 계기를 찾기 때문에, 이 주제 전체가 몹시 골치 아픈 문제다.

몇 년 전 〈뉴욕타임즈〉에서 중국판 킨제이 리포트에 대한 기사를 읽었다. 그 결과는 한 집단으로서의 중국 여성이 성적 쾌감을 전혀 느끼지 못했음을 시사했다. 처음에는 미친 소리라고 생각했지만, 숙고하다 보니 조금 이해가 될 것도 같았다. 나는 1986년에 중국을 방문했고, 아직도 문화혁명의 후유증으로 휘청거리는 나라를 보았다. 그곳은 혁명 이전의 양식을 철저히 망각한 장소였다. 에로티시즘을 장려하는 문화가 없다면, 영화와 책들이 없다면, 원래 어떠해야 한다는 생각이 없다면, 에로틱한 삶이라는 것도—생존에 필요한 한계 수준을 제외하면—별로 없을지 모른다.

열다섯 살 때 고향인 미네소타 주 노스필드의 그랜드 영화관에서 〈애정과 욕망Carnal Knowledge〉[6]을 본 기억이 있다. 잭 니콜슨과 앤 마가렛이 뭔지 모를 자세로 꼭 껴안고서 옷을 걸친 채로, 아니 거의 다 걸친 채로 방안을 돌아다니며 여기저기에 부딪혔다. 벽에 쿵쿵 부딪고 아주 시끄러운 소리를 내는데 나는 정말 두 사람이 뭘 하는 건지 전혀 알 수가 없었다. 성경험이 없던 나로서는 사람들이 '그런 식으로' 사랑을 나눈다는 생각조차 할 수 없었던 것이다. 내가 보고 있는 것에 대해 친구한테 설명을 듣고야 알았다. 요즘의 십 대는 훨씬 더 세련되었지만, 그건 더 많이 노출되었기 때문이다. 나는 열세 살이 되어서야 '강간'이라는 단어를 우연히 처음 들었다. 《바람과 함께 사라지다》에 나왔던 것이다. 아래층에 내려가서 어머니에게 무슨 뜻이냐고 물었다. 어머니는 나를 보더니 "그럴까 봐 걱정되더라."라고 했다. 그리고 내게 알려주었다. 그러나 뜻을 알고 난 후에도 진짜로 이해하지 못했고 상상할 수도 없었다.

내가 하려는 말의 요지는 이것이다. 내 마음 한구석에는, 결혼해서 착실하게 밤마다 함께 잠자리에 들고 1년 후 의사를 방문해 어째서 아기가 생기지 않는지 물어본 어느 중국 부부를 진심으로 동정하는 마음이 있다는 말이다. 두 사람 다 대학교수였다. 그들은 배우자 '옆에서' 자기만 하면 된다고 생각했다. 더 복잡한 행

---

6) 마이크 니콜스 감독 작, 잭 니콜슨 주연의 1971년 미국 영화.

위가 필요하다는 얘기를 아무도 해주지 않았기 때문이다. 이것은 분명 바람과 함께 사라진 에로틱한 문화의 사례다. (에로틱한 문화를 계발할 여유가 있는 중국의 계급에서, 여성의 몸은 세련되게 다듬어진 미학적 오브제다. 시안Xian에서 전족을 한 늙은 여인을 본 적이 있다. 그 여자는 더이상 걷지도 못해서 사람들에게 업혀 다녀야 했다. 불구가 된 그 작은 발은 잃어버린 기예의 소름 끼치는 유산이다. 전족을 하면 남자의 입에 들어갈 정도로 발이 작아진다.) 새와 벌 운운하는 유명한 부모들의 성교육[7]은 끝도 없는 농담의 표적이 되었고 우리 문화에서는 대체로 불필요한 일로 간주된다. 그러나 어리둥절한 두 대학교수의 삶에서는 이런 대화조차 없었다. 그러나 두 사람의 몸은 어디 있었나? 우리는 '근접성proximity'만으로 충분할 거라 상상한다. '자연'의 힘이 결혼한 부부를 성적인 행복으로 이끌어 줄 거라 믿는다. 그러나 내 느낌은 그렇지 않다는 쪽이다. 우리 모두에게는 우리 밖에 있는 이야기, 우리 자신을 게임의 참가자로 상상할 수 있는 형식이 필요하다.

표준적으로 에로틱한 이미지를 생각해 보자. 가터벨트와 스타킹은 아직도 성인용품을 장악하고 있다. 성감의 자극이라는 목적을 제외하면 여자들의 옷장에서 거의 다 사라지고 없는 의상인데도 말이다. 이 의상을 처음 본다면 섹시하다고 느낄까? 그 의상들

---

7) 미국에서는 성행위를 아이에게 설명할 때 "새와 벌이 이야기를 나눈다the birds and the bees talk"는 표현을 쓰기도 한다.

이 어떤 의미를 가질까? 그러나 우리는 언어를 피할 수 없듯 우리 문화의 성적 어휘도 피할 수 없다. 그것이 문제다. 미국 페미니스트 담론은 여성에게 '유익하지' 않은 문화적 형식을 전복하기를 원하면서도, 큰 용기를 내어 성적 흥분의 문제를 제대로 다루고자 하지는 않았다. 문화가 여성을 억압할 때는—모든 문화는 정도의 차이가 있을 뿐 여성을 억압한다—침대에서 굴종하는 쪽을 좋아하거나 강간에 판타지를 가진 여성이 있음을 인정하는 일이 그리 편치 않다. 피학적 판타지는 평등의 논거를 훼손하기 때문이다. 그리고 우리 성행위나 판타지의 기벽은, '병든 사회'의 소산으로 보여질 때조차 쉽게 풀리거나 깔끔하게 해명되지 않는다. 도착성이 싹을 틔우는 땅이 한마디로 말해 진창이기 때문이다. 행위는 통제할 수 있어도 욕망은 통제할 수 없다. 성적 감정은 정치를 무릅쓰고 튀어 오른다.

욕망은 항상 주체와 객체 사이에 있다. 사람들의 취향은 고삐 풀려 배회할 수 있어도, 욕망은 대상에 고착해야 한다. 대상이 가상이든 나르시시즘이든 상관없고, 자아가 타자로 바뀌어도 마찬가지다. 실제 두 사람 사이에서 거추장스러운 부분은 시작이다. 남편의 말대로 "누군가 먼저 움직여야 한다." 그리고 이것은 섬세한 문제다. 다른 사람의 욕망을 읽는 행위를 내포하기 때문이다. 그러나 오독 또한 발생한다. 이십 대 초반 대학원 재학 중에 나는 정말로 똑똑하고 놀랄 만큼 언변이 좋은 어떤 학생을 만나 이야기를 나누고 커피를 함께 마셨다. 당시 나는 다른 사람과 사랑에 빠져 있었고, 불행했지만 헤어질 정도로 불행하지는 않았다. 이 똑똑한 학생과 나는 같이 영화관에 가고 중국음식을 나눠먹고 머리가 빠개지도록 대화를 나누기 시작했다. 나는 그에게 내가 쓴 시를 읽어보라고 주었다. 우리는 책들과 또 다른 책들 이야기를 나누었고 소위 '친구'가 되었다. 나는 그에게 성적으로 끌리지 않았고 그가 내게 성적인 관심을 보이는 기미도 전혀 눈치채지 못했다. 그는 추파를 던지지 않았다. 먼저 접근하지도 않았다. 하지만 몇 달 후, 우리의 우정은 보란 듯 박살이 났다. 알고 보니 그는 내내 몸이 달아 괴로워했고 나는 둔하고 매정했다. 내가 까다로운 남자친구의 성적인 능력을 주제로 쓴 시를 비평해달라고 그에게 주었는데, 그게 더는 참을 수 없는 모욕으로 느껴졌던 모양이다. 나는 마음이 너무 좋지 않았다. 내 평생 타인과의 관계를 그토록 잘못 해석한 건 그때가 처음이었다. 나는 말 없는 메시지를 읽고 저의를 감지하는 데는 가히 초인적인 능력이 있다고 자부하고 있었다. 심지어 무의식적인 의도라도 읽을 수 있다고 생각했다. 그런데 모든 이야기를 헛짚고 말았다. 물론 잘못은 우리 둘 다에게 있었다. 그는 너무 은근했고 나는 딴 데 정신을 팔고 있었다. 다른 몸에 욕망을 고착하고 있었다. 안티오크 시행령이 있었다면 도움이 되었을까? 아닐 것이다. 팔을 뻗어 손을 잡거나 얼굴을 어루만지거나 다가와서 키스하지 않는 사람은 그런 제의를 큰 소리로 입 밖에 내어 말하지 않는다. 그의 마음에는 조야한 구석이 전혀 없었고, 발돋움까지 하며 뛰어오르기에는 지나치게 세련된 정신세계를 갖고 있었다. 그는 저녁식사와 영화 관람은 우리가 '데이트'를 했음을 의미한다고 생각했다. 저녁을 함께 보내는 형식으로 그의 관심을 내게 알렸다고 믿었다. 반면 내게는, 남녀를 막론하고 동료 학생들과 저녁을 먹고 영화를 함께 보러 가는 일이 워낙 흔했으므로, 그 형식이 특별히 무언가를 암시한다는 생각 자체를 하지 못했다. 그러나 진실을 말하자면, 내가 알았어야 했다. 그가 너무 점잖았고, 또 내가 그에게 성적인 감정을 갖지 못했기 때문에, 그 역시 내게 그런 감정이 없다고 미리 단정해 버렸다.

19세기의 구애 관습은 20세기 후반에 거의 다 해체되고, 행동수칙은 형태를 알아볼 수 없을 정도로 망가졌다. 사람들은 훨씬 늦은 나이에 결혼한다. 여성의 순결을 강조하던 행태도 변했다. 독신여성은 일을 하고, 결혼하면 일을 포기해야 한다는 통념에 개의치 않는다. 남자들은 과거의 법칙이 아직 배어들어 있는 새로운 법칙을 소화했고 지금도 소화하고 있다. 아무튼 사람들은 여전히 구애를 한다. 여전히 이런저런 종류의 로맨스를 찾아 헤매며 혼자서 타인의 의도를 읽고 또 읽는다. 안티오크 시행령은 혼돈의 도가니가 되어버린 구애의 상황에 대처하는 한 방안이다. 이미 허물어진 것에 구조를 부여하는 길이다. 그러나 모호성은 해결되지 않는다. 해석만 모호한 게 아니라 욕망 자체가 모호하다. 세상에는 도무지 마음을 정하지 못하는 사람들이 있다. 우리 모두 만나본 적이 있는 유형이다. 예스라는 뜻이면서 노라고 말하고, 노라는 뜻으로 예스라고 말하는 사람들도 있다. 하고 싶은 말을 정확히 할 줄은 알지만 반대로 말했어야 했다며 나중에 후회하는 사람들도 있다. 남을 기쁘게 해주고자 혹은 심지어 동정심 때문에, 엉뚱한 욕망에서 나온 성적 압력에 굴복하는 사람들도 있다. 성적 관계에 모호성이 없는 척 위선을 떠는 건 한 마디로 멍청한 짓이다.

게다가 방해와 중단의 순간들도 있다. 욕망을 차단하는 장벽 말이다. 나는 고등학교 때 어떤 남자애에게 완전히 미쳐 있었지만, 그 애가 키스를 할 때 그 남자애의 코의 뭔가가, 그러니까 딱 그 각도에서 느껴지는 부드러운 코의 촉감이 어쩐지 싫었다. 코에 연골이 좀 모자란 느낌이었다. 그래서 나는 눈을 꼭 감고 뜨지 않았다. 내가 아는 어떤 여자는 파티에서 남자를 만났다. 그리고 보자마자 정신없이 빠져들었다. 두 사람은 에로틱한 열정에 몸이 잔뜩 달아올라 여자의 아파트로 왔다. 미친 듯 키스하고 옷을 벗어 던지고, 그런데 여자의 눈에 방바닥 저편에 떨어진 남자의 속옷이 보였다. 내 기억이 정확하다면 남자용 비키니 팬티 같은 속옷이었다. 그 순간 여자의 애정은 별안간 깡그리 사라져 다시는 돌아오지 않았다. 그녀는 가엾은 남자에게 가달라고 부탁해야 했다. 해명은 불가능하다. 뭐라고 한단 말인가? "난 당신 속옷이 끔찍하게 싫어요."라고?

성적 자유와 에로티시즘은 동일하지 않다. 사실 자유는 에로티시즘을 전복할 수도 있다. "우리를 가로막는 건 아무것도 없어"라는 접근은 방금 문짝을 차서 무너뜨렸을 때만 흥분된다. 저녁 식사를 함께하고 영화를 보고 문 앞에서 키스를 나누는 절차가 최근 들어 뭇매를 맞고 있긴 해도, 유혹은 불가피하게 장벽의 연극이고, 의식적 무의식적으로 정해진 역할을 연기하고 반복하는 상황극이다. 여기서 진지함은 문제가 되지 않는다. 우리 대다수는 진지하게 참여한다. 의상과 제스처의 언어, 그리고 실제의 대화를 통해 우리는 다른 사람들이 보게 될 자신을 상상하고 그 이미지에 우리 욕망을 투사한다. 그리고 우리가 하는 행위 대부분을 친숙한 이미지들의 어휘에서 빌려온다. 법적으로 해부하기 쉬운 경험의 영역이 아니다.

미네소타에는 응시를 금지하는 새로운 법이 생긴 모양이다. 당연히 전 세계 신문의 조롱을 받았지만, 내 동생에 따르면 미니애폴리스 전역에 건설 현장들이 급증했고, 여자들이 그 옆을 지나기 꺼렸기 때문에 제정된 법이라고 한다. 대놓고 구경하며 온몸을 훑어보는 남자들 앞을 지나갔던, 괴롭고 수치스러운 경험을 모르는 여자는 거의 없다. 내가 아는 한 그런 경험을 좋아하는 여자는 하나도 없다. 이런 일—건설 현장의 노동자들이 지나가는 여자들을 바라보며 환호성을 올리고 휘파람을 불어대는—은 일종의 관습이다. 그리고, 그 남자들이 집단으로 모여 있을 때, 그리고 오로지 집단으로 모여 있을 때만, 작업에 활력을 불어넣고 세계에 '안전하게' 남성성을 과시하기 위한 수단으로서 행하는 일이다. 말하자면 유사 구애 행위다. 그 남자들 중 단 한 사람도 여자가 "좋아요, 나 진짜 기분이 좋아졌어요. 지금 당장 날 가져요."라고 말할 거라 기대하지 않는다.

그러나 응시는, 이처럼 조야한 형식의 응시라 하더라도, 범죄라고 생각되지 않는다. "경찰관님, 저 남자가 나를 응시하고 있어요. 체포하세요."라는 말은 영 그럴싸하게 들리지 않는다. 이런 말을 하는 나 역시 사실은 살면서 두 번이나 소위 공격적 응시의 대상이 되었다. 고등학교 시절에, 또 같은 도시에서 대학에 다닐 때까지, 몇 년에 걸쳐서, 잘 알지 못하는 젊은 남자가 시도 때도 없이 불쑥 튀어나와 나를 노려보았다. 일상적인 눈길이 아니었다. 그는 온 마음을 다해 무섭도록 단호하게 응시했다. 그 눈빛은 나를 초조하고 불편하게 만들었는데, 마치 자기 내면의 깊은 갈망을 충족하려는 것만 같았기 때문이다. 남자는 예고도 없이 내가 일하는 레스토랑 밖이나 대학교 학생회실 밖에 진을 치고 내게서 눈을 떼지 않았다. 엄청나게 큰 연한 눈에 검은색 테두리가 둘려 쳐져 있어 몇 주일 잠을 설친 사람처럼 보였다. "오늘 아침 여덟 시부터 여기 서 있었어." 남자는 어느 날 오후 세 시에 내게 말했다. "너를 기다리면서." 또 어느 날 밤에는 퇴근길에 거리에서 나를 따라 왔다. 나는 공포에 질려 달리기 시작했다. 남자는 뒤쫓아 오지 않았다. 문제는 남자의 행동 방식이 내게는 불가해했다는 거다. 남자는 외모를 갑자기 바꿀 때도 있었다. 이를테면 느닷없이 머리를 싹 밀어버리기도 했다. 부모님 집까지 걸어와서 마분지 상자에 볼품없이 담긴 선물을 주기도 했다. 두려움 가득한 마음으로 상자를 열어봤더니 못 생겼지만 무해한 화병이 들어 있었다. 바로 얼마 전에 이 청년의 쌍둥이 형제가 근방 소도시의 한 카페에서 자살을 했다. 아침식사를 하러 가서 식사를 마친 후 총을 꺼내 자기 뇌를 날려 버렸다. 나는 확실히 쌍둥이의 행위를 살아남은 동생과 연결 지었다. 응시하는 눈길이 그토록 두려웠던 건, 분명 그 눈동자 너머에 숨어 있는 잠재적 폭력을 상상했기 때문이었다. 그 집요한 시선은 내가 마주친 그 무엇과도 달랐으나, 진심으로 나는 그가 내게 해를 끼칠 마음이 없었다고 믿는다. 자기 나름의 방식으로 사랑을 했을 수도 있다. 그건 모르겠다. 다만 이 이야기의 난제는, 어쩌면 내가 의도치 않게 그런 행동을 유발했는지도 모른다는 데 있다. 딱 한 번, 고등학교 때, 내가 그를 안아주었다.

나는 긴급 청소년 대책 서비스 센터에서 일했는데, 나를 바라보던 그 청년이 거기 자주 와서 시간을 보냈다. 그가 어디 사는지 어떻게 생활하는지는 몰랐다. 그는 학교에 다니지 않았다. 그날은, 아마도 대부분의 날이 그렇겠지만, 그가 슬퍼했고, 그래서 우리는 이야기를 나눴다. 대화는 전혀 기억이 나지 않는다. 하지만 순간 왈칵 동정심이 솟구치는 바람에 내가 그를 꼭 안아줬었다. 응시와 관련된 온갖 문제의 시발점이 이 포옹이었다고 나는 확신한다. 그리고 오늘날까지 그 일을 생각하면 부끄러움에 고개를 들 수가 없다. 행위는 돌이킬 수 없고, 가끔은, 오래 후유증을 남긴다. 이건 단순한 이야기가 아니다. 하긴 정말로 들여다보면 세상에 단순한 이야기가 있을까, 자주 생각하곤 하지만. 그러나 나는 어디를 가나 그의 얼굴을 지니고 다니고 그 남자와 예전의 나를 생각하면 둘 다에게 가엾은 마음이 든다.

　나를 응시하던 또 다른 남자는 퀸즈 칼리지의 제자였다. 나는 거기서 1학년 영어와 문학개론 수업을 맡고 있었다. 내 강의는 열정적이고 가끔 과하게 연극적이기도 했다. 그러나 나는 교육의 소명을 받들어 전도에 나선 젊은 여인이었고 가끔 정말로 교육자 노릇을 했다. 이 학생은 누가 봐도 지적이고 총명했지만, 심하게 거슬리는 어법이 큰 문제였다. 그 학생의 리포트는 우락부락하고 얼키설키 꼬여 있는 문체로 쓰였고, 고상함을 추구하지만 사실은 적나라한 오류에 불과한 경우가 아주 많았다. 나는 그것이 글로 나타나는 조현병의 징후라는 걸 알게 되었지만, 그걸 깨달은 건 훗날의 일이다. 나는 모든 학생과 개인적으로 상담 시간을 가졌다. 이 상담은 필수였고, 나는 그 학생과 만났을 때 단순하게 쓰도록 권유하고 동의어유의어사전을 어디 안 보이는 곳에 영원히 치워버리라고 했다. 말썽은 그가 내 학생 신분에서 졸업하면서부터 시작되었다. 그는 말도 없이 내 사무실을 침범해 원치 않는 선물들을 책상 위에 던져놓고 갔다. 레코드, 향수, 잡지. 그도 역시 불쑥불쑥 이해가 되지 않는 탈바꿈을 했다. 하루는 플란넬 셔츠 차림이다가 다음 날은 여성스러운 실크 상의를 걸치는 식이었다. 사월 하순의 향기로운 오후에 모피코트를 입고 나를 찾아오기도 했다. 또 한번은, 고개를 들어 보니, 대학원 조교가 앉는 비좁은 칸막이 자리에 그가 앉아서 손가락으로 분주하게 셔츠 단추를 풀고 있기도 했다. 지금은 이 이야기가 희극적인 분위기를 풍기지만, 당시 나는 완전히 경악하고 말았다. 그래서 최대한 선생 같은 목소리로 "그만!"이라고 외쳤다. 그는 굉장히 상처받은 표정을 하더니 내 '이름'을 부르며 세 살짜리처럼 마구 발을 굴러댔다. 어떻게 자기가 하고 싶은 걸 못 하게 하느냐고 생떼를 쓰는 어린애 같았다. 그 후로 그는 내가 강의하는 교실 밖에서 꿈쩍도 안 하고 서서 나를 빤히 응시하기 시작했다. 내가 조금만 오른쪽을 보면 시야 끝에 그가 걸렸다. 그 시선이 나를 불안하게 했고, 며칠이 지나자 겁이 났다. 캠퍼스를 가로질러 걸으면 그가 따라왔다. 아무리 해도 떨쳐 낼 수 없는, 어디에나 존재하는 유령이었다. 그에게 말을 해봤자 아무 소용이 없었다. 호통을 쳐도 아무 소용이 없었다. 나는 학내 경찰을 찾아갔다. 경찰들은 나의 불안에 무심했다. 아니, 무심한 정도가 아니라 업신여겼다. 어디에도 내가 의지할 곳이 없었다. 시간이 흐르면서 그 학생은 포기했고, 내 유령도 사라져 다시는 나를 괴롭히지 않았다. 문제는 이것이다. 이 이야기는 무엇의 사례인가? 셔츠 사건 때문에 '성희롱'이라고 불러야 할까? 스토킹이었나? 정작 그가 내게 '행한' 행위는 무해했다. 공포는 그의 행위를 예측할 수 없다는 사실에서 왔다. 그는 규칙에 따라 게임을 하지 않았고, 규칙이 무너지자 나는 무슨 일이든 가능하다는 상상을 하게 되었다.

이 응시의 경험들은, 둘 다 내게는 에로틱하지 않았다. 그러나 응시의 주체였던 청년들에게는 에로틱했을 수 있다. 그들에게 내가 누구였는가, 하는 문제는 수수께끼로 남는다. 그것은 내 공포로 채워진 빈칸이었다. 그들은 열정과 극심한 정서적 혼란을 지시하는 인간 기호로 내 안에 남았고, 그들이 유발한 불쾌감에도 불구하고 나는 여전히 두 사람에게 일말의 연민을 품고 있다. 나는 나 자신을 응시했다. 열심히 보는 것은 에로스의 첫 번째 징후다. 열네 살 때 나는 어떤 집을 내가 굉장히 열심히 응시한다는 걸 깨달았다. 열다섯 살이던 소년을 사랑하게 된 것이다. 그는 내가 안중에도 없었고 내게 없는 것─젖가슴─을 가진 여자애와 사귀고 있었다. 그 남자애만큼이나 나는 그 여자애에게도 매료되었다. 어쨌든 그의 사랑을 받는 연인이었으니까. 그래서 나는 성공비결의 실마리를 찾기 위해 소녀를 유심히 관찰했다. 어느 가을의 토요일, 나는 소년의 집으로 걸어가 집 밖 인도에 서서 한참을 바라보았다. 왜 이런 짓을 했는지 확실히는 잘 모르겠다. 소년이 문을 열고 나오기를 바랐을 수도 있고, 초인종을 누를 용기가 생길지도 모른다고 생각했을 수도 있다. 버려진 집처럼 보였던 기억이 난다. 십중팔구 아무도 집에 없었을 것이다. 노스필드의 아름다운 거리 모퉁이에 있는 집이었다. 거리에는 느릅나무가 길을 따라 자라고 있었다. 느릅나무들은 이제 다 죽었지만, 나무들이 있던 거리의 풍경은 기억한다. 한때 그 소년이 살던 그 집에는 여전히 내 지독한 상사병의 추억이 배어 있다. 견딜 수 없을 것만 같던, 영영 보답받지 못한 갈망이었다. 한참 세월이 지난 후 내가 훌쩍 컸을 때 (나는 어른이 된 그 남자애보다 훨씬 키가 컸다) 동네 술집에서 그를 보았다. 그는 내 '짝사랑'을 기억했고, 그때 사귈 걸 그랬다며 후회했다. 바보같이 들리겠지만, 그 고백에 나는 정말로 깊은 만족감을 느꼈다. 하지만 현실은, 그가 열네 살의 나는 원치 않았지만 스물두 살의 나는 원했다는 것이다. 아예 딴판인 두 사람이다.

응시는 합법이라야 한다. 보기는 사랑의 일부지만, 우리가 볼 때 무엇을 보는지 남들은 짐작만 할 뿐이다. 왜 내가 그 안경을 쓴 말라깽이 9학년 남자애 때문에 온몸이 부르르 떨리도록 상사병을 앓았는지 나도 설명할 길이 없지만, 그때는 그랬다. 감정은 거칠다. 사랑의 아픔은 사별이나 죄책감의 아픔과 놀랄 만큼 흡사하게 느껴진다. 정서적 고통은 감정으로는 구분할 수 없다. 오로지 언어로만 가능할 뿐이다. 우리가 불행에 이름을 붙여줄 수 있는 건, 감정을 알아보기 때문이 아니라 그 맥락을 알기 때문이다. 기분이 나쁘긴 한데 왜 나쁜지 모르거나 기분 나쁜 이유가 기억나지 않을 때가 있다. 자비롭게도 사랑은 평등할 때도 있어서, 두 사람이 잘못된 속옷이나 이상한 코에도 흔들리지 않고 이 신비로운 끌림 속에서 서로를 발견해 행복해지기도 한다. 하지만 왜일까?

사랑이 충족되면 보통은 따져 묻지 않고 넘어간다. 그러나 나는 오래 계속되는 사랑이 찰나의 불장난보다 이성적이라고 생각하지 않는다. 15년 동안 같은 남자와 결혼생활을 해왔지만, 그가 여전히 에로틱한 대상으로서 내 마음을 끄는 이유를 알지 못한다. 그렇긴 한데, 대체 왜일까? 이제쯤은 다 빛바래 사라져야 하는 감정이 아닌가? 우리가 서로 아주 가까운 사이고 서로 너무 잘 알아서라고 한다면, 그건 아니다. 이건 우리의 끌림이 아니라 우정을 강화한다. 이 매혹이 사라지지 않는 건, 여전히 그에게 내가 닿을 수 없는 면이, 낯설고 나를 밀어내는 무언가가 있기 때문이다. 나는 멀리서 그를 바라보는 걸 좋아한다. 그렇다는 걸 내가 안다. 사람들이 가득 찬 방에 낯선 타인처럼 있는 그를 보고, 그러면서 내가 그를 알고 또 그와 함께 집에 갈 거라는 사실을 기억하는 게 좋다. 그러나 왜 그가 가끔 다른 이들과 전혀 다른 존재, 마술적인 존재라는 느낌이 드는지, 그건 말해줄 수가 없다. 그는 좋은 자질이 많은 사람이지만, 그건 내가 목석처럼 아무 감정도 느끼지 못하는 다른 남자들도 마찬가지다. 나한테 효율적이라서, 그래서 내가 그런 자질을 부여한 걸까? 아니면 실제로 그의 내면에 있는 자질일까? 내가 영원히 정복할 수 없고 알 수도 없는 그의 한 조각일까? 둘 다가 분명하다. 우리 사이에 있는 게 틀림없다. 철저히 비이성적이고, 적어도 부분적으로는 상상의 소산인, 마법에 걸린 공간 말이다. 아직도 내가 넘어갈 울타리가 있고, 울타리 너머에는, 비밀이 있다.

연애와 결혼은 이 비밀에 따라 성패가 갈린다. 익숙함과 일상의 범속한 현실은 에로스의 적이다. 엠마 보바리는 남편이 먹는 모습을 관찰하고 혐오감을 느낀다. 파리의 지도를 연구하며 더 장대하고 열정적이고 생경한 무언가를 소망한다. 내 친구는 남편과 데이트를 나가면 저녁 내내 처음처럼 서로를 유혹하고 어서 집에 가서 빨리 저 남자의 아름다운 몸에 올라타야겠다는 생각만 든다고 한다. 하지만 집에 오는 길에 남편이 발길을 멈추고 쓰레기통의 뚜껑을 반듯하게 고쳐 덮으면 그 마법이 깨진다는 것이다. 그래서 남편에게 말했고, 그는 그 후로 그런 충동이 들어도 꾹 참는다고 했다. 이처럼 불쑥 끼어드는 방해물은 우리가 스스로에게 말해주는 이야기, 우리 것이라고 도장 찍은 기성의 서사를 어지럽힌다. 생물학적 요인, 개인사, 그리고 관념들로 이루어진 문화적 요기妖氣가 매혹을 창출한다. 판타지의 연인은 언제나 실제의 연인 위와 아래와 옆에 떠다니고, 우리에게는 둘 다가 필요하다. 문제는 이 둘의 동맹이 예측 불가능하다는 것이다. 어쨌든 에로스는 화살을 쏘는 짓궂은 장난꾸러기고, 생각지도 못했던 사람들을 맞추는 데서 기쁨을 느끼는, 놀라움의 수호신이니 말이다. 에로스가 요정으로 다시 태어나면《한여름밤의 꿈》의 퍼크가 된다. 퍼크는 아예 세상을 거꾸로 뒤집어놓는다. 허미아는 별다른 이유 없이 드미트리우스보다 라이샌더를 더 좋아한다. 여러 번 지적된 사실이지만, 셰익스피어가 그린 청년들인 드미트리우스와 라이샌더는 동년배로서 서로 닮았고 교체할 수 있다. 테세우스는 허미아에게 드미트리우스도 라이샌더와 비교해 떨어지지 않는다고 말하는데, 이건 거짓말이 아니다. 다만 드미트리우스는 허미아가 좋아하는 남자가 아닐 뿐이다. 가지가지 혼란과 바보짓이 끝난 후, 연인들은 마법에 의해 제자리로 돌아온다. 드미트리우스가 걸린 마법은 끝까지 풀리지 않는다. 꽃물은 그의 눈에 그대로 남고, 그는 꽃물에 취해 헬레나와 결혼한다. 요는, 사랑에 빠질 때는 우리 모두 눈에 요정의 꽃물이 들어가서 부모나 친구나 정부가 아무리 현명한 조언을 해도 콧방귀도 뀌지 않는다는 것이다. 그래서 욕망의 법제화는 통제 불능이다. 뉴욕시의 학교에서 어떤 아이가 마구 달려가서 다른 아이에게 키스하면, '성적 괴롭힘'으로 위원회에 불려가게 된다. 공격적인 행위라 할 수도 있다. 갑자기 통제력을 잃은 잘못은 교사가 혼내야 한다. 키스를 당한 아이가 기분이 나쁘거나 무서웠을 수도 있다. 그리고 또 어쩌면, 어린이는 순진하다는 신화를 뒤엎고, 정말로 성적인 행위였을 수도 있다. 별안간 이상하고 야성적인 감정에 사로잡혔을 수도 있다. 모르겠다. 그러나 아이와 어른을 아울러 사람은 서로 몸을 부딪는다. 언제나, 어디서나, 욕망의 난투극이 벌어진다. 우리에게는 성희롱과 강간을 금지하는 법이 있다. 권력과 지위를 이용해 원치 않는 직원의 성을 착취하는 행위는 추악하고 따라서 법으로 엄중히 금해야 한다. 그러나 이런 범죄의 뒷면을 들여다보면, 경계가 불분명한 영토, 꿈과 소망의 국경지대가 있다. 그곳은 환한 햇살만 가득한 풍광이 아니다. 사디즘과 마조히즘의 구름층이 줄무늬를 그리고, 온갖 별스러운 사물과 의상이 여기저기 흩어져 있으며, 거주자들이 쾌감에 한숨을 뱉는 만큼 자주 흐느껴 우는 장소다. 그리고 기적에 가까운 이 풍광을 우리는 잊지 말고 기억해야 한다. 사방에서는 팝 가수들이 라디오에서 열정과 한을 구성지게 노래 부른다. 대형광고판, 광고, TV 쇼들이 하루 이십사 시간 내내 우리의 에로틱한 약점들에 호소한다. 그러나 이와 동시에 특정한 패거리들 내부에는 앞뒤가 맞지 않는 문화적 기억상실증이 퍼져 있다. 우파적 사고라는 이름으로 복잡성과 진실을 짓밟으려는 머저리 천치 같은 충동이 있다.

92번가 Y에서 '소설'의 운명 또는 현황을 주제로 좌담회를 열었는데, 남편이 사회를 맡게 되어 나도 참석했던 적이 있다. 나는 어떤 소설가가, 지적이고 훌륭한 작가가, 여성의 묘사를 근거로 카프카를 혹독하게 비판하는 것을 들었다. 형편없다고, 비딱하게 왜곡되어 있다고, 그녀는 말했다. 그러나 꿈과 폐소공포증으로 이루어진 카프카의 세계, 너무 강력해서 기억을 되살릴 때마다 나를 뒤흔드는 축소할 수 없는 이미지의 세계에서, 천재성을 사후비판하고 방랑하는 K.를 위해 치마를 걷어 올리는 여자들을 편집으로 삭제하는 것은 무엇을 의미하는 것일까? 카프카를 읽을 때 어쨌든 나는 괴로움에 시달리는 주인공에게 몸을 바치는 하녀가 아니다. 나는 쾌락의 공물을 받아들이는 주인공이다. 꿈을 꿀 때 우리 모두가 그렇듯이.

이것이 에로스를 부르는 나의 외침이다. 모호성과 신비를 잊지 말자는 간원이다. 심장의 문제에서 항구적인 불확실성을 인정하자는 호소다. 솔직히 나는 에로틱한 마법에 걸리면 카프카라든가 다른 많은 것을 검열할 기분이 들지 않는다고 생각한다. 그때 우리는 흥미진진한 문지방과 비이성적인 감정의 이야기를 살기 때문이다. 우리는 사이에서 만들어내는 비밀의 공간, 현실과 비현실이 혼재하는 장소에 산다. 젊은 철학자가 호전적인 질문을 던지는 여성을 데리고 갔던 바로 그 장소다. 상상과 기억의 영토, 연인들이 단둘이서만 이야기를 나누며 네, 아니요, 혹은 '내일은 어떨까요.'라고 말하는 곳, 연인들이 자기 정체를 가지고 유희를 벌이는 곳, 주체와 객체로 자기 자신을 창조하고 재창조하는 곳이다. 질문을 준비하고 기다렸던 여성은 어느새 자신이 그곳에 있음을 깨닫고 말을 잃었다. 어쩌면, 그냥 정말로 어쩌면, 그녀 역시 자기만의 열정으로 점철되었던 이야기를 기억하고 있었는지 모른다.

1996

개츠비의 안경

처음 《위대한 개츠비The Great Gatsby》를 읽었을 때는 열여섯 살이었고 미네소타 주 노스필드의 고등학생이었다. 나는 스물세 살때 뉴욕에서 그 책을 다시 읽었고 지금 마흔둘의 노숙한 나이에 또다시 읽는다. 처음 읽었을 때부터 이 책의 마법을 어디나 가지고 다녔거니와 그 기억도 여전히 또렷하다. 주로 이미지의 연속으로 기억되는 다른 여러 책과 달리 《위대한 개츠비》는 내 귀에도 흔적을 남겼다. 마술 같은 음악, 속삭임, 웃음소리, 그리고 스토리텔링의 목소리 그 자체로.

이 책은 오래전 화자의 아버지가 했던 말의 기억에서 시작된다. "누군가를 비판하고 싶은 마음이 들면, 이 세상 사람들이 다너 같은 특혜를 누린 게 아니라는 사실을 기억해라." 인생의 금언으로 보자면 김빠지는 말이 아닐 수 없다. 나는 금욕적인 남자가 금욕적인 말을 내뱉는 상상을 한다. 아마도 신문을 들고 읽으며 하는 말일 것이다. 하지만 이렇게 밍밍하게 희석된 미국판 노블리스 오블리주 없이 개츠비의 이야기는 있을 수 없다. 그 아버지의 말은 그 이야기의 씨앗이며 근원이다. 우리가 닉 캐러웨이로 알게 된 남자는 아버지의 그 말에 낱말의 의미보다 "훨씬 더 많은 속뜻"이 있다고 말하고, 우리는 그 말을 믿는다. 그 논평에 숨어 있는 건 어떤 삶의 방식이며 총체적인 윤리적 세계다. 그 울림은 이중적이다. 첫째, 우리는 화자의 말이 아버지의 말에 묶여 있으며 화자가 그 연결을 끊지 않았음을 안다. 둘째, 우리는 이 아버지의 말이 지금의 화자를 형성한 것임을 안다. "모든 판단을 유보하는 경향이 있는" 인간, 즉 이상적인 화자다. 성급히 행동하지 않고 옆에 비켜 서 있는 사람이다. 닉은 행위자가 아니라 관음자이며, 허구의 예술을 비롯한 모든 예술에서는 언제나 바라보는 누군가가 있다.

아버지의 조언에서 더 나아가 청년은 동부로 간다. 미국의 이야기는 방향을 바꾸었다. 프런티어는 서부에서 동부로 역전되었지만, 집을 떠나 행운을 찾으려는 충동은 동화만큼 오래된 것이다. 피츠제럴드의 중서부는 나의 중서부와 같지 않다. 나는 세인트폴 서밋 애비뉴의 금욕적인 특권층 출신이 아니다. 나는 그 거리의 아름다운 대저택들을 내가 닿을 수 없는 부와 특권의 상징으로 기억한다. 나는 사방이 탁 트인 미네소타 남부, 피츠제럴드가 책 후반에 언급한 "야트막한 스웨덴 마을들" 중 한 곳에서 자랐다. 다만 다른 점이라면 우리는 스웨덴인이 아니라 주로 노르웨이인이었을 뿐이다. 피츠제럴드가 개츠비를 2주일 동안 보낸 대학이 우리 고향에 있었다. 이름이 나오지 않은 그 도시는 노스필드다. 이름이 나오지 않은 대학 역시 우리 아버지가 30년간 교편을 잡았고 나도 4년간 재학했던 세인트 올라프다. 나도 개츠비의 유령에 홀렸을지 모른다. 고등학교 때 이미 나는 동부, 특히 뉴욕이 약속의 땅이라는 걸 알았고, 아주 막연하게 한 번도 본 적 없고 한 번도 가보지 못한 곳을 꿈꾸기 시작했다.

닉 캐러웨이는 열차를 타고 가서 채권산업에 종사하며 개츠비의 거대한 맨션 옆집에 살게 된다. 그 집은 소망으로 지은 집이다. 아무리 오도된 소망이라도, 아무리 위대하거나 고결하거나 허망한 소망이라도, 모든 소망과 그 소망의 대상은 보통 현실보다는 이상에 가깝다. 개츠비가 지닌 소망의 본질은 책에 모두 설명되어 있다. 개츠비는 '위대'하다. 그의 꿈이 만물을 집어삼키고 그의 모든 힘과 숨결조차 남김없이 빨아들였기 때문이다. 그는 의지의 피조물이며, 그 의지의 아름다움은 실제의 대상인 데이지의 추레함마저 초월해 뻗어나간다. 그러나 이 이야기의 비밀은 닉 캐러웨이가 없이는 '위대한' 개츠비는 없고 오로지 개츠비만 남는다는 사실이다. 닉이야말로 개츠비의 소망이 지닌 위대함을 볼 수 있는 단 한 사람이기 때문이다.

책을 다시 읽다 보니 한 문장이 이야기의 문을 여는 황금열쇠처럼 반짝거렸는데, 그 문장이 얼마나 이상한지 새삼 충격을 느꼈다. 그 문장은, 넋을 잃은 개츠비가 소망이 이루어졌음을 알고 데이지에게 웨스트 에그의 대저택을 구경시켜 주는 장면에서 나온다. 닉은 언제나 그렇듯 제3의 바퀴다. "나는 그때 가보겠다고 했다. 하지만 그들은 들은 척도 하지 않았다. 아마 내가 거기 있다는 사실 덕분에 단둘이 있는 느낌이 더 만족스러웠던 모양이다." 문제는 다음과 같다. 두 사람이 타인의 존재 덕분에 더 만족스럽게 단둘이 있을 수 있다는 건 어떤 경우일까? 대체 이것이 무슨 뜻일까? 나는 항상 모든 연애에 삼각의 요소가 있다고 느꼈다. 두 명의 연인과 세 번째 요소, 바로 사랑에 빠져 있다는 관념 그 자체다. 이 세 번째 요소 없이 사랑에 빠지는 것이 가능할지 나는 늘 궁금했다. 우리 자신에 대한 가장 심오한 이야기들이 드리우는 빛을 받은 그 기적과 같은 사랑을 목격하는 가상의 증인 말이다. 닉의 시선이 마치 이 세 번째 요소를 충족하는 것만 같다. 그가 연인들에게 필수불가결한 사랑의 자의식을, 제3자의 설명을 체현하는 것 같다. 내가 갖고 있던 책에서 찰스 스크리브너 3세가 쓴 서문을 읽었을 때, 나는 피츠제럴드가 소설의 초고를 전지적 삼인칭 화법으로 썼다는 사실을 알고 놀라지 않았다. 화법을 이야기 속 등장인물의 목소리로 내리면, 작가는 서사 자체의 촘촘한 틀 속에 온전히 깃들 수 있게 된다.

이 책에서 구경꾼의 역할은 T. J. 에클버그의 안경 낀 눈이라는 형태로 유사 초자연적 위상을 부여받는다. 그리고 퀸즈에 있는 한 안경점의 이 빛바랜 광고판을 보고 슬픔에 빠진 윌슨이 기도를 바친다. "네놈은 신을 피해 숨을 수 없어." 친구가 "그건 광고판이야."라고 말하지만 윌슨은 대답하지 않는다. 이 남자에게는 전지적 삼인칭의 존재가 필요하고, 큰 눈을 부릅뜨고 노려보는 에클버그에게서 그런 존재를 찾는다. 이 대화는 닉이 없을 때 오가지만 서술의 성격은 변하지 않는다. 흡사 닉이 그 자리에 있는 것만 같다. 닉의 대리는 윌슨의 이웃 마이클리스다. 화자에게 이 장면을 전해준 장본인이 그라고 짐작할 수 있겠지만, 독자는 이런 얘기를 직접 듣지 못한다. 마이클리스와 닉 캐러웨이 둘 다 서술을 보완하며, 모든 것을 보고 모든 것을 아는 에클버그의 이미지가 서술에 궁극적 초월성을 부여한다. 이는 세상의 모든 피조물과 그들의 어리석음을 내려다보는 19세기 소설의 삼인칭 화자와 몹시 비슷한 형상이다.

소설에는 주목할 만한 안경이 딱 하나 더 나온다. "부엉이 눈을 한 남자"가 쓴 안경이다. 수백 명에 달하는 개츠비의 이름 없는 손님들 가운데 하필 그 남자는 '고딕풍 도서관'에서 처음 등장한다. 술에 취해 책들이 "다 완전 진짜"라고 흥분해서 중얼거리는 주정뱅이다. 마분지로 된 가짜를 기대했던 남자는 닉과 조던에게 말하며, 장서의 '실제성'에 경악을 금치 못한다. 부엉이 눈을 한 남자는 책의 결말 부분에서 개츠비의 아버지와 닉을 제외한 유일한 조문객으로 다시 등장한다. 에클버그의 이미지와 마찬가지로 부엉이 눈의 남자는 철저히 신비스럽고 철저히 통속적이다. 그는 닉과 조던에게 자기가 일주일 내내 취해 있었기 때문에 책들을 보면 "정신을 좀 차리는 데" 도움이 되리라 생각했다고 말한다. 이름 없는 남자는 배타적으로 도서관과 커다란 안경에 연결된다. 닉은 부엉이 눈의 남자에게 장례식 참석을 부탁하지 않는다. 무례한 구경꾼들과 언론을 피하기 위해 시간과 장소를 비밀로 한다. 그러나 뜬금없이 그 남자가 빗속에서 나타나고, 식이 진행되는 동안 안경을 두 번 벗는다. 두 번째는 안경을 벗어서 '바깥과 안'을 깨끗이 닦는다. 안경을 닦는 남자의 모습이 눈에 선하다. 내게는 그 행위가 내밀해 보인다. 그리고 손수건 이야기는 나오지 않지만, 빗물이 튄 렌즈를 훔치는 하얀 손수건도 보인다. 안경을 닦는 행동은 평범하고 아주 멋지다. 이상한 남자는 제2의 에클버그로서 구체적으로 문학적인 체현이다. 그 남자는 무엇이 현실이고 무엇이 아닌가라는 문제의 증인이다. '특별한 안경,' 다시 말해 픽션의 안경을 쓰고 '보기'라는 관념을 통해 안팎이 뒤집힌 문제 말이다.

《위대한 개츠비》는 기이하게 비물질적인 소설이다. 그 안에는 무엇이든 의미를 갖는 육신, 활력과 성욕의 육신을 가진 캐릭터가 둘 밖에 나오지 않는다. 톰 뷰캐넌과 정부인 머틀 윌슨이다. 그리고 이 두 사람의 동맹이 이 책의 비극을 만들어낸다. 나머지 인물들, 개츠비, 무수한 손님들, 조던, 그리고 무엇보다 데이지는 기이하게 땅에 정착하지 못하고 떠다니는 것처럼 보인다. 그들은 파스텔의 존재들, 빛과 소리의 존재들, 상상의 피조물이다. 개츠비가 주최하는 파티들에서 '남자들과 젊은 여인들'은 '나방들'처럼 왔다 가고, 연극이나 영화의 등장인물들처럼 오케스트라 반주를 대동한다. 닉이 이스트 에그에서 처음 데이지와 조던을 볼 때, 처녀들은 거대한 소파에 반쯤 기대 누워 있다. "둘 다 흰옷을 입고 있었는데, 방금 방안을 잠깐 날아다니느라 휘날린 듯 드레스들이 물결치며 나부꼈다." 두 사람은 달러 지폐처럼, 아니 백 달러짜리 지폐처럼 무게가 없어, 바람을 타고 날아다니다가 땅바닥에 다시 가라앉는다. 그리고 피츠제럴드가 자기 소설에서 의도적으로 이 가벼움을 돈의 이미지로 썼든 아니든 상관없이, 돈은 이 비실체적 생물들을 감싼 매혹의 근원이다. 데이지의 음악은 그녀 자신의 '설레는' 목소리인데, 개츠비의 말대로 '돈 같은' 소리를 낸다. 그러나 데이지의 음색을 자세히 표현하는 사람은 닉이다. 그는 동전이 짤랑거리는 소리와 동화 속에서 퍼붓는 황금의 빗소리를 듣는다.

정직한 가난을 찬양하는 일장 설교를 아무리 늘어놓아도 도저히 쫓아버릴 수 없는 이런 특별한 마법을 느끼는 데는 세상에서 아마도 뉴욕과 그 근교만 한 데가 없을 것이다. 피츠제럴드가 옳다. 중서부의 돈은 존경스럽고 심지어 거액일지라도 뉴욕의 돈과는 비교도 할 수 없다. 내가 성장한 곳에는 돈이 전혀 없었다. 그러니까 '진짜' 돈 말이다. 칠면조 농장이 성업했고 시내의 치과의 사는 부티가 자르르 흘렀지만, 전반적으로 사람들의 위상은 재산의 증식─새로운 '소형' 차, 쓰지 않은 스케이트, 자동으로 여닫는 차고─으로 측정되었다. 그리고 다른 사람보다 상당히 많은 돈을 갖는 건 잘못이며, 행여 돈이 있더라도 과시하는 건 적나라한 죄악이라는 느낌도 있었다. 뉴욕에 왔을 때 나는 돈을 보고 혼비백산하고 말았다. 돈은 5번가를 살랑살랑 걷다가 갤러리들에서 깔깔 웃어댔고 전반적으로 어찌나 뻔뻔스러운 희열로 자기 과시를 하는지, 우러러보거나 질투하지 않는 게 불가능했다. 적어도 조금은 말이다. 그리고 1980년대 초반 내가 그 도시를 여행하며 보았던 광경은 닉이 본 것과 전혀 다르지 않았다. 돈이 사물들에 빛나는 조명을 비추었고, 그 빛은 돈이 없는 사람들에게 훨씬 더 강력한 힘을 발휘했다. 아무리 청렴하고 윤리적으로 고고해도, 가난은 오로지 돈만이 덮을 수 있는 갈라진 금과 추한 모퉁이들을 가지고 있다. 그리고 나는 하얀 식탁보와 빛나는 은제 식기와 꽃이 있는 고급 레스토랑에 앉아서 데이트 상대가 음식값을 지불할 능력이 있다는 사실을 확인하는 순간 덮쳐오던 그 어마어마한 안도감을 기억한다. 그리고 외롭고 배고프던 나의 학창 시절에 어떤 남자가 테이블 위로 허리를 굽히고 내 귓전에 대고 섬이나 다른 나라나 해변의 리조트나 이스트 에그나 웨스트 에그로 가자고 했다면, 나는 솔직히 정신을 혼미하게 만드는 마약 같은 돈의 냄새에 그만 홀딱 홀려서 둥실둥실 떠올랐을 것이다. 그리고 중서부도 없고 미네소타주 노스필드도 없고 루터교의 거슬리는 제재도 없고 언제나 나를 지켜보는 투명한 부모님의 눈도 없었다면—한마디로 말해 내가 내가 아니었다면—나는 돌개바람에 날려 에그로 실려가 해변 위를 떠다니다 멍청하지만 선율이 고운 반주 음악에 맞추어 사라져 버렸으리라.

중력은 개인의 역사다. 그래서 닉이 처음부터 독자에게 자기 가족 이야기를 하는 것이다. 캐러웨이 가는 "3세대에 걸쳐 상당히 넉넉한 부를 누린 가문이었다." '철물점' 사업이라는, 실물을 거래하는 사업의 반석 위에서 창업한 3대째 집안이다. 동부에서 닉은 아버지처럼 실물을 거래하지 않고 종이로 된 채권을 거래하고, 채권은 더 많은 종이를 창출한다. 돈을 버는 돈. 그리고 돈이 개츠비의 성채를 지었다. 지폐나 채권으로, 혹은 부엉이 눈을 한 남자의 말대로 '마분지'로 세운 연극무대처럼 비현실적인 장소다. 풍문으로 돌아다니는 개츠비의 과거처럼 흐릿하게 번진 과잉과 무명의 혼재다. 우리는 개츠비의 과거를 조각조각 알게 되지만 끝까지 전모를 파악하지는 못한다. 개츠비는 중간에서 끊긴 남자다. 옛날의 삶과 부모님과 인연을 끊었지만 다른 사람이 된 게 아니라 "아무도 아닌 사람," 찬란한 기호가 되었다. "아무 데도 아닌 곳에서 온 아무도 아닌 사람"이라고 톰 뷰캐넌은 경멸을 섞어 표현한다. 개츠비와 타자의 연결은 아주 희박하거나 조작되었다. 그는 루이즈빌에서 데이지를 처음 만나면서 자기 자신을 틀리게 재현하고, 자기가 그녀와 같은 세계 출신이라는 암시를 던진다. 이번에도 피츠제럴드의 산문에는 바람의 이미지가 나타난다. "사실, 그는 배후에 든든한 가족도 없고, 오히려 무심한 정부의 변덕에 따라 세상 어디로든 날려갈 수 있는 처지였다."

그러나 이처럼 비실체적이고 무게가 느껴지지 않는 개츠비에게는 아름다움, 진정한 아름다움이 있고 전체 이야기가 이를 축으로 돌아간다. 그 남자의 괴물 같은 '사물'의 축적은 누가 뭐래도 천박하고, 터무니없는 만큼 불쌍하게 엽기적인 과시다. 그러나 다른 사람들과 달리 닉은, 그 산더미처럼 쌓인 사물들이 한 남자의 열정을 전해주는 매체이며, 사물로서 보면 물질적 현실성이 거의 다 빠져나가고 남지 않았음을 이해한다. 개츠비가 데이지에게 자기 집을 구경시켜 주는 오후에, 우리는 개츠비가 "데이지가 놀랍게도 정말 그 자리에 존재하자, 이 모든 게 더이상 실재하지 않은 것처럼, 그의 소유물들을 멍하니 바라본다"는 말을 듣는다. 극도의 흥분에 취한 저택의 주인은 옷장에서 셔츠들을 꺼내기 시작한다. "산호색과 애플그린과 라벤더, 연한 오렌지색, 모노그램이 새겨진 인디언블루 빛깔의" 하늘거리는 화려한 옷들이 한 장씩 연달아 던져져 닉과 사랑하는 여자 앞에 산더미처럼 쌓인다. 그러자 데이지가 어여쁜 머리를 숙이고 셔츠에 얼굴을 파묻고 흐느껴 운다. "이렇게―이렇게 아름다운 셔츠는 본 적이 없어서, 그래서 슬퍼요." 나는 다시 한번 이 대목의 강렬한 힘에 경탄한다. 이 장면은 설레고 아련하면서도 우스꽝스럽다. 그러나 피츠제럴드는 하나의 감정이 이 장면을 장악하게 하지 않는다. 데이지는 제 감정을 알지도 못한 채 개츠비를 향한 풋사랑의 슬픔을 셔츠 더미에 쏟아낸다. 그러나 회복도 빠르다. 바로 같은 날 오후 시간이 좀 지난 뒤 데이지는 창밖의 서녘 하늘에 걸린 분홍빛 구름을 보며 개츠비에게 말한다. "그냥 저 분홍색 구름을 하나 잡아다가 당신을 집어넣고 밀고 다니고 싶어." 셔츠, 구름, 꿈은 서서히 사라지는 무지개처럼 채색되어 있다. 개츠비는 자기 집 잔디밭 끝에 서서 물 저편 데이지의 집에서 빛나는 초록색 불빛을 지켜본다. 닉이 개츠비를 마지막으로 봤을 때 그가 입은 양복의 색깔은 분홍이다. 발을 땅에 단단히 딛고 있다면 쉽게 이리저리 휘날리지 않겠지만, 저 하늘의 장밋빛 구름 속으로 날아갈 수도 없다. 그렇게 간단한 일이다.

사물과 아무것도 아닌 것들. 육신과 아무도 아닌 사람들. 땅과 허공. 손에 잡히는 것과 잡히지 않는 것. 소설은 불안하게 이 이항대립을 오간다. 《위대한 개츠비》가 "환상이라는 관념에서 나온 새로운 사고"라는 피츠제럴드의 말은 확실히 옳다. 환상은 반대항인 현실과 보통 쌍을 이루는 법인데, 현실은 어디에 있는가? 현실은 손에 잡히는 것에 있고 환상은 손에 잡히지 않는 것에 있는가? 서부 철물점의 볼트와 너트들을 제외하고도 소설에 나오는 '땅'이 있다. 웨스트 에그의 재가 섞인 흙, 에클버그가 눈도 깜박이지 않고 감시하고 있는 땅이다. 그러나 피츠제럴드가 금방 디킨스한테서 따온 듯한 산문, 리얼리즘이 아니라 판타지의 산문을 유려하게 읊조리는 건 바로 이 땅에서다.

여기는 재의 계곡이다. 재가 밀처럼 자라 이랑과 언덕과 엽기적인 정원을 이루는 환상의 농장이다. 재가 집과 굴뚝과 피어오르는 연기의 형상을 하고 마침내, 초월적 노력을 통해, 흐릿하게 움직이는 사람들의 형상을 띠게 되었다가 가루처럼 포슬포슬한 공기 속에서 벌써 부서지고 허물어져 내리는 곳이다.

　부서지고 허물어지는 사람들이 사는 재의 계곡은 성경에 나오는 죽음의 계곡을 노골적으로 환기하고, 이 비참한 땅덩어리는 데이지가 모는 차바퀴에 깔려 머틀 윌슨이 죽음을 맞게 되는 길과 맞닿아 있다. 그러나 분홍색 구름과 마찬가지로, 이 땅 또한 견고하게 뭉치지 못하고 해체된다. 개츠비 저택의 모습과 이 땅의 차이는, 여기서는 돈이 필멸을 위장하지 못한다는 점에 있다. 갈라져 입을 떡 벌린 빈곤의 틈새가 시야에 온전히 드러나 있다.
　그럼에도, 재의 계곡에 사는 주민들 가운데 머틀 윌슨이 있다. 이 소설에서 피츠제럴드가 '활력'을 부여한 유일한 인물 말이다. '활력'이라는 말은 톰 뷰캐넌의 노동자계급 정부情婦인 윌슨 부인을 묘사할 때 세 번이나 사용된다. "…그녀에게는 즉각적으로 감지되는 '활력'이 있었다. 마치 그녀 몸의 신경이 끊임없이 이글거리며 타오르는 느낌이었다." 닉은 차를 타고 윌슨의 주유소를 지나가다가 그녀가 "주유 펌프를 붙잡고 헐떡이며 '활력'을 내뿜는 모습"을 본다. 그리고 죽을 때에도 "커다랗게 벌린 입가가 찢어져 있었는데, 흡사 그녀가 그토록 오래 축적해온 엄청난 '활력'

을 포기하는 과정에서 좀 목이 메었던 것만 같았다." 성격이 아니라 이 활기 넘치는 생명력이 머틀 월슨의 죽음을 비극적으로 만든다. 어리석고 조야한 여자였지만 머틀 월슨은 애인인 톰보다는 훨씬 타자의 감정에 공감할 줄 알았다. 멍청하고 폭력적인 톰은 훨씬 더 나쁘다. 그러나 두 사람 사이에는 소설의 다른 부분에서 찾아볼 수 없는 진정한 성적 에너지가 흐른다. 화자가 조던에게 느끼는 끌림은 잘 봐줘서 미적지근하고, 데이지에 대한 개츠비의 판타지는 이상하리만큼 에로틱하지 않다. 그 가냘픈 처녀에게는 몸이라고 말할 만한 게 없다. 몸에 걸친 아름다운 옷과 아름다운 목소리로 이루어진 존재처럼 보인다. 개츠비가 실제로 데이지와 섹스를 하는 장면은 상상하기 어렵다. 마치 남자가 나비를 잡아 취하는 상상을 하려고 애쓰는 느낌과 같다. 톰과의 결혼으로 딸을 낳았지만, 어머니로서도 데이지는 거리감을 표현한다. 딸 패미를 사랑스럽다는 듯 어르다가도 금세 모른 척한다. 소설에서 데이지가 피와 살이 있는 존재임을 독자가 기억하게 되는 순간은 단 한 번이고, 심지어 의미심장하게도 남편 때문에 멍든 손가락을 통해서다. 데이지는 "경이롭다는 표정으로" 새끼손가락을 내려다보며 톰에게 말한다. "일부러 그런 건 아니지만, 정말로 당신이 한 짓이야." 이 대목은 훗날 뉴욕에서 머틀의 코를 부러뜨릴 때나 길가에 널브러져 뻗은 머틀의 멍든 육신으로 끔찍하게 폭발할 톰의 야만성을 예고하는 장면이다. 데이지의 외경은 그녀가 자기 몸, 그리고 필멸성과 맺은 관계가 아득하고 희박함을 보여준다. 그녀의 돈이 몸과 필멸을 성공적으로 가려준다. 물론 영원히는 아니겠지만 적어도 당분간은.

톰과 머틀은 갖고 있으나 제이 개츠비와 데이지는 갖고 있지 않은 것은 '개인적' 관계이며, 그에 수반한 육체성과 지저분한 혼란이다. 바로 그렇기에, 데이지가 언젠가 톰을 '잠깐' 사랑했을 수도 있다고 닉에게 인정한 다음 개츠비가 "어쨌든, 그야 개인적인 감정에 불과하니까."라는 말로 스스로를 위로하는 것이다. 개츠비가 그 오랜 세월 추구했던 건 '개인적'인 것도 아니고 '육체적'인 것도 아니다. 그 초월성은 데이지라는 인간 자체에 내재할지 몰라도, 데이지에 국한되지는 않는다. 데이지의 피상성이 개츠비의 꿈을 가능하게 한다. 그러나 머틀 윌슨은 육체와 육체의 약점을 인격화한 단순한 인물이 아니다. 그녀는 꿈도 담고 있다. 개츠비에게 그렇듯, 손에 잡히지 않는 그녀의 소망도 대상에서 형태를 찾는다. 그녀는 집 서랍 속에, 톰이 예전에 개를 사주면서 함께 사준 값비싼 개 목줄을 티슈페이퍼로 고이 감싸서 간직해두었다. 개는 집에 오지 못했다. 이 쓸모없고 아름다운 물건은 부재의 기호로서, 사실 하나도 아닌 일련의 부재를 표상한다. 개, 애인, 그리고 욕망의 허망함 그 자체까지. 데이지의 집에서 빛나는 초록색 불빛 또한 개츠비의 "마법에 걸린 물건"이고 실제의 데이지가 그의 삶에 다시 들어오면서 그가 잃어버리는 것 중 하나라고 볼 수 있다면, 개 목줄에도 일종의 마법이 걸려 있다. 나를 울고 싶게 만드는 건 그 티슈페이퍼다. 얇고 고운 티슈페이퍼가 이 경박한 소유품을 완전히 다른 차원으로 보내버리고, 은과 가죽으로 만든 개 목줄에 참된 파토스가 배어들게 한다.

손에 잡히는 것과 손에 잡히지 않는 것은 서로 충돌하며 마법의 주문을 건다. 그러나 어떤 사람이나 물건이 적나라하게 벌거벗을 수 있을까? 우리는 사람들과 물건들에 부여한 의미 저변에 숨어 있는 현실을 볼 수 있을까? 난 그렇게 생각하지 않는다. 그리고 피츠제럴드 역시 그렇게 생각하지 않았다고 본다. 그의 책은 거짓말로서뿐 아니라 진실로서도 불가결한 픽션의 필요성을 명상한다. 《위대한 개츠비》에서 물질적인 것과 비물질적인 것 사이에 벌어지는 유희는 간단하지 않다, 수수께끼투성이다. 이 동화에는 바닷가의 성채뿐 아니라 재의 계곡도 있고, 무거운 시체들과 바람에 날리는 어여쁜 몸들이 나온다. 그런데 어느 쪽이 더 리얼하단 말인가? 죽음이 삶보다 더 참된가? 정신을 차리고 영위하는 생활만큼이나, 꿈 또한 삶의 일부가 아닌가? 책은 픽션이 삶에 필요하다고 주장함으로써 픽션이라는 문제의 핵심에 다가간다. 여기서 픽션은 책의 형태뿐만 아니라 꿈, 세계를 구획하고 의미를 부여하는 틀로서의 꿈들을 아우른다. 닉은 윌슨이 개츠비를 죽이기 직전 수영장에 서 있는 그를 상상한다. 그 남자는 데이지에게서는 아무 전갈이 오지 않을 테고, 위대한 생각은 죽었음을 알고 있다.

그는 분명 무서운 잎사귀들 사이로 생경한 하늘을 올려다보고 장미가 얼마나 엽기적인 물건이며 제대로 생기지도 않은 풀에 내리쬐는 햇빛이 얼마나 쓰라린지 깨닫고 몸을 떨었으리라. 현실적이지 않으나 물질적인 새로운 세계, 가난한 유령들이 공기처럼 꿈들을 호흡하며 뜬금없이 표류하는 곳… 형체 없는 나무들 사이로 유유히 미끄러져 다가오던 재로 된 환상적 형상처럼.

이 대목은 극적인 변화를 말하고 있으나 환상에서 현실로, 마법에 걸린 자연에서 현실의 자연으로의 변화는 아니다. 이 세계는 새로울지 몰라도 이곳에 유령들이 있으며, 유령들은 환상적이다. 이는 이제 물질로 만들어진 세계지만, 그 물질이 앞에 나왔던 마법의 불빛과 여름 파티의 음악보다 현실적일 것도 없다.

이 소설에서 내뱉는 대화에 사용되는 모든 단어, 주고받는 모든 말, 모든 사건이 평범하다고 주장할 수도 있다. 톰 뷰캐넌과 불쌍한 윌슨 부부는 명명백백히 편협하고 매력 없는 사람들이다. 개츠비의 사업 파트너 울프섐은 영악하고 부정직하지만 사탄의 영광은 없다. 데이지의 매혹은 그녀가 하는 말에서 드러나지 않는다. 개츠비는 뻣뻣한 상투적 어투로 닉을 조바심 나게 만든다. 조던은 사기꾼이다. 이 캐릭터들은 군중보다 우월하지 않다. 걸출한 인물들도 아니다. 그런데도 이 책을 읽는 것은 요정의 숲을 거니는 기분이 들고, 이 책을 읽는 동안 숭고를 일별한 느낌에 사로잡힌다.

마법은 책의 서술에 있다. 햇빛과 어둠의 그늘에, 민담과 음악과 노래와 먼지 않은 댄스용 구두와 환한 목소리들의 인용에 있다. 피츠제럴드는 파티의 알딸딸한 아우라를, 샴페인 두 잔을 마시고 난 후에 밝아오는 살짝 번들거리는 심리상태를 내가 아는 그 어떤 작가보다 더 잘 포착한다. 평범한 세계는 여기서 '형용사적' 매혹으로 파르르 떨린다. 피츠제럴드의 산문에는 놀라운 형용사들이 밀도 높게 들어차 있다. 일부 인물들은 입만 살아 있지만, 화자는 그렇지 않다. 책에 배어든 마술은 돈의 황금빛 효과로는 설명할 수 없다. 물론 어느 정도까지는 그런 점도 있지만, 그렇다고 젊음의 효과로도 설명할 수 없다. 이 사람들은 대부분 아주 젊으며, 삶은 아직 그들을 위해 포장을 뜯지 않은 새로움을 간직하고 있다. 하지만 닉 캐러웨이의 목소리는 매혹에 대한 더 심오한 이해를 전달하며, 이 앎이 서술을 땅에 붙잡아놓는 동시에 높은 차원으로 밀어 올린다. 우리를 시작으로 돌아가게 한다. 그 아버지의 말은 모든 인간이, 아무리 결함이 있는 인간이라도, 본질적 품격을 허락받는 세계를 그려낸다. 사람은 누구나 자기 역사의 소산이고, 그의 역사는 너의 역사와 다르다는 사실을 기억하라. 그 사람은 특정한 이야기에서 나왔으며, 그 이야기를 모른 채 사람을 판단하는 건 공정하지 못하다. 이 조언은 궁극적인 상상 행위이자 모든 허구의 참된 토대인 공감능력을 부르는 외침이다. 모든 캐릭터는 다른 사람이 되고자 하는 이런 노력에서 탄생한다. 그리고 그 성공은 토대가 잘 다져진 자아에 근거한다. 톰과 데이지의 '부주의함'은 경박한 변덕에서 드러난다. 아무 중압감도 없는 그들은 이 장소에서 저 장소로 획획 날아다니고 부유함은 그들의 단절을 조장한다. 그러나 우리는 닉을 신뢰한다. 우리에게 이야기를 들려주는 이 남자가 "나는 내가 아는 사람들 가운데 얼마 되지 않는 정직한 인간이다."라고 말할 때, 우리는 그를 믿는다. 그리고 우리는 그의 '상상'을 신뢰한다. 그 상상이 그의 이야기에 필수적이기 때문이다. 닉은 개츠비의 살해를 목격하지 않았다. 그는 개츠비가 될 수 없다. 그러나 그는 "분명 그는 … 했으리라."라고 말한다. 닉 캐러웨이의 목소리가 공감능력의 확신을 품고 있다.

피츠제럴드가 닉의 이야기 일부를 마이클리스에게 넘겨준 건 편리하기 때문이 아니다. 닉의 시선을 매끄럽게 윌슨의 그리스인 이웃에게 승계함으로써, 피츠제럴드는 서술을 "단순히 개인적"인 차원에서 한 단계 높이 끌어올린다. 닉은 자기 자신 너머를 보며, 이 두 번째 눈은 에클버그의 눈과 도서관에 있던 부엉이 눈의 남자로 인해 보강된다. 닉은 마이클리스와 또 다른 남자가 실제로 목격하는 광경을 간접적으로 본다. 머틀의 사체, 데이지가 보지 않으려 하고 똑바로 마주 볼 수도 없는 그 몸을 본다. 남자들은 "여전히 땀에 젖어 축축한" 윌슨 부인의 셔츠를 벗기고 "왼쪽 젖가슴이 힘없이 축 늘어져 있는 걸 보고 그 아래 심장소리를 들을 필요도 없음을 깨달았다." 나중에 닉은 개츠비에게 "그녀의 몸이 찢어져 속이 다 드러나 있었다."고 말한다. 그는 보기 위해 굳이 거기 있을 필요가 없었다. 한순간 독자는 닉과 함께 존재의 심장을 들여다보고, 그 심장이 멈췄음을 본다. 나는 내가 보지 못한 것을 본다. 내 경험 밖에 있는 것을 경험한다. 이것이 소설 읽기의 마법이다. 이것이 환상의 문제를 푸는 방법이다. 나는 책장에서 책 한 권을 꺼낸다. 그 책을 펼치고 읽기 시작할 때, 책장 속에서 내가 발견하는 것이 현실이다.

1997

프랭클린 팽본: 어떤 변론

프랭클린 팽본 씨를 내가 처음으로 주의 깊게 본 게 언제인지
는 기억나지 않는다. 스크린의 여백에 존재하는 남자, 그의 유산
은 반복에서 온다. 그 남자는 여기서 어떤 영화에 툭 나왔다가 저
기서 다른 영화에 불쑥 나온다. 한순간 혹은 본격적인 한 장면을
지배하긴 하나 영화 전체를 장악하는 법은 없다. 30년대와 40년
대의 미국영화들을 수없이 본 후에야 내게 그 이름은 어느새 애
정을 갖게 된 허세부리는 하인을 의미하게 되었다. 나는 그 캐릭
터의 믿음직함을 좋아하고 또 그 이름을 좋아한다. 벤저민이나
루즈벨트[8]와 이어지는 프랭클린의 고상함과 '팽pang'이 의미하는

---

8) 벤저민 프랭클린, 프랭클린 D. 루즈벨트.

저릿한 아픔의 파토스를 결합하고, '팽'이 탄생을 뜻하는 '본born' 과 다시 합쳐졌다는 사실이 디킨스의 촌철살인처럼 나를 즐겁게 한다.

어느 정도 조정은 있지만 팽본은 항상 같은 남자를 연기했다. 그의 캐릭터는 한 마디의 대사를 내뱉기도 전에 제자리를 잡고 있었다. 융통성 없는 인간의 전형으로, 그는 일거수일투족을 조심했다. 자세는 나름 꼿꼿하지만 어딘가 뒤틀어져 보인다. 허리는 휘청거리고 엉덩이는 쭉 빼고 턱은 반 인치쯤 치켜들고, 새침한 여성성이 배어나는 제스처지만, 그 남자는 스크린에 오래 나오면 결국 못 견디고 무너지고 말 사람이다. 그 남자는 우스꽝스러운 삶을 산다. 어떤 대가를 치르더라도 엄격한 규칙의 삶을, 과장된 품격의 삶을, 목까지 단정하게 단추를 채운 삶, 강박적 청결과 올바름의 삶을 산다. 말을 할 때 그 목소리는 누가 봐도 미국적이지 않은 억양으로 높아지고 낮아진다. 사실, 그 어조는 가끔 '킹스 잉글리시'라고 불리는 또 다른 영어와 수상쩍게 닮았다. 미국인들에게 이 억양은 진정한 화려함 아니면 허세를 의미한다. 팽본은 치졸한 속물의 목소리를 가졌다.

그런데 나는 왜 프랭클린 팽본에게 정이 가는 걸까? 왜 이 영화 저 영화에 계속 나오는 이 총체적으로 소심한 남자에게서 쾌감을 느낄까? 한 가지 이유는 그가 아무 힘도 없다는 데 있다. 진짜 권력자의 위상이라면 똑같은 캐릭터가 꼴불견이겠지만 팽본은 매번 가게나 호텔, 아파트, 아무튼 무언가의 '매니저'로 계속 나오는

데, 그가 내리는 지시들은 주변에서 벌어지는 정신 나간 대소동으로 인해 어느 것도 제대로 먹히지 않는다. 그런데도 질서를 지키고 경계를 유지하고 타인의 광기를 묵살하려는 그의 욕망은 한심한 한편으로 고결한 차원을 지닌다. 뻣뻣한 남자는 예의범절을 지키며 계속 나아가고, 가끔 흐트러지지만 결코 패배하지 않는다. 그는 위협받는 가치인 공손과 정중의 이미지 그 자체다.

내 성장기를 돌이켜 보면, 노르웨이인 어머니는 형식에 대한 관념과 부르주아적 삶의 기표에 대한 애착을 지니고 있었는데, 그것은 미국인 아버지의 좀 더 민주적인 이상과 늘 부합하지는 않았다. 바로 얼마 전만 해도, 어머니는 내게 적어도 노르웨이에서는 심지를 태우지 않은 양초를 저녁 식사 때 손님들 앞에 내지 않는다고 말씀하셨다. 태우다 만 양초라야 한다는 얘기가 아니다. 새 양초라도 손님들이 집에 도착하기 전에 심지를 까맣게 태워둬야 한다는 뜻이었다. 나는 어머니에게 이유를 물었다. "나도 모르겠다." 어머니는 소리 내어 웃었다. "그냥 그래야 하는 거야." 요즘 나는 디너파티의 손님들이 도착하기 전에 양초 심지에 불을 붙인다. 이런 면이 내 성격의 팽본스러운 면모랄까, 합리성과 전혀 무관하게 형식을 고수하고자 하는 의지 말이다. 물론 우리 아버지도 시커멓게 그을린 심지에 전혀 이의가 없었다. 이제 44년이 되어가는 두 분의 결혼생활 내내 아버지는 어머니가 이런 예의범절의 징표에 집착한다는 사실을 아예 눈치채지 못했을 수도 있다. 심지는 어머니의 영역, 즉 가정적이고 여성적인 영역이었다.

그러나 부모님은 울타리의 문제에서는 의견일치를 보지 못했고, 좀 더 치열했던 이 논쟁은 팽본스러운 삶의 중요성을 심화시킨다. 어머니는 미네소타의 우리 땅을 둘러치는 울타리를 정말로 원했다. 어머니에게 울타리는 미적인 가치뿐 아니라 고향의 여운과 구획의 안온함을 의미했다. 유럽인인 어머니에게 울타리는 자연스러운 사물이었다. 아버지는 대평원의 농장 소년으로 자랐다. 헛간 준공 파티, 퀼트 동아리와 스퀘어댄스를 기억했다. 울타리는 소들을 가두기 위한 것이고 사유지에 장벽을 치는 건 좋은 이웃의 태도가 아니라고 여겼다. 팽본은 울타리로 정의되는 캐릭터다. 여기서 울타리는 경계, 차이, 위계를 표현하는 형식적 구획이다. 미국 신화의 관점에서 보면 이런 울타리에는 여성적 자질이 있다. 프랭클린 팽본의 캐릭터는 1930년대와 40년대 미국영화의 렌즈를 통해 본 거침없고 민주적이며 남성적인 이상과 완강한 대립을 고수한다.

프레스턴 스터지스의 〈팜 비치 스토리〉[9]의 앞부분에 잠깐 등장하는 팽본은 파크 애비뉴의 아파트 관리인으로, 예비 세입자들을 데리고 사정이 어려워져 월세를 내지 못한 젊은 커플 클로데트 콜베르와 조엘 맥크리어의 아파트로 간다. 몸에 착 붙는 우아

---

9) The Palm Beach Story. 1942년에 제작된 헐리우드 고전 코미디의 명작.

한 검은 양복에 얼룩 하나 없는 흰 손수건을 상의 포켓에 꽂은 팽본은, 화려하게 차려입은 아내를 대동하고 허름한 밝은색 코트에 카우보이 모자를 쓴 서부의 반 귀머거리 백만장자 위니 킹과 대조되며 그를 돋보이게 하는 조연이다. 돈은 엄청나게 많으나 세련되지 못한 킹은 지팡이로 복도 벽을 쾅쾅 치며 뜬금없는 헛소리를 고래고래 외쳐대고, 팽본은 이런 천박한 난리통에서 품위를 유지하려고 온 힘을 기울인다. 미국 서부의 헐리우드 판타지인 위니 킹은 형식, 문법, 품행을 비롯해 형태를 막론한 모든 울타리에 일말의 신경도 쓰지 않는다. 팽본은 킹이 던지는 대부분의 질문 공세에 "물론입니다."라는 후렴구로 답하다가도 간간이 침을 꿀꺽 삼키고 목청을 가다듬으며 속내를 드러낸다. 틱 장애 같은 이런 행위는 팽본의 페르소나에서 반복된다. 그가 품은 불만의 총합이 목구멍 속에 가래로 뭉친 것처럼 보인다. 그러나 위니 킹의 아내는 아파트가 더럽다는 사실을 눈치챘다. 관리인은 이 사실을 인정하고 사과한다. 그러나 킹은 자기는 먼지가 좋다고 소리치며 먼지는 (다른 것도 많지만 특히) '질병'과 '태풍'처럼 자연스러운 거라고 우긴다. 스터지스는 여기서 먼지가 결정적인 요점이라는 걸 알고 있다. 팽본은 무결하지 않으면 아무것도 아니다.

어른이 되고 언제부턴가 나는 청소를 시작했다. 열렬한 청소 신봉자, 바닥을 박박 닦는 사람, 표백 신봉자, 먼지와 오물과 얼룩의 천적이 되었다. 우리 어머니도 평생 열정적으로 청소했다는 건 굳이 말하지 않아도 알 것이다. 내가 네 발로 엎드려 옷장 깊은 구석까지 박박 닦고 있는 모습을 가끔 볼 때마다 남편은 "그만!"이라고 외쳤다. 남편은 질서와 청결에 좀 더 장기적인 관점을 견지한다. 한 시간 후에 외출할 때 다시 입을 재킷을 뭐 하러 걸어? 꽁초 하나 더 쑤셔 넣을 자리가 있는데 재떨이를 왜 비워? 정말 왜 그럴까? 내가 정돈하고 청소하는 이유는 우리 주위의 모든 사물의 윤곽선이 깔끔하게 떨어지는 모습을 보는 게 좋아서다. 가정의 삶을 꾸리며 나는 흐릿함, 모호함, 태풍과 (질병이 아니라면) 부패와 맞서 싸운다. 그것은 고전적으로 여성의 위상이지만, 어쩌다 보니 그 역할을 맡게 된 남자들도 수없이 많다. 팽본이 실제로 영화에서 청소하는 모습을 보인 적이 있는지 모르겠지만, 굳이 눈으로 볼 필요도 없다. 팽본의 캐릭터는 얼룩 한 점 없고 강박적이며, 완벽한 질서의 상징이다. 미국적 신화의 관점에서 보면, 자신의 성별을 배반한 반역자고 여자들의 대열에 합류한 반反 카우보이다. 재미는 그를 헝클어뜨리는 데서, 땀 흘리게 하고 구르고 더러워지게 만드는 데서 나온다.

돈의 과잉에 희열을 느끼면서도 계급 편견이 있는 미국인들의 성향에 늘 촉각을 세우는 감독인 스터지스는 서부의 위니 킹을 영화의 요정대부로 만든다. 킹은 자기 주먹 두 배 크기의 돈다발에서 지폐를 껍질처럼 벗겨내 샤워실에 숨어 있던 아파트의 여자한테 건네준다. 팽본은 그날 하루의 일을 하며 억지로 감내해야 했던 고초에 기진맥진하고 경악한 채 상류층스러운 아파트의 거대한 거실에 혼자 남는다.

서부의 파퓰리즘과 위니 킹들이 없다면 프랭클린 팽본의 캐릭터는 이 같은 힘을 발휘하지 못했을 것이다. 상류층스럽고 인색하고 도시적이고 계집애 같은 팽본은 고상한 발음과 태도가 비웃음의 표적이 되는 대평원의 편견을 체화한 인물이다. 〈마이 맨 갓프리〉[10]에서 우리는 그를 몇 초밖에 보지 못하지만, 그 몇 초는 중요하다. 대공황 시대의 소원성취 드라마들 가운데에서 이 영화는 최고 걸작에 들어간다. 전형적으로, 팽본은 혼돈의 분위기 속에서 상황을 통제하려 애쓰는 사람으로 나온다. 팽본은 의도가 빗나간 어느 자선단체 상임위의 회장으로 추정되는데, 이 단체에서는 거부들을 위한 보물찾기 게임을 준비했다. 참여자들이 찾아야 할 '보물' 중에는 '잊힌 남자'가 있다. 캐럴 럼바드는 윌리엄 파월(갓프리)을 강변 쓰레기장에서 발견하고, 주거니 받거니 한참 실랑이를 벌인 후에 캐럴 럼바드가 연기하는 멍청하지만 선한 캐릭터가 수염도 안 깎고 구질구질한 갓프리를 드레스가운과 턱시도를 입은 사람들의 반짝반짝한 파티에 데리고 온다. 팽본은 잊힌 남자의 진정성을 테스트한답시고 갓프리의 수염을 만져보고자 허락을 구한다. (사기꾼을 데리고 와서 꼼수를 쓰려는 참가자가 있었다.) 팽본은 이때 고개를 살짝 숙이고 "제가 좀?"이라고 말

---

10) My Man Godfrey. 그레고리 라 카바 감독의 1936년 작 코믹 로맨스 영화. 윌리엄 파월이 분한 가난한 건달 갓프리가 파크 애비뉴의 상류사회 파티에서 벌어진 게임에 의해 집사로 고용되면서 벌어지는 이야기다. 날카로운 사회풍자로 시작하지만 돈이 전부가 아니라는 순진무구한 결론으로 끝을 맺는다.

하며 그 멋진 목구멍으로 침을 꿀꺽 삼킨다. 그러나 내 마음을 사로잡은 건 그의 제스처다. 그는 손가락을 들어 18세기 프랑스 궁정 이후로 볼 수 없던 화려한 꾸밈으로, 손을 턱수염 쪽으로 물결치듯 흔들더니 진짜라고 선언한다. 아름다운 순간이다. 그 손에서 우리는 타인의 신체와 밀접한 접촉을 금하는 정중함의 격식과 씻지 않고 향수도 뿌리지 않고 전반적으로 용납 불가능한 신체에 대한 불쾌함 둘 다를 본다. 진품이라는 선언이 떨어지자 진정으로 잊힌 남자인 갓프리는 자기를 둘러싼 사람들을 '얼간이 무리'라고 부르고, 럼바드의 집사로 취직하며, 이야기가 시작된다.

나는 이제 뉴욕에서 20년을 살았고 간혹 그런 얼간이들과 어울리게 된다. 부자는 보통 사람보다 더 나쁘다는 내 고향의 편견을 한 번도 지지한 적 없지만, 거액의 돈은 밖에서 보면 우스꽝스러워 보이는 게 사실이다. 소비와 유흥의 스펙터클에는 중서부에서 태어나 자란 사람의 위장을 뒤틀리게 하는 번드르르한 외양이 있다. 순수한 어리석음과 속물적인 자화자찬을 구경하려면 자선무도회와 견줄 만한 게 없다. 할리우드 사람들은 이 점을 잘 알고 이용했다. 할아버지의 농장이 미네소타에서 망가지고 있을 때, 뉴욕의 약삭빠른 멋쟁이들 가운데에는 재산을 지키는 데 성공한 사람들이 있었다. 〈마이 맨 갓프리〉는 시골의 관객들을 위한 영화이기도 했다. 이 관객들은 화려한 뉴욕의 저택이 누리는 풍요를 만끽하는 한편 그 속에 사는 사람들의 터무니 없는 행각을 비웃었다. 갓프리는 미국 동화의 개구리 왕자고, 빈곤의 경험을 통해 탈바꿈했다. 반면 팽본은 매혹을 거부한다. 그는 관료주의적 관리 그 자체로서 정체(停滯)된 존재이기 때문에 영영 변하지 않을 것이다.

이 정체는 W. C. 필즈의 〈뱅크 딕〉[11]에서 최고의 표현을 발견한다. 팽본은 은행감독관인 J. 핑커튼 스누펑턴을 연기한다. 몸에 딱 맞는 검은 정장, 둥그런 중산모자, 코안경 차림의 모습은 고루한 꼰대 그 자체다. 팽본의 운명은 필즈가 분한 에그버트 수제에 의해 만신창이가 된다. 은행과 은행가에 대한 필즈의 혐오는 유명하다. 그리고 필즈의 미학이 농경대중주의도, 인간혐오도, 휴머니즘도 아닌 무정부주의임에도 불구하고, 은행가를 향한 필즈의 악감은 1940년대의 관객에게 깊은 울림을 주었을 것이다. 은행감독관을 죽도록 괴롭힌다는 건 지금보다 그 당시에 판타지로서 훨씬 큰 가치가 있었다는 사실은 기억할 가치가 있다.

W. C. 필즈는 멋진 여성의 수호기사도 아니었다. 그가 연기하는 남자의 일거수일투족은 어딘지 어리석고 여성스러운 개념에 발목을 잡힌다. 필즈의 신화에서 결혼, 질서, 행동윤리, 무엇보다 절제는 자연스러운 남자의 욕구를 가두려고 여자들이 만들어낸 것이다. 수제가 희생자인 은행감독관 스누펑턴을 블랙 퍼시캣 카페로 유인해서는 감독관에게 롬폭의 아름다운 여자들을 봤느냐고 묻는 건 주목할 만하다. 감독관은 헛기침을 하며 자기는

---

11) The Bank Dick. 1940년 작 미국 영화. W. C. 필즈가 각본을 쓰고 에디 클라인이 감독했다.

결혼했고 "열여덟 살의" 장성한 딸이 있다고 말한다. 바꿔 말해, 결혼이 그가 다른 여자들을 바라보는 것을 막았다. 남자가 남자가 아니다. 반면 수제는 잘 들리지 않게 계속 중얼거린다. "난 그럴 때가 좋던데, 열일곱, 열여덟…" 수제는 스누핑턴을 블랙 퍼시캣 카페의 약탄 음료로 취하게 만들고는 반은 끌고 반은 들어 '뉴 올드 롬폭 하우스'의 객실로 데리고 간다. 그리고 그 새롭고 낡은 시설의 창밖으로 스누핑턴이 추락하는 걸 방관하거나 밀어 떨어뜨리고, 여기저기 멍들고 꼴이 엉망이 된 감독관을 다시 계단으로 끌고 올라와 객실의 침대에 눕힌다. 이 모든 일은 스누핑턴이 이 세상에서 바라는 한 가지 소망이 수제와 미래의 사위 오그가 "허가받지 않은" 대출을 한 은행의 회계 감사를 하는 것이기 때문에 일어난다.

이 짧은 요약만으로도 필즈의 디킨즈적 정신이 드러난다. 필즈는 시각적 농담만큼이나 사물에 이름을 붙이는 데서 희열을 느끼는 희극인이다. 이 영화인의 영감이 어디서 샘솟는지 의혹을 품는다면, 은행감독관이 우리를 도와준다. 병상에서 새침한 스누핑턴은 큰소리로 아내 걱정을 한다. "우리 불쌍한 마누라." 앓는 소리로 끙끙거린다. "리틀 도릿." 그러나 사실은 수제가 이 관료의 의지력을 과소평가한 것으로 드러난다. 감독관은 어찌어찌해서 병상에서 기어 나와 의무를 수행할 채비를 갖추고 은행에 도착한다. 당연히 머리가 띵하고 다리가 휘청거리는 모습이지만, 스누핑턴의 잘 다린 셔츠는 이전에 겪은 불행의 흔적을 드러내지 않는다. 교활한 수제는 음모를 꾸며 스누펑턴의 코안경을 깨뜨리고 감독관이 앞을 보지 못하게 만든다. 수제는 발로 안경을 짓밟는 데 성공하고, 이에 감독관은 서류가방을 열게 된다. 카메라는 서류가방 안의 내용물을 줌인해 클로즈업으로 보여준다. 이 남자는 서류가방 안에 여분의 안경 다섯 개를 깔끔하게 일렬로 넣어두었다. 그 안경이 모든 걸 말해준다. 의무를 수행하겠다는 일념으로 철저히 준비해 온 것이다. 원장元帳과 숫자와 계좌라는 꽤 까다로운 영역에서 그에게는 경쟁자가 없다. 그러나 우리는 그가 은행 감독관으로 살고 죽으리라는 사실을 절대적으로 확신한다. 반면 수제는 미친 우연과 정신 나간 모의를 통해 멋들어진 부자가 된다. 영화의 결말에 수제는 행복하게 저택에 앉아 있고 처음에 구박하던 가족에게 이제 열렬한 사랑을 받는다. 필즈는 만족스럽게 퇴장한다. 예전처럼 블랙 퍼시 캣 카페로 놀러간다. 가족은 그가 "개과천선"했다고 선언한다.

우리에 갇히고 계급 사다리에 고착된 팽본적 인간은 변화에 대한 욕구가 전혀 없다. 아이들이 대체로 그렇듯 동일성, 루틴, 일관성을 선호한다. 이 역시 나는 이해가 된다. 반복은 의미의 정수다. 반복이 없으면 우리는 길을 잃는다. 그러나 극단적인 형태로 가버리면 체제에 대한 사랑은 부조리가 된다. 프랭클린 팽본은 자기가 속하게 된 체제를 숭배했던 남자를 연기한다. 이 체제는 마니교처럼 이원론적인 미국의 종교, 미국의 신이자 사탄인 돈이 지배한다. 돈은 그의 영화 대부분에서 팽본의 캐릭터를 따라다니며 괴롭힌다. 본인은 돈이 많지 않으나 돈이라는 유혹에 희생되기도 하고 돈이라는 압도적인 기계의 부품이기도 하며 돈의 힘에 노골적으로 경탄하기도 한다. 전형적인 관리자인 그는 부자의 호구다. 프레스턴 스터지스의 또 다른 영화 〈칠월의 크리스마스〉에서 팽본은 백화점 매니저를 연기하며, 갑자기 부자가 되었다고 착각하고 쇼핑에 나선 주인공과 여자친구를 기쁘게 해주려고 노력한다. 매니저는 침대를 보여주는데, 이 가구에는 정교한 기계가 설치되어 있어 버튼만 누르면 온갖 편의를 제공하게 되어있다. 팽본은 이 미국 소비주의의 기적을 한껏 설명하다가 고양되고 격식 있으면서도 아첨 떠는 목소리로 말한다. "그리고 명일明日이 오면…"[12] 그가 이름난 그 버튼을 누르자 침대는 풀썩 주저앉아 원위치로 돌아간다.

내가 애착을 갖는 건 팽본의 캐릭터뿐 아니라 영화 제작에서 대화가 여전히 중요하던 시대에 그가 헐리우드 영화에 등장했다는 사실이다. "명일이 오면"이라는 고풍스러운 표현을 웃기기 위한 목적으로 쓸 수 있던 시절, W. C. 필즈가 〈리틀 도릿〉에 바치는 대사를 칠 수 있던 시절, 위니 킹이 먼지와 폭풍과 질병을 사랑한다는 독백을 할 수 있던 시절 말이다. 스튜디오 제작 영화에서 종류를 막론하고 대화 자체를 별로 하지 않고, 하더라도 불가

---

12) 원문은 on the morrow.

피하게 별 역사가 없는 언어, 관객이 이해 못할까봐 인용을 꺼리는 언어, 위원회와 시사회의 정치학으로 죽은 언어를 쓰는 요즘은 귀한 일이다. 그리고 이를 탄식하긴 하지만, 나 역시 스튜디오의 경영은 예전에도 지금도 근본적으로 포퓰리즘적 생각을 기반으로 이루어진다는 걸 잘 알고 있다. 즉, 최대 다수의 관객을 영화관으로 끌어들여—인텔리와 괴짜를 포함하는—모두 또는 거의 모두가 만족할 수 있는 영화를 보게 하는 원칙이다. 그러나 팽본 시대의 형편없는 영화들에도 대화는 지금보다 더 큰 역할을 담당했다. 나는 그 영화들 속의 대화가 그립다.

그런데 사실은 브루클린의 우리 집에서 나와 거리에서 사람들의 대화를, 말씨와 발음, 숙어나 문장을 잘 들어보면 스크린에서 보는 '대형'영화들의 말과 닮은 데가 거의 없다. 우리 동네 사람들은 온갖 거창한 표현과 익살스러운 말장난, 꾸밈어의 희생자다. 저번에는 어떤 여자가 다른 여자에게 "그 남자는 완전히…" 여자는 잠시 말을 멈췄다. "완전히 책의 개요 같은 인간이야." 우리 동네의 한국 식료품점 밖에 앉아 있던 남자는 '휴머니즘'이라는 말에 대해 생각나는 대로 말하고 있었다. "그걸 휴머니즘, 휴머니스틱, 휴먼비잉니스(인간다움, 그러나 human beingness라는 단어는 없다—옮긴이)라고 하는 거야." 그는 들어주는 사람 아무나를 겨냥해 고함을 질러댔다. 수년 전, 59번가 지하철역에 한 노인이 앉아 아름다운 단어의 나열을 노래하듯 말했다. "코펠리아, 에스코팔리언[13], 에콜랄리아[14]…" 울림이 많고 우렁찬 그의 목소리가 지금도 귓전에 울린다. 언젠가는 동네의 빵집 '라 베이글 딜라이트'에서 내가 단어를 혼동해서 카운터의 점원에게 시나몬 '레이건' 베이글을 달라고 한 적이 있다. 그는 나를 보고 이렇게 말했다. "우리집에 그런 베이글은 없는데요, 대신 펌퍼 '닉슨'[15]을 드릴게요." 위트와 경탄은 일상의 발화에서 계속 살아 있다. 다만 헐리우드에서 끌어가 쓰지 않을 뿐이다.

진실을 말하자면, 세계와 우리의 판타지는 종종 겹친다. 프랭클린 팽본의 캐릭터, 그 까다롭고 새침하고 뻣뻣한 원칙주의자는 스크린의 허구만은 아니다. 한번은 나도 육안으로 그의 환생을 본 적이 있다. 몇 년 전 남편과 나는 파리에 있었다. 남편 일로 갔는데, 루브르 근처의 장엄하고 오래된 호텔에 묵었다. 우연히 프랑스 배우 제라르 드파르디유가 우리 남편을 만나고 싶다는 생각을 해서, 호텔 로비에서 만남이 이루어졌다. 드파르디유의 이름은 꽤 오래전부터 프랑스 영화와 동의어가 되었다. 내가 본 프랑스 영화에는 모두 그 사람이 나오는 것 같았다. 그 명성에는 재론의 여지가 없었다. 배우가 호텔로 들어왔다. 많은 영화 스타들과 달리, 그는 스크린 밖에서도 실망스럽지 않았다. 그는 덩치가 큰 사내, 강건한 사내였고 에너지로 불타올랐다. 가죽재킷을 입고

---

13) Episcopalian. 성공회 교도.

14) echolalia. 남의 말을 그대로 모방하는 반향언어.

15) 호밀흑빵인 펌퍼니클 pumpernickel에 레이건과 마찬가지로 보수적 대통령이었던 닉슨의 이름을 넣어 조합한 말장난.

모터사이클 헬멧을 한쪽 팔에 끼고 우리를 향해 걸어왔는데, 걸음걸이에 결연함과 탄성이 있었다. 드파르디유는 순전한 테스토스테론, 광택 내지 않은 길거리의 남성성을 풍기고 있었고, 솔직히 말해서 충격적으로 멋졌다. 그런데 나의 시야 끝에 방금 자기네 호텔에 들어온 사람이 누군지 알아본 호텔 매니저가 보였다. 그의 얼굴에 티는 나지만 절제된 흥분이 퍼졌다. 그의 표정을 보니, 드파르디유가 우리에게 가까이 다가올수록 이 호텔에서 우리의 위상이 올라가고 있음이 명백했다. 그의 날카로운 눈길은 결코 유명인을 떠나지 않았다. 배우는 로비의 우리 테이블로 왔다. 그리고 남편, 우리와 함께 있던 두 사람, 나와 인사를 나누었다. 쩌렁쩌렁한 목소리로 내 이름을 기분 좋게 불러주더니 기대한 대로 억센 손으로 내 손을 잡고 악수를 한 후 자리에 앉은 기억이 난다. 그 지배인이 황급히 달려왔다. 그는 꼿꼿한 자세로 턱을 치켜들고 값비싼 검은 정장과 우아한 타이를 꼼꼼하게 갖춰 입은 모습으로 평정심을 유지하려 애썼다. 그러나 그는 성공하지 못했다. 기쁜 나머지 프로펠러처럼 땅에서 날아오르려는 듯 두 팔을 아주 조금 퍼덕거렸던 것이다. 그리고는 유명한 그 사람을 향해 품위 있게 고개를 숙여 인사하더니 음료를 주문하시겠느냐고 물었다. 드파르디유 씨는 아무렇지도 않게 레드와인 한 잔을 주문했다. 매니저는 별안간 발뒤축으로 빙글 돌더니 음료수를 가지러 빠른 걸음으로 가버렸다. 다른 사람들의 주문은 받지 않았다. 우리를 잊어버린 것이다.

돌아서 가버리는 그를 보며 프랭클린 팽본을 생각했다. 프랭클린 팽본이 그 호텔 로비에서 환생했고, 나는 그 영감에 찬 어리석음을 현장에서 목격했다. 불쌍한 매니저는 우스꽝스러운 매너로 행동했으나, 나는 그 또한 안쓰러웠다. 자기만의 엄격한 에티켓 규준을 파기하고 바보 노릇을 자처했기 때문이다. 하긴 우리 모두 가끔 바보 노릇을 할 때가 있다. 그리고 바로 그 사실이, 이 횡설수설하면서도 내 진정을 담은 팽본적 인간에 대한 찬가 밑바닥에 깔려 있다.

1998

코르셋을 입고 지낸 8일

    지난여름에 헨리 제임스의 소설《워싱턴 광장Washington Square》
을 각색한 영화에 엑스트라로 출연했다. 나는 배우가 아니다. 감
독인 아그니에츠카 홀랜드가 남편과 나의 친구인데, 그녀가 정말
로 관심이 있었던 사람은 아몬드 부인의 자식들 가운데 하나로
출연하게 된 우리 딸 소피였다. 무섭게 내리쬐는 6월의 땡볕 아
래 소피와 나는 미리 의상을 입어보기 위해 볼티모어에 도착했
다. 소피가 먼저 드레스를 입었는데, 정말 책에 나오는 어린 주인
공으로 손색없을 만큼 예뻤다. 두 명의 의상담당자 가운데 한 명
이 내게 코르셋과 후프스커트, 페티코트를 주고는 내가 옷을 입
자 허리를 꽉 조여 묶었다. 두 사람은 내게 맞는 긴 기장의 드레
스를 한참 걸려 찾아주었고, 나는 탈의실의 길고 폭넓은 거울 앞

에서 그 드레스 속으로 들어갔다.

몇 분 되지 않아 나는 현기증을 느꼈다. 기절할 때 항상 느끼는 감정―쓰라린 수치심―에 시달리기 시작했다. 이번에는 덤으로 공포심마저 들었다. 여덟 살짜리 딸아이 앞에서 땅바닥으로 나뒹굴까 두려웠다. 비틀거리다가 털썩 주저앉았으나 의식을 잃지는 않았다. 사람들이 "어서 코르셋을 풀어요!"라고 외치는 소리를 들었다고 말할 수 있다면 좋겠다. 다들 다급하게 내 코밑에 갖다 댈 향기 나는 소금을 찾으러 달려갔고, 핏기없는 내 얼굴에 부채질을 해주었다고 말할 수 있다면 좋겠다. 그러나 그런 일은 없었다. 정신을 차리자, 친절하게도 내게 물과 포도를 가져다주었을 뿐이다. 나는 역할을 지나치게 잘 연기해서 문제라고, 몇 분도 안 되어 혼절하는 19세기의 숙녀라는 고전적인 이미지로 변신했다며 농담을 했지만, 코르셋 때문이었다고 생각하지는 않는다. 예전에도 한 번 거울 앞에서 기절할 뻔한 적이 있다. 요가 수업을 받던 중이었다. 그때는 댄스 타이츠와 땀복을 입고 있었다. 선생님이 자세를 고쳐주고 있었는데, 예고도 없이 풀썩 쓰러져서 무릎 사이에 머리를 처박고 심호흡을 해야 했다.

거울은 내 모습을 확인하는 곳이다. 거울 앞에 서서 이빨에 파슬리가 끼지는 않았는지, 뾰루지가 나지는 않았는지, 머리가 지저분하지는 않은지 살피고, 어느 옷에 어느 구두가 어울릴지 고민한다. 하지만 이따금 거울은 그 이상의 어떤 것이 된다. 내가 아는 몸의 처소가 결국 유령을 내놓고야 만다. 동화와 민담에서

처럼 거울은 잠시 유령 같은 나의 분신을 보여주는데, 나는 그녀를 보는 걸 좋아하지 않는다. 그런 순간에는 나 자신의 타인이 되기 때문이다. 그러나 거울 속의 낯선 상이 늘 충격을 주는 건 아니다. 변신에는 매력적인 측면이 있고, 의상은 자기 삶에서 뛰쳐나와 타인의 삶으로 들어가는 가장 빠른 길이다. 8일 동안 입었던 고래 뼈 코르셋은 순식간에 나를 다른 시간 다른 미학 속으로 휙 던져 넣었고, 나는 그게 좋았다.

코르셋은 워낙 악명 높은 의상이다. 여자의 몸을 망치고 정신을 구속해 육체적으로 또 영적으로 수많은 여성의 불행을 초래한 근원으로 지목되어 왔다. 그러나 흥미로운 사실 한 가지는, 코르셋은 여성들이 입었으나 반대 운동은 남자 의사들이 주도했다는 점이다. 당시 대다수 여성은 코르셋에 찬성했다. 20세기에 들어서면서 페미니스트들이 의사들과 의견을 함께하고 코르셋이 장애라는 주장을 폈다. 뜨거운 여름이나 겨울에 거실 벽난로 앞에 앉아 있다가, 건강을 해칠 정도로 꽉 조인 코르셋 때문에 의식을 잃는 여자들도 당연히 있었다. 하지만 밤낮으로 코르셋을 입고 지내는 사이 나는 은근히 코르셋의 매력에 빠지고 말았다. 코르셋을 입는 건 풀리지 않는 포옹을 받는 것, 누군가가 계속해서 허리를 꼭 안아주는 것과 느낌이 좀 비슷하다. 기분이 좋고 미묘하게 에로틱하기도 하다. 숨 막히는 포옹이 오래 계속되는 것처럼.

그러나 코르셋의 그 느낌은 효과의 한 측면일 뿐이다. 모든 의상이 그렇듯, 코르셋은 무엇보다도 하나의 관념이다. 이 경우에는 남성의 몸과 파격적으로 다른 여성의 몸이라는 관념을 표상한다. 1986년 여름에 세 여동생과 아시아를 여행하다가 타이완의 산속에 있는 불교 사찰과 비구니들의 사찰을 방문했다. 비구와 비구니는 겉모습이 똑같았다. 작고 날씬하고 체모가 없는 몸에 머리를 깨끗이 밀고 있었다. 비구들은 오렌지색 승복을, 비구니들은 하얀 승복을 걸치고 있었다. 그들이 모두 벌거벗고 나란히 선다 해도, 그 차이는 터무니없이 미미했을 것이고, 성기의 생김새나 가슴과 골반의 이차 성징들 정도에서 크게 벗어나지 않았을 것이다. 나는 옷, 머리모양, 화장의 진실을 깨닫고 머리가 띵했다. 성性의 문화적 구속 장치는 압도적이다. 우리가 만들고 우리가 살고 우리가 그 자체가 된다.

코르셋은 여자와 남자의 차이를 가지고 신나게 달아난다. 안쪽으로 휘어지는 여성 허리의 능선이 극단적으로 강조되고, 끈으로 허리를 묶는 긴장이 가슴을 위로 밀어 올린다. 갑자기 나한테 새로운 가슴이 생겼다. 의상을 입은 내 모습을 사진으로 보고서야 내 몸이 얼마나 변했는지 알게 되었는데, 없던 신체 부위가 생겨나서 놀라워하지 않을 수 없었다. 코르셋은 가슴을 대체로 자유롭게 두고 성기도 가리지 않는다. 코르셋의 효과는 상체와 하체 가운데에 확고하게 자리를 잡음으로써 상체와 하체를 좀 더 선명하게 표현하고 별개의 에로틱한 영역으로 분리하는 것이다. 코르셋은 여성성의 관념을 창출하는 데 일익을 담당했고, 그 후로 코르셋이 만들어내는 라인은 꾸준히 유행의 흐름에 드나들었다. 내가 예전에 코르셋을 본 적이 없거나 코르셋을 입은 내 모습을 상상해본 적이 없다면 코르셋이 그리 큰 힘을 갖지 못했겠지만, 나는 19세기 소설을 읽으며 자랐고 디킨스와 새커리의 삽화를 아주 면밀하게 연구했다. 코르셋에 감싸여 예전에 한 번도 본 적이 없는 몸이 되자 나는 나 자신에게, 오로지 책으로만 읽어본 세상의 삽화가 되었다.

그러나 코르셋은 혼자가 아니었다. 헨리 제임스가 소설의 배경으로 삼은 1860년대에 코르셋은 미국의 부르주아 여성에게 꼭 필요했던 다른 옷들, 말하자면 후프스커트와 골반 부분에 패딩을 넣은 페티코트와 늘 함께였다. 패딩은 코르셋이 만들어낸 가는 허리를 과장되게 강조하고, 후프는 여성을 걸어 다니는 종 모양으로 보이게 한다. 후프의 위험성은 장난이 아니다. 앉을 때 조심하지 않으면 머리 위로 휙 튕겨 올라간다. 후프를 입고 바닥 걸레질을 한다는 건 불가능하다. 후프를 입었다는 얘기는, 낮에는 절대로 무릎을 꿇으면 안 된다는 뜻이다. 후프를 입은 채로 꼿꼿이를 하고 찻잔을 들고 책을 읽고 하인들에게 일을 시킬 수는 있다. 말하자면 후프는 계급의 상징이다. 속박은 사치를 의미한다. 1미터나 되는 손톱을 지니고 사는 중국 귀족처럼, 후프 역시 "나는 돈을 벌려고 일하지 않는다"라는 이야기를 말해준다. 실제로 초라한 회색 드레스를 걸친 하녀 역으로 캐스팅된 엑스트라들 가운데에는 각자 풍선을 하나씩 허리에 달고 휙 소리를 내며 다니는 우리를 부러워하는 사람들도 있었다. 동작은 거추장스러워도 우리는 넓은 공간을 차지했고, 나는 개인이 차지하는 공간이 자긍심의 문제라는 걸 알게 되었다.

그러다가 아쉽게도 머리를 매만져야 할 때가 왔다. 나는 코르셋이 마음에 들었다. 페티코트는 재미있었고 후프는 웃어넘길 수 있었다. 물론 그 정신 나간 옷을 입고 천천히 화장실로 후진해서 볼일을 봐야 할 때만 제외하고 말이다. (당시의 여성들은 화장실로 후진해 들어가지 않았다. 속옷에 트임이 있어서 선 채로 소변을 볼 수 있었다. 그렇다. 마치 남자처럼 말이다.) 하지만 머리 모양은 완전히 다른 문제였다. 나는 키가 183센티미터다. 나이가 마흔한 살이다. 그런데 머리손질이 끝나자 동글동글하게 머리를 만 기린 꼴이 되었다. 이 세상에서 동글동글한 컬을 말고도 자연스러워 보이는 건 아기들뿐이다. 하지만 그 시대에는 노소를 막론하고 여유가 있는 모든 여성은 머리카락을 동그랗게 말았다. 그건 아기 패션이었고, 내 생각에는 스무 살이 넘는 여자라면 누구나 우스꽝스러워 보였을 것 같다. 모래시계 체형과 마찬가지로, 의상이나 머리 모양으로 유아기를 선망하는 유행 역시 왔다 갔다 한다. 60년대의 짧은 일자형 원피스 역시 큰 눈과 동그랗게 말아 만든 컬과 마찬가지로 어린 시절로 퇴행하는 움직임이었다. 바로 몇 년 전만 해도 십 대와 클럽에 다니는 젊은이들 사이에서 아기 옷을 입고 목에 젖꼭지를 걸고 다니는 게 유행이라는 기사를 읽은 적이 있다. 여자 피터팬들이다.

바꿔 말해서, 관념이 중요하다. 옷은 문화와 문화적 소망, 개인과 개인의 욕망에 대한 통찰을 준다. 현재 누구인가보다 앞으로 누가 되고 싶은가를 표현한다. 동그랗게 말아 내린 곱슬머리가 힘들게 느껴졌던 건, 나 자신이 성인이라고 생각하고 싶기 때문이었다. 나는 옷차림에서 일정한 품격을 유지하려 노력하는데, 그 품격이란 사실 내가 소통하고자 하는 메시지일 뿐이니 과연 실제로 성공을 거두고 있는지 누가 알겠는가? 나는 옷을 좋아하고 또 진열장에 걸린 아름다운 드레스나 코트를 보면 종종 갖고 싶어 안달하기도 했다. 그럴 때 내가 욕망하는 것은, 그 옷으로 인해 내게 일어날 거라 상상하는 변화이고 내 몸에 걸리게 될 일종의 마법이다.

아이들은 어른들보다 환상적인 변신과 훨씬 가깝다. 의상의 마법 주문과 환각에서 나오는 변화를 한층 친근하게 여긴다. 그러나 그런 성향은 우리 모두에게 있고, 실크 나이트가운이나 스타킹이나 핀스트라이프 정장 뒤에 숨어 있는 건 우리가 어디선가 듣고 우리 자신에게 다시 들려주는 이야기들이다. 이런 이야기들은 클리셰일 때가 많다. 우리가 소중하게 간직하는 낡아빠진 서사들이다. 나는 실크 나이트가운으로 갈아입고 있다, 이미 머리를 빗고 뺨을 살짝 꼬집어 붉게 물들여 두었다. 내가 침실에 걸어 들어가면 거기엔 그가 있다, 이야기의 주인공, 내 기분에 따라 클라크 게이블이나 윌리엄 파월이 되는 그 남자가. 그는 돌아보고, 헉, 하고 숨을 몰아쉰다. 그리고 말한다. "당신 꼭 [⋯]" 빈칸을 채워보라. 무슨 말이든 들어올 수 있지만 절대로 "평소의 당신과 다름없어 보이는군."은 아닐 것이다.

의미 있는 의상은 늘 광범한 문화적 서사의 일부다. 오래전에 남장을 한 채 할로윈 파티에 간 적이 있다. 빌린 수트를 입고 화장을 싹 지우고 모자 속에 머리카락을 숨기고 거울 앞에 서서 내 모습을 보았는데, 변화는 내 예상을 훌쩍 뛰어넘었다. 여자들은 항상 남자의 의상으로 이런저런 놀이를 하지만, 변신을 끝까지 밀어붙이면 결과는 충격적이다. 나는 남자다워진 기분이 되었다. 보폭도 커졌다. 행동도 변했다. 남자 노릇을 하는 건 쉬웠다. 여자 노릇만큼이나 쉬웠다. 수트가 남성적 판타지의 고삐를 홱 풀어버렸고, 나는 마음껏 즐겼다. 또 한 번은, 큰 파티에 가느라 어두운 뉴욕 거리를 걷고 있었다. 그때는 이십 대 초반이었고 간혹 야성적인 의상으로 실험을 하곤 했다. 빨간 점프슈트에 하이힐을 신었더니 안 그래도 큰 키가 십여 센티미터는 더 커졌다. 한 남자 곁을 지나쳐 걸어가는데, 그가 나를 보고 모욕적인 언사를 내뱉기 시작했다. 나는 멈추지 않고 계속 걸었다. 몇 초가 지난 후에야 나는 사태를 제대로 파악했다. 남자는 내가 의상도착자, 말하자면 여자 옷을 입은 남자라고 생각한 것이다. 웃기기도 하고 슬프기도 한 이때의 경험은 외모가 얼마나 지독한 혐오를 촉발할 수 있는지를 불시에 깨닫게 해주었다. 여성성과 그 패러디를 가르는 경계가 얼마나 자주 흐려지는지야 두말할 것도 없다.

아주 가끔 한 점의 의상이 하나의 문화에서 뛰쳐나와 다른 문화로 들어갈 때가 있다. 1975년 학생 신분으로 태국에 3개월 머물렀는데, 치앙마이 거리를 질주하는 터프한 모터사이클 갱단 한 무리를 본 기억이 아직도 생생하다. 빗속에서 달리는 갱단은 다들 머리에 샤워캡을 쓰고 있었다. 그중 몇 개는 꽃과 기타 여성적 꾸밈의 기표들로 장식되어 있었다. 나는 놀라서 넋을 잃었지만, 다른 사람은 아무도 개의치 않았다. 내 문화적 연상은 적용되지 않았다. 샤워 캡은 다른 장소에 가서 전혀 다른 의미로 다시 태어났다.

자신을 엄격하게 규정하는 관념에 고착된—그 관념은 "나는 옷 같은 데 전혀 신경을 쓰지 않아"일 수도 있고 "나는 섹스의 여신이야"일 수도 있다—개인도 있겠지만, 우리 대다수는 과거에도 지금도 여러 다른 꿈들을 꾸어왔고 또 꾸고 있다. 내게는 검은 드레스가 한 벌 있는데, 그걸 보면 오드리 헵번이 떠오른다. 물론 그 옷을 입으면 내가 오드리 헵번처럼 보인다는 망상 따위는 하지 않지만, 어쨌든 지방시를 휘감은 그녀의 아름다운 몸매는 내 마음을 마술처럼 사로잡았고, 그녀의 매혹은 그 옷을 입는 내 즐거움의 일부가 된다. 영화와 책은 옷을 사랑하는 사람들에게 강력한 마약이다. 바지를 입고 거침없이 걷는 캐서린 헵번, 타월을 두른 라나 터너, 남자 파자마 상의를 걸친 클로데트 콜베르, 아무 옷이나 입은 메릴린 먼로. 톨스토이는 여성의 의상과 몸을 세세히 묘사하는 데 깊이 공을 들였다. 첫 무도회의 나타샤와 푹 파인 드레스 위로 드러난 엘렌의 하얀 어깨에 대해서도. 제인 에어의 소박한 드레스는 로체스터를 방문하는 어리석은 여자들의 경박함을 시원하게 날려버리는 청량한 강장제다. 이 모든 이미지는 우리를 사로잡는 더 큰 서사의 순간들에서 가져온 것들이다. 희극적이든 비극적이든, 삶과 사랑에 모든 걸 바치고 불태운 사람들에 관한 이야기에서 따온 것이다.

우리 딸은 옷을 잘 꾸며 입는다. 어떨 때는 부유한 숙녀였다가 금세 길거리에서 굶주리는 가난한 여인이 되기도 한다. 사과를 파는 늙은 시골 할머니였다가, 전화에 대고 영국 억양으로 "우리 점심 한 번 먹어요."라고 말하기도 한다. 껌을 짝짝 씹고 계단을 살랑살랑 내려가며 브루클린 억양을 연습한다. 그 애는 내 구두를 신고 "아들레이드의 한탄"16)을 부르고 있다. 그 애는 언제나 누군가 다른 사람이다. 남편은 내게 적어도 두 개의 페르소나가 있다고 말한다. 어깨가 구부정하고 안경을 쓴 학자와 우아한 숙녀. 한 사람은 주로 집에 있다. 다른 사람은 외출한다. 깊은 생각은 내 몸을 허물거니와, 나는 어차피 외양 따위는 까맣게 잊게 된다. 멋진 드레스를 입으면 어깨를 축 늘어뜨리지 않고 반듯하게 서게 된다. 그 옷을 입은 내 모습을 보지 않아도, 무슨 드레스를 입었는지 알기에 그에 맞춰 행동한다. 나보다는 남들이 나를 더 자주 본다. 내가 어떻게 생겼는지는 나보다 우리 가족이 더 잘 안다. 이따금 생명 없는 조각상처럼 무표정한 얼굴을 거울에 비

---

16) Adelaide's Lament. 뮤지컬 〈아가씨와 건달들〉에 나오는 노래.

출 때면 싸늘하게 얼어붙은 그 모습에 소스라칠 때도 있다. 그러나 나는 또한 많이 웃고 미소를 짓는다. 걱정에 얼굴을 찡그리고, 말할 때는 손을 휘젓는데, 이런 내 모습은 절대 보지 못한다.

결국, 옷을 입는다는 건 상상력의 발동이며 어떤 자아, 어떤 허구를 창조하는 행위다. 몇 년 전, 나는 남편과 칼라일 호텔에 앉아 술을 마시고 있었다. 멋진 드레스를 입고 있었는데, 남편이 식탁 너머에서 기분 좋은 얼굴로 나를 보고 물었다. "미네소타 시골에서 자라는 어린 소녀였을 때, 이렇게 멋진 드레스를 입고 우아한 호텔에 앉아 있는 당신 모습을 상상한 적 있어?"

그래서 나는 대답했다. "그럼." 물론, 당연히 그랬었다.

1996

남자 되기

눈을 뜨고 사는 동안 나는 여자지만, 가끔 꿈속에서 나는 남자다. 그럴 때 나의 남성성이 단순히 신체구조의 문제인 경우는 거의 없다. 음경이 생기고 수염이 났다는 걸 깨닫는 일도 없다. 오히려 여자였던 적이 있다는 막연한 기억과 동시에 남자임을 실감한다. 꿈속에서 나의 성별이 중요해지는 건 오로지 의심의 대상이 될 때뿐이다. 확신이 아니라 의심이 첫째 성 정체성의 문제와 둘째 남자나 여자 둘 가운데 하나라야 할 필요성을 만들어낸다. 꿈을 별 의미 없는 신경계의 허튼소리라고 무시하는 게 요즘 유행이지만, 그 주장을 믿기에는 잠 속에서 발견한 사실이 너무 많다. 혼란의 순간을 중심으로 돌아가는 내 남성성의 꿈들은 뒤죽박죽 뒤엉킨 내 정신세계의 어두운 구석을 밝혀줄 뿐 아니라, 여성성과 남성성의 경계가 표현되는 더 폭넓은 문화적 영토를 이해하는 열쇠로 쓸 수도 있다.

우리는 대체로 성性의 생물학적 현실을 받아들이고 그럭저럭 편안하게 살다가도 가끔 몸을 한계로 인식하게 될 때가 있다. 여성이라면, 남자가 아랫사람을 봐주며 어르는 것처럼 말할 때, 그리고 그런 말투를 유발한 게 그녀 스스로 한 말 자체가 아니라 자기 성별이라는 현실을 직면해야 할 때, 그런 순간을 맞을 수 있다. 물론 그런 순간을 분석하는 건 어려운 일이다. 모든 사회적 만남은 말하지 않는 것과 보이지 않는 것들을 무겁게 짊어지고 있기 때문이다. 사람 둘이 있다면 불가피하게 그 사이에 제3의 영역이 생기고, 성별은 여기에 작용하는 무수한 요소들 가운데 하나에 불과하다. 그러나 질투심, 원한, 속물적 계급주의, 인종 차별과 마찬가지로 성적 편견은 방안의 냄새처럼 감지되고, 냄새가 너무 독해지면 탈출의 판타지를 촉발한다. 나는 저 남자가 나를 남자로 보았다면 무슨 말을 했을까 상상하게 된다. 따라서 내가 꾸는 남성성의 꿈들은 적어도 부분적으로는 여성성을 짓누르는 문화적 기대로부터 탈출하려는 욕망의 표현이겠지만, 또 한편으로는 그보다 좀 더 복잡한 것이라는 생각도 든다. 그러니까 그 꿈들은 내 안에 여자뿐 아니라 남자도 있고 이런 이중성이 사실 인간성의 일면이지만, 그 둘이 늘 쉽게 타협하는 건 아니라는 사실을 인지한다는 뜻이다.

꿈속에서 실제의 내 육신은 나를 제약하지 않는다. 나는 하늘을 날고 염력으로 순간이동을 하는 능력도 있다. 온몸에 북슬북슬 털이 나기도 하고, 쩍 갈라진 상처를 입기도 하며, 이빨도 빠지고 내 피에 빠져 죽을 만큼 출혈을 하기도 한다. 소설을 쓸 때도 나는 내 실제의 몸에서 빠져나가 다른 사람이 된다. 다른 여자, 내가 원하기만 하면 다른 남자가 될 수도 있다. 내게 예술의 창작은 언제나 눈을 뜨고 꿈을 꾸는 것과 비슷하게 느껴졌다. 이야기의 소재는 내가 아는 것이 아니라 내가 모르는 것에서 온다. 내 지시와 무관하게 펼쳐지는 충동과 이미지들로부터 온다. 이 속속들이 이상한 과정은 내가 작품 속에서 다른 사람이 될 때 돌아가기 시작한다. 그러나 글쓰기라는 행위는 단 한 가지로 구성된다. 말들을 페이지에 적어 다른 사람이 읽을 수 있게 만드는 일. 결국은 말이 전부며, 엄밀하게 말해 말에는 성별이 없다. 다른 언어들과 달리 영어에서는 명사에 성이 없지만, 그래도 텍스트가 남성 혹은 여성이 될 수 있는지, 텍스트의 성별은 무엇으로 결정되는지 따져 묻는 건 흥미로운 일이다.

부모라면, 그리고 어린아이들과 시간을 보내 본 사람이라면, 성 정체성이 고정될 때까지 한참 시간이 필요하며, 걸음마를 배우는 아기들은 자기가 남자인지 여자인지 모르는 경우가 태반이라는 사실을 잘 안다. 세 살 때 우리 딸은 남편에게 자기도 나중에 크면 페니스가 생기느냐고 물었다. 그 애가 이 질문을 던진 건 소위 튀튀-파티구두의 시절, 반짝이와 금박, 색색의 보석이 박힌 티아라와 플라스틱 하이힐의 시기였다. 어린 소년들이 가슴을 부풀리며 수퍼히어로 놀이를 할 때, 우리 딸은 얼굴화장이 다 번진 미친 요정여왕 모습으로 집안을 팔짝팔짝 뛰어다녔다. 비슷한 나이에 친구 딸은 백금색의 메릴린 먼로 가발을 쓰고 절대 벗지 않겠다고 고집을 피웠다. 아이는 가발을 쓴 채 먹고 놀고 공원에 가고 화장실에 가고 잠자리에 들었고, 하얀 가짜 머리카락은 갈수록 생쥐처럼 추레해졌다. 아이 엄마 말에 따르면, 아이는 금발의 미녀가 아니라 못된 요정 럼플슈틸츠킨을 닮아갔다. 어른들 눈에 아무리 우습게 보여도, 아이들은 자기가 남자인지 여자인지 정체성을 파악하는 놀이를 열심히 한다. 그리고 가끔은 황당무계해 보이는 성 역할 놀이를 통해 그 차이를 삶으로 구현한다. 일부 연구자들의 낙관에도 불구하고, 어디서 생물학이 끝나고 어디서 문화가 시작되는지는 과학의 영역을 넘어서는 문제일 것이다. 심지어 경계 없는 존재로서 성 정체성의 문제를 내면에서부터 부조리하게 보이게 만드는 유아들도, 소년/소녀의 문제가 외면에서부터 결정적으로 중요한 세계에 태어난다. 따라서 출산 후 처음 묻는 중요한 질문이 "아들이에요, 딸이에요?"가 된다. 그러니까 그들이 알기 전에 우리가 안다. 여기서 우리가 아는 것은 이름 짓기라는 언어적 행위를 통해 한 가지와 다른 것 사이에 선을 긋는 드넓은 상징적 풍광의 일부다. 아이들이 소년으로 혹은 소녀로 자기 정체성을 확신하게 되면, 조로 망토, 슈퍼맨 의상, 왕관과 공주 옷 대신 좀 더 중성적인 옷을 입게 된다. 외면적인 여성성과 남성성의 장치들은 성적 정체성의 앎이 내면화되는 순간 폐기되고, 그 내면적 확신은 일정 수준까지는 언어에서 이루어진다. 보통 여섯 살이 되면 자기가 남자아이인지 여자아이인지를 자신 있게 말하고, 수술 같은 경우를 제외한다면 웬만해서 번복하지 않는다. 그런가 하면 여성성과 남성성의 의미를 더 넓게 정의하자면 훨씬 더 모호해진다. '여성'과 '남성'에 수반되는 연상들은 굉장히 밀도가 높고 오래되고 공적이면서 또 지극히 사적이기도 하다. 따라서 뚜렷한 선을 그어 구분하자고 들면 수 없는 난관에 부딪힐 수밖에 없다. 그러나 내가 꼭 하고 싶은 말은, 여성과 남성의 범주가 언어 속에서 여전히 생생하게 살아 있으며, 여전히 진화하며 변화하고 있는 우리의 심오한 문화적·개인적 역사를 짊어지고 있기에, 이를테면 chairman을 버리고 chairperson을 쓰는 것으로 언어의 성적 함의를 씻어버릴 수 있다고 믿는다면, 터무니없이 순진한 생각이라는 것이다.

우리 집안에는 딸이 넷 있었다. 부모님은 아이를 낳을 때마다 라스라는 이름을 준비해 두고 기다렸지만 한 세대를 건너뛴 후에야 그 이름을 쓸 수 있었다. 내 여동생의 첫아들은 우리 할아버지와 끝내 태어나지 않은 허스트베트 가의 아들을 기려 라스라는 이름을 갖게 되었다. 나는 우리가 모두 딸이어서 더 쉬웠다는 생각을 많이 했다. 아들이 있었다면, 우리는 그와 비교되고 대조되었을 테고, 그 차이가 우리 모두를 구속했을지 모른다. 우리는 둘씩 쌍을 이루며 태어났다. 내가 첫째였다. 그리고 19개월 후에 동생 리브가 태어났다. 5년의 간격을 두고 아스티가 나왔고, 겨우 15개월 후에 잉그리드가 태어났다. 우리 넷은 어렸을 때도 몹시 친했고 서로에게 의리를 지켰으며 어른이 되어서도 헌신적인 친구로 남았는데, 우리는 이를 다소 당연하게 받아들였던 것 같다. 반면 우리 남편은 우리 자매의 조화로운 관계를 놀랍고도 좀 이상한 것으로 생각했다. 왜 우리 사이에는 갈등이 이렇게 없을까? 리브와 내가 어렸을 때, 우리는 재난 놀이를 좋아했다. 배가 난파된다든지, 토네이도가 닥친다든지, 홍수나 전쟁 같은 상황을 상상하고 놀았다. 리브는 언제나 존이었고 나는 메리였다. 그 말은 존이 메리를 구하는 역할이었다는 뜻이다. 나는 놀이는 물론이고 삶에서도 구조받기를 좋아했고, 용감한 아이는 내가 아니라 동생 리브였다. 내가 언니였지만 다른 아이들에게 괴롭힘을 받는 나를 리브가 구해준 게 한두 번이 아니었다. 셋째와 넷째 동생도 비슷한 역할을 맡았다. 놀이에서도 아스티는 소녀 역할을 좋아했고 잉그리드는 소년이 되는 쪽을 선호했다. 리브와 잉그리드는 승마를 배웠고 둘 다 아마추어 로데오 챔피언이 되었다. 나중에 리브는 사업가가 되었고 잉그리드는 건축가가 되었다. 아스티와 나는 둘 다 대학원에 진학했다. 아스티는 불문학을, 나는 영문학을 전공했다.

이 간략한 대강의 스케치는, 우리가 결혼하고 10년쯤 흘렀을 무렵 아침에 남편이 침대에서 일어나 앉아 내게 "이제 다 이해했어. 당신이 여자고 리브가 남자야. 아스티는 여자애고 잉그리드는 남자애야."라고 말한 이유를 설명해준다. 우리는 이제 모두 어른이 되었고, 모두 결혼해서 자식을 낳았지만, 남편의 그 말에서 누구도 말로 표현한 적 없는 우리 가족의 진실을 알아보았다. 우리는 모두 딸이었지만, 자매들 사이에서 여성적이거나 남성적인 자질을 번갈아 구현하는 패턴을 수립했다. 각 쌍에서 동생이 비교적 더 남성적인 역할을 맡았고, 이것이 나이를 보완하는 데 도움이 되었다는 점은 눈여겨볼 법하다. 효과는 간단하다. 각 쌍에서, 나이 차이가 나지 않는 형제자매에게 전형적으로 드러나는 경쟁의식이 크게 줄어들었다. 같은 게임을 하지 않는데 경쟁할 수는 없기 때문이다.

나와 동생들의 관계를 간결하게 정리한 지 여러 해가 지난 후, 영국의 소아과 의사 겸 정신분석학자인 D. W. 위니코트의 논문 선집을 읽다가 1966년 영국 정신분석학회에서 발표한 "분리된 남성과 여성 요소들에 관하여"라는 강의록을 보게 되었다. 위니코트는 이 주제를 다음과 같이 소개한다. "앞으로 하게 될 강의의 토대로써, 나는 창조성이 남자와 여자의 공통분모라고 전제하겠습니다. 그러나 다른 언어에서는 창조성이 여성의 특질이며 또 다른 언어에서는 남성적 자질로 드러납니다. 이것이 여기서 우리가 살펴볼 세 가지 문제 가운데 마지막입니다." 그리고 위니코트는 언젠가 한 남성 환자와 대화를 나누다가 여자아이의 목소리를 듣고 있다는 느낌이 들었던 이야기로 넘어간다. "지금 나는 여자아이의 말을 듣고 있는데요. 당신이 남자라는 건 잘 알지만, 지금 내가 듣는 건 여자아이의 말인데요⋯." 환자가 대답했다. "내가 이 여자애 얘기를 다른 사람한테 하면 미쳤다고 할 겁니다." 위니코트는 다음 단계로 넘어갔다. "'당신'이 그 여자아이 얘기를 해서 그런 게 아닙니다. 실제로 카우치에 남자를 앉혀놓고서, 그 여자아이를 보고 이야기를 듣는 사람은 '나'니까요. 미친 사람은 오히려 '나'란 말입니다." 환자가 대답했다. "나는 (내가 남자라는 걸 아니까) 내 입으로 '내가 여자요'라고 말할 수는 없어요. 그런 식으로 미친 건 아니란 말입니다. 하지만 선생님께서 그 말을 하셨으니, 나의 두 가지 측면 모두에 말을 거신 겁니다."

이 놀라운 대화(위니코트는 이것이 동성애와 무관하다는 점을 강조한다)에 대한 위니코트의 해석은 고인이 된 환자의 모친이 첫아들을 낳은 후 둘째 아들을 낳을 때 딸을 원했고, 둘째 자식의 성별이 잘못됐다고 인식했다는 것이다. 이 역전은 아들이 아니라 어머니의 '광기'로 초래되었다. 어머니의 소망은 거짓이었고, 이 거짓은 아들 내면에 고통스러운 유령을―그토록 원했던 딸을―만들어냈다. 내 여동생들과 내가 위니코트의 환자처럼 가족 내에서 분담한 역할 때문에 힘들지 않았던 건 어머니가 건강한 정신의 소유자였기 때문이다. 어머니는 딸로서 자식들을 사랑했다. 나는 우리에게 일어난 일은 훨씬 훗날의 일이었고 아버지와 관련이 있다고 생각하는 쪽이다. 우리 넷은 아직도 아버지가 차고에서 손이 필요할 때면 보통 리브나 잉그리드를 불렀던 일을 기억하며 웃곤 한다.

나는 레오 허츠버그라는 일흔 살의 노인이 화자로 나오는 책을 6년에 걸쳐 썼다. 그 소설을 시작할 때는 남자의 역할을 하며 남자의 목소리로 말하는 데 불안감을 느꼈다. 그 초조함은 금세 사라졌지만, 내가 뭔가 다른 일을 하고 있다는 사실은 오히려 자명해졌다. 이 화자는 나와는 다른 방식으로 자기 내면에 살고 있었고, 나는 그가 되기 위해 나의 남성적인 측면을 끌어내야 했다. 예전에도 나는 작품에서 성적인 모호성을 가지고 작업했던 적이 있다. 내 첫 소설《당신을 믿고 추락하던 밤》의 주인공—이 책은 또한 일인칭 시점으로 쓰였다—은 머리카락을 짧게 자르고 자기가 번역한 소설의 주인공 남자아이의 이름을 빌려서 남자 양복을 입고 뉴욕의 거리를 배회한다. 그 책을 쓸 때 나는 주인공인 아이리스가 남자 양복을 입어야 한다는 걸 알았지만 이유는 알지 못했다. 다만 그녀가 남자 옷을 입는 행위는 독일 중편《잔인한 아이》의 번역과 연결되어 있는데, 번역이란 한 언어에서 다른 언어로 이동하는 움직임이다. 그리고 남자 행세를 하면서 아이리스는 취약성을 떨치고 소정의 힘을 획득하는데, 이 힘을 그녀는 절실히 필요로 한다. 그런데 생존전략으로서 남성의 위치를 취하는 행위가 우리 가족에 뿌리를 두고 있다는 생각은 지금 처음으로 하게 되었다. 양복을 입은 아이리스는 내 꿈의 이중성과 불확실성을 구현하며, 자기 자신을 남성적 캐릭터로 재창조할 때 그녀는 마침내 자기 자신의 구제를 상상할 수 있게 된다. 그녀는 또한 '클라우스'로서 말도 다르게 하고, 상욕을 쓰며, 그녀가 남자와 연관 짓는 자신만만한 걸음걸이로 걷는다. 얼마 전 내가 만난 어떤 정신과 의사는 《당신을 믿고 추락하던 밤》을 여성 환자 여러 명에게 주었다고 말했다. "그러면 병세가 더 나빠지지 않나요?" 반 농담으로 내가 물었다. "아니요." 그녀가 말했다. "그 책은 경계의 중요성을 깨닫는 데 도움이 돼요." 아이리스의 복장도착crossdressing은 자기방어의 수단이다. 그녀가 여성성과 연결하는 열림, 유약함, 경계 없음으로부터의 탈출구다.

레오가 되는 건 번역의 행위가 아니었다. 시간이 지나자 내게 그의 목소리가 들리기 시작했다. 나는 남자의 목소리를 들었다. 그 목소리가 어디서 왔는지 설명하기란 아마 불가능할 것이다. 그러나 내가 사랑했던 남자들, 특히 우리 아버지와 남편의 이야기를 경청한 경험에서 끌어온 거라 확신한다. 하지만 그 외에도 내 지적인 삶에 결정적인 영향을 미친 다른 사람들의 목소리가 있다. 오랜 세월에 걸쳐 읽은 헤아릴 수 없는 책들에 들어 있는, 육신과 분리된 남성의 목소리들 말이다. 그들의 말이 내 안에 있다. 물론 여성 작가들의 말도 있다. 제인 오스틴, 에밀리와 샬럿 브론테, 조지 엘리어트, 에밀리 디킨슨, 거트루드 스타인, 듀나 반스 역시 내 상상력을 바꾸어 놓았다. 그러나 내가 말하는 성의 차이는 실제 육체의 문제가 아니다. 위니코트의 말대로 "…이제 나는 더이상 남자아이와 여자아이, 혹은 남자와 여자를 생각하지 않고 있었다. 그보다 각자가 지닌 남성적이고 여성적인 요소라는 관점에서 생각하고 있었다." 오랜 경험을 통해, 위니코트는 해부학적 신체를 초월하는 방식으로 환자의 이야기를 들을 줄 알게 되었다. 읽기는 작가를 보지 않음을 뜻한다. 메리언 에번스는 자신의 성性을 숨기려고 조지 엘리어트가 되었고, 한동안은 효과를 보았다. "마담 보바리는 바로 나다"라는 플로베르의 선언은 그가 한 다른 어떤 말보다 진지하다.

독서가로서 나는 말에 거의 마술과 같은 힘이 있어서, 더 많은 말들은 물론이고 스치는 이미지, 감정, 그리고 추억들을 만들어 낸다고 믿는다. 어떤 소설과 시에는 그간 몰랐던 날것의 나 자신을 파내는 힘이 있었다. 마치 내가 존재하는 줄도 몰랐던 거울 같았다. 책에는 작가의 몸이 없지만, 이 부재는 책의 페이지를 변화시켜 우리가 진정으로 자유롭게 남성이나 여성 화자에 귀 기울일 수 있는 장소가 되게 한다. 책을 쓸 때 나는 또한 경청한다. 내 안에서가 아니라 내 밖에 있는 것처럼 캐릭터들이 말하는 소리가 들린다. 어떤 책에서는 남자의 역할 유희를 했던 젊은 여자의 목소리가 들렸다. 또 다른 책에서는 남자의 목소리가 들렸다. 꿈속에서 나는 두 성 사이에서 잡아 당겨지며, 어느 쪽이 나일까 궁금해한다. 어느 쪽인지 모르는 건 신경 쓰이는 일이지만, 글을 쓸 때는 그 모호성이 나의 해방이 되고, 나는 남자와 여자의 몸을 자유롭게 넘나들며 그들의 이야기를 쓴다.

2003

어머니를 떠나기

캠프의 방문객용 주말이라서 나는 열두 살짜리 딸 소피를 껴안고 그 애의 침대에 함께 앉아 이야기를 나누고 있었다. 그런데 건너편 통나무집에서 어떤 여자아이의 칭얼거리는 소리가 들려왔다. "우리 엄마가 오면 좋겠는데. 엄마는 어디 있지?" 또 다른 여자아이는 침대에 누워 천정을 보며 투덜거렸다. "그러게, 나도 우리 엄마 무릎에 앉고 싶다." 그 애들은 아직 도착하지 않은 엄마들을 기다리고 있었다. 그날 학부모들이 집에 가고 나서, 어떤 아이들은 울고 어떤 아이들은 울지 않았다. 어떤 아이들은 결사적으로 엄마 아빠를 붙잡고 늘어졌다. 다른 아이들은 재빨리, 건성으로 포옹을 하는 둥 마는 둥 했다. 방문객용 주말을 여러 번 지내본 선생님은 내게, 이혼한 부모는 어김없이 알아볼 수 있다고 말했다. 엄마나 아빠가 아이에게 작별인사를 할 때, 애인이나 새 배우자는 멀찌감치, 존중의 의미로 적어도 열 발자국 이상 떨어져 서서 기다린다고 한다. 작별인사는 분리를 유도하지만, 결국은 헤어져야 한다 해도 엄마나 아빠와 이별하기란 쉬운 일이 아니다. 내 남편은 부모로서 우리의 일은, 훌훌 떠나가서 우리 없이도 잘 사는 아이로 키우는 거라고 즐겨 말한다.

내가 일곱 살이고 여동생 리브는 다섯 살이었을 때, 우리는 어머니와 아버지에게 작별인사를 하고 데이비드 할아버지를 따라 시카고로 갔다. 데이비드 할아버지는 우리 할아버지의 사촌으로 1962년에는 80대 초반에 접어들었으니 이미 노인이었다. 데이비드 할아버지는 언제나 우리 삶의 일부였고, 리브와 나도 아주 좋아했다. 데이비드 할아버지는 스물두 살 때 운을 시험하러 미국으로 건너와 시카고 외곽에 정착했고, 그곳에서 계속 목수로 일했다. 데이드 할아버지는 재미있었다. 매일 몇 마일씩 걷고 우리와 격한 놀이를 같이 해주고 불시에 열렬한 포옹으로 애정을 표현했는데, 우리는 그것이 매우 열렬했음에도 불구하고 굉장히 불편했다.

동생과 함께 데이비드 할아버지를 따라 기차에 올랐을 때 흥분 말고 다른 감정을 느낀 기억은 없고, 부모님에게 작별인사를 한 의식적인 기억도 없다. 리브와 나는 그 여행이 우리 인생 최고의 모험이라고 느꼈고, 기꺼이 그 기회를 만끽하기로 했다. 시작은 좋았다. 우리는 커다란 열차 좌석에 데이비드 할아버지를 마주 보고 앉아 있었다. 그런데 갑자기 코 위로 붉은 반다나를 둘러 묶은 남자 두 명이 객차 안으로 달려왔다. 총을 든 경찰 두 명이 그 남자들의 뒤를 바짝 쫓았다. 혼비백산한 리브와 나는 데이비드 할아버지에게 그 남자들이 누구냐고 물었다. 할아버지는 아무렇지도 않게 말했다. "짐을 훔치는 강도들일 거다." 여동생과 나는 신이 났다. 진짜 강도라니.

데이비드 할아버지는 학교 선생님인 미혼의 딸과 함께 살았는데, 우리는 그녀를 해리엇 숙모라고 불렀다. 내가 기억하는 그 집은 어두웠다. 커튼을 자주 쳐 뒀든가, 창문으로 해가 잘 들지 않았던 것 같다. 잘 모르겠다. 하여간 그곳은 그림자의 공간이었고 퀴퀴한 냄새가 났다. 우리가 간 첫날, 해리엇 숙모는 우리에게 "2층에 올라가서 이제 목욕을 하렴."이라고 말했다. 리브와 나는 서로 눈길을 교환했고 계단을 올라 목욕탕 문을 열고 들어가서 욕조를 빤히 바라보며 가만히 서 있었다. 우리는 혼자 목욕해본 적이 없었고 욕조에서 물을 틀어본 적도 없었다. 어머니가 언제나 목욕물을 받아 주었다. 어머니가 머리를 감겨주었고, 우리가 감기에 걸리지 않도록 건조기로 수건을 미리 따뜻하게 해두었다. 겨울에는 아버지가 그런 따뜻한 수건으로 우리 몸을 감싸주고, 팔로 번쩍 들어 안아 벽난로 앞에 내려주곤 했다. 리브와 내가 어떻게 할까 의논했던 건 또렷하게 기억한다. 우리는 명령을 받았다. 그 말을 따르지 않겠다는 생각은 우리 머리에 떠오르지도 않았고, 도움을 청한다는 생각도 하지 못했다. 우리는 목욕을 했다.

차갑고 얕은 물에서. 목욕은 2분 정도 걸렸다.

그 후 며칠 동안, 우리는 하이우드를 떠나지 않았다. 해리엇 숙모가 출근하면 데이비드 할아버지가 우리와 놀아주었다. 지금도 선명하게 기억나는 그 여행의 절정은, 데이비드 할아버지가 자기 방으로 우리를 손짓해 불렀던 오후다. 동생과 내가 지켜보는 앞에서 할아버지는 구두를 신은 채 침대 위에 호사스럽게 기대앉아서 굉장히 뽐내는 몸짓으로 지갑에서 지폐를 꺼냈다. 우리는 지폐를 보려고 몸을 바짝 기울였다. 백 달러짜리 지폐였다. 우리가 그렇게 큰돈을 한꺼번에 본 건 그때가 처음이었다. "이런 게 필요하면 언제든지 할아버지를 찾아오려무나." 리브와 나는 깊은 감동을 받았다.

언제 집에 가고 싶어졌는지 언제 부모님이 보고 싶어졌는지 확실하지는 않지만, 겨우 이삼일 후였던 것 같다. 여행 전체가 2주일 이상이었을 리가 없다. 지금 와서 생각해 보면 흥미로운 점은, 나 자신에게도 그런 감정을 드러내어 표현하지 않았다는 사실이다. "집에 가고 싶어."라든가 "부모님이 보고 싶어."라는 말을 하지 않았다. 이와 동시에 나는 말을 했든 안 했든 리브와 내가 같은 감정을 공유했다는 강한 확신이 있었다. 우리는 꼭 붙어 다녔고, 데이비드 할아버지네 집이 우리가 익숙한 집과 얼마나 다른지 얘기했지만, 울지도 않고 무언가를 바꿔 달라고 요구하지도 않았다. 그리고 나는 집에 편지를 한 통 썼다. 명랑한 편지였고, 어머니와 아버지에게 하이우드에서 뭘 하고 지내는지 보고하는 내용이었을 것이다. 하지만 그 편지와 함께 나는 예수님의 그림 한 장을 보냈다. 주일학교에서 배운 성경 이야기들은 내게 커다란 영향을 미쳤고, 일곱 살 때 나는 몹시 신실한 어린이였다. 하느님과 천사들과 기적과 무서운 십자가 이야기가 내 내면의 세계에 살고 있었고, 그래서 나는 예수님이 잡혀가서 십자가에 못 박히기 전에 겟세마네 동산에서 아버지인 하느님께 기도하는 그림을 그려야겠다는 생각을 했다. 나는 그 그림을 굉장히 열심히 그렸다. 내가 그때까지 그린 최고의 작품, 가장 아름다운 그림이라고 생각했다. 그리스도가 무릎을 꿇고 기도하고 있었는데, 아마 파란 가운 차림이었을 것이다. 나는 그 그림을 접어서 우리의 소식과 함께 집에 보냈다.

어머니는 그 그림을 보자마자 기차를 타고 시카고로 오기로 마음먹었다. 내게 그 그림의 메시지는 전적으로 무의식적이었지만, 어머니는 그것을 정확하게 읽었다. 그 그림은 "이 잔을 내게서 거두어 주소서."라고 말하고 있었다. 나는 기차역에서 리브와 내가 뛰어가 두 팔을 활짝 벌린 엄마의 품에 안겼을 때 엄마의 모습, 엄마의 목소리, 엄마 몸의 감촉, 엄마의 향수 냄새를 지금도 기억한다.

그 여행과 어머니의 도착은 어린 시절의 어떤 기억보다 더 생생하게 남아 있다. 데이비드 할아버지와 해리엇 숙모는 엄마가 온다는 얘기를 해주지 않았다. 엄마는 비밀로 한다는 계획에 반대였지만 놀라게 해주자는 두 사람의 생각을 바꿀 수가 없었다고 나중에 말해주었다. 우리가 아무것도 몰랐기 때문에, 엄마의 출현은 동화 속의 소원이 이루어진 것처럼 우리 둘 모두에게 마술적인 사건이 되었다. 이런 마술적 특질은, 내가 나도 모르게 엄마를 불렀고, 내 영혼의 캄캄한 후미까지 꿰뚫어 보는 초능력을 지닌 엄마가 그 부름에 답해 나타났기에 더욱 강해졌다.

어머니들은 우리의 첫사랑이기 때문에, 어머니들을 통해 우리가 새로운 세계에서 별개의 존재로 자아를 찾기 시작하기 때문에, 그들은 좋든 나쁘든 엄청난 힘을 갖고 있다. 리브와 나는 친척들에게 친절한 대접을 받았지만, 그 방문은 우리 둘 모두의 마음속에 낯선 세계로 떠난 첫 모험으로 기억된다. 나는 낯선 침대 커버와 이상하게 생긴 시리얼 그릇을 기억한다. 심지어 마당의 풀도 기억난다. 그것마저 다른 현실의 손길이 닿은 것처럼 보였기 때문이다. 대부분 성인은 경험을 통해 낯섦이라는—'집에 있는 것 같지 않은'—강렬한 감정을 잃어버리게 된다. 물론, 엄마가 우리와 함께 있었다면 리브와 나는 그렇게 강렬하게 변화를 인지하지 못했을 것이다. 진실은, 집에 대한 관념과 부모에 대한 관념이 서로 분리될 수 없었다는 것이다.

일곱 살이었으니 나는 현실 감각을 가지고도 남을 나이였다. 따라서 다시 엄마와 아빠를 볼 수 있다고 확신했겠지만, 그래도 여전히 그리움은 어쩔 수 없었다. 엄마와 아빠는 발밑의 땅과 같았다. 엄마와 아빠가 없어지자 나는 허공에 있는 느낌이 들었고 내딛는 한 발 한 발에 자신이 없었다. 아기를 키워본 사람은 다 알겠지만, 예를 들어 8개월의 아기는 엄마가 돌아올 거라는 확신이 없기에 엄마가 방에서 나가기만 해도 미친 듯 항의를 한다. 딸이 걸음마를 갓 배웠을 때 내가 누군가와 전화 통화를 하면 갑자기 이것저것 해달라고 요구하기 시작했던 기억이 난다. 꼭 방에서 나가야 아이를 떠나는 건 아니다. 누군가 다른 사람에게 말하고 싶다는 나의 욕망만 감지해도 딸아이는 불안해하고 짜증을 냈다. 전화를 끊고 온전히 딸에게 정신을 집중하면, 아이는 굉장히 바쁜 척하면서 내 존재를 의식하지도 못하는 듯 어딘가로 가버리곤 했다. 이것이 문제다. 아이의 참된 독립은 강인하고 확신을 주는 부모의 존재감에서 나오며, 우리가 영원히 집을 떠날 때 가져가는 것도 바로 그 존재감이기 때문이다.

집에서 일하는데도, 여러 해 동안 나는 어머니가 나를 떠난 것보다 훨씬 자주 딸아이를 떠났다. 소피가 네 살 때는 두 주 반 동안 독일로 책 홍보 투어를 갔다. 소피는 제 아버지와 내 어머니와 함께 집에 있었다. 두 사람 다 그녀가 예뻐 어쩔 줄 몰랐고 아주 잘 돌봐주었다. 내가 돌아오자 소피는 내게 찰싹 달라붙었고 우리 어머니에게는 눈에 띄게 냉담하게 굴었다. 뛰어난 심리학자가 아니더라도 소피가 화를 내는 대상은 우리 어머니가 아니라 그녀를 두고 떠난 나라는 걸 금세 알아챌 수 있었다. 그러나 분풀이는 어머니의 대리한테 해야 했다. 새 부모는 이와 같은 입장에서 전위된 분노의 표적이 되기 쉽다. 그 후로 2년 동안 내가 어디로 여행을 가려고 하면 딸은 나를 올려다보며 물었다. "엄마 독일 가는 거 아니지, 응?" 독일, 지도에서 찾을 줄도 모르던 나라가 그 애에게는 엄마에 대한 그리움의 표상이 되었다. 나로서는 일 때문에 여행까지 가게 되어 기뻤지만, 내 딸이 사랑하고 내 딸을 사랑하는 사람들에게 아이를 맡기고 떠나는 이상적인 상황에서도 아이는 슬퍼했고 부재는 흔적을 남겼다. 소피가 아홉 살 때, 나는 두 번째 소설 때문에 다시 독일에 가야 했다. 그때쯤은 독일이라는 나라의 이름에서 슬픈 함의는 사라졌고, 아이는 내가 없는 동안 외할머니와 함께 지내는 것에 티 없이 즐거워했다. 아홉 살이 되자 감정적으로 훨씬 성숙해서 네 살 때보다 엄마의 여행을 잘 이해하게 된 것이다.

어린아이는 부모의 부재를 사적으로 받아들이고 사랑하는 부모가 떠나면 자기 책임이라고 생각하기 쉽다는 사실은 잘 알려져 있다. 어린아이는 모두 부모를 사랑하면서도 모든 걸 다 알고 있는 부모의 능력에 반발하기 때문에, 부모가 자취를 감추면 자신의 공격적 감정과 관련이 있다고 생각할 수밖에 없다. 따라서 자신의 가장 큰 사랑과 관련해 자기가 취약하다는 느낌이 들면, 엉뚱한 데에—좀 더 안전한 대상에게—화풀이를 할 수 있다. 내가 아는 남자아이는 아버지가 없는 동안 자기가 사랑하는 삼촌을 계속 '바보'라고 불렀다. 모든 아빠를 믿을 수 없게 된 것이다. 아버지가 돌아오자 소년은 그리워했던 아빠를 작은 주먹으로 마구 때리다가 결국 열렬한 포옹을 하며 눈물을 흘렸다.

부모와 분리되었을 때 대부분 아이가 경험하는 사랑과 분노의 정상적 고통은 부모가 돌아오면 대부분 회복된다. 그러나 절대적으로 불가피한 분리도 있다. 이를테면 아이나 부모가 병으로 입원해야 하는 경우다. 영국의 소아과 의사이자 정신분석학자인 D. W. 위니코트는 저서 《어린이를 생각하다Thinking about Children》에서 결핵일 가능성이 있어 입원 치료를 받아야 했던 네 살짜리 소녀 이야기를 한다. "그 애는 진지한 소녀였고, 마음으로 삶의 기쁨을 전혀 느끼지 못했다." 위니코트는 그 후 아이가 두 살 때 디프테리아로 입원 치료를 받았음을 알게 되었다. 당시 아이는 잠든 사이에 병원으로 옮겨져 낯선 환경에서 눈을 떴고 방안에서 낯선 사람들을 보게 되었다. 게다가 아이 어머니는 3개월이나 문병을 금지당했다! 그러니, 또다시 병원 침대에 누워 있다는 걸 깨달은 아이의 절망감은 상상하기조차 힘들다. 위니코트는 이렇게 덧붙여 썼다. "집에서 다른 곳으로 옮겨진 경험이 정서적 발달에 크나큰 심리적 외상을 남겼던 모양이다. 나로서는 말하기 어렵다."

위니코트는 전형적으로 그답게 정직하다. 우리는 미래를 바라보는 게 아니라 과거를 돌아보며 이야기할 수밖에 없지만, 적어도 부모로서 우리의 드나듦, 우리의 존재와 부재가 아주 조심스러운 일이라는 사실을 이해해야만 한다. 잘 알려진 사실이지만, 여러 번 버림을 받거나 돌봐주는 사람들을 여럿 거친 아이들이 인지와 행동 양면으로 발달장애가 생기기 쉽고, 사랑일 수도 있었을 감정이 이따금 분노로 화하기도 한다. 고전적인 연구서인

《애착과 상실Attachment and Loss》 2권에서 존 보울비John Bowlby는 어머니를 살해한 십 대 소년 두 명의 사례연구를 인용한다. 한 소년은 "엄마가 또 떠나야겠다고 하면 내가 못 견딜 것 같았어요." 라고 말했다. 어머니가 비행기를 탈 때 슈트케이스에 폭탄을 넣은 또 다른 소년은 간략하게 "다시는 엄마가 나를 떠나지 못하게 해야겠다고 마음먹었어요."라고 했다.

자기를 두고 간 아버지를 주먹으로 때린 네 살짜리와 어머니를 살해한 십 대들은 아예 다른 별에서 온 생명체들처럼 보이지만, 그 차이는 본질이 아니라 정도의 차이다. 심리적 외상을 유발하는 부모와의 분리는 오래전부터 청소년범죄와 관계가 있다고 보아왔다. 육체적 분리가 부모의 감정적 거리 두기나 거부로 인해 강화되면, 아이가 입는 상해를 복구할 수 없게 된다.

딸아이의 캠프에 앉아서 엄마가 늦게 온다고 한탄하고 있는 여자애들의 말소리를 듣고 있자니, 유년기가 얼마나 길었는지 새삼 기억났다. 여름 한 철이 1년처럼 느껴질 수도 있고, 1년이 10년처럼 느껴질 수도 있다. 시카고 여행과 백 달러짜리 지폐와 마술 같던 엄마의 도착이 기억났고, 또 시카고행 열차 안에서 짐 도둑들이 바로 우리 곁을 스쳐 도망치는 광경을 보면서도 전혀 겁먹지 않았던 리브와 내가 물을 채워줄 엄마가 없는 텅 빈 욕조를 보고 크게 당황하고 두려워했던 것도 기억났다. 간단히 말해, 나는 아이였던 스스로를 기억했다. 이제 청소년기에 들어서는 딸아이를 보며 그 기억을 생생히 살려놓아야겠다는 생각을 하지 않을 수 없었다. 가끔은 쓰라린 십 대의 시련을 내가 기억한다면, 그 애도 나도 우리의 불가피한 분리와 더 잘 타협할 수 있을 것이다. 그리고 그 이별은 그 애의 삶, 그 애 혼자서 만들어나가야 하는 삶이라는 모험이 시작되도록 해줄 것이다.

1999

타인과 함께 살기

내가 자란 미네소타 시골에서는, 길에서 사람을 보면, 아는 사람이든 모르는 사람이든 무조건 "안녕하세요."라고 인사를 하는 게 관습이었다. 따분하고 단조롭고 퉁명스러운 말투로 툭툭 내뱉어도 얼마든지 괜찮았지만, "안녕하세요."라는 말은 반드시 해야 했다. 말없이 사람을 지나치는 건 단순히 무례 정도가 아니었다. 그런 행동은 잘난 척하는 속물이라는 비난을 유발할 수 있었고, 평등주의적인 미네소타의 좁은 동네에서는 그야말로 최악의 죄악이었다.

1978년 뉴욕으로 이사한 나는 무수한 타인들 가운데에서 산다는 게 무슨 뜻인지, 그들 모두에게 인사를 한다는 게 얼마나 비현실적이고 불건강한 일인지 금세 깨달았다. 내가 살던 웨스트 109

번가에 있는 방 두 개짜리 아파트에서는 위층 사람이 마루에서 걸어 다니는 발소리가 천장을 통해 다 들렸다. 나는 아랫집에서 사는 커플이 악을 쓰고 울부짖으며 전투를 치르는 소리를 들었다. 분노에 찬 목소리들 사이로 간간이 쿵, 쾅, 하고 부딪는 소리, 유리가 깨지는 소리가 섞여들었다. 하나밖에 없는 창으로는 10미터쯤 떨어져 있는 건물의 뒷벽이 보였다. 밤에 침대에 누워서는, 통풍 공간 너머에 사는 두 청년이 창문의 불빛을 받으며 속옷 바람으로 한가롭게 쉬고 있는 모습을 가끔 바라보곤 했다. 인도人道에서 군중을 헤치고 걸으려면 떼밀리고 부딪히고 팔꿈치로 찍혀야 했다. 지하철에서는 모르는 사람들과 신체적 접촉을 해야 했다. 짓눌려서 타인의 몸과 꼭 붙은 채 그들의 헤어오일, 향수, 땀 냄새를 맡았다. 예전의 삶에서는 오로지 남자친구들이나 가족들과만 할 수 있는 가까운 접촉이었다. 내가 이 도시에서 생존의 불문율을 체득하는 데는 오랜 시간이 걸리지 않았다. 관습은 소리 없이, 강력하게 소통했다. 뉴요커라면 거의 누구나가 가능한 한 항상 실천하는 단순한 법칙은, "그런 일이 벌어지고 있지 않은 것처럼 행동하라."는 것이다.

널리 활용되는 이 대처기술이 뉴요커와 관광객, 숙련된 시민과 방금 도착한 사람들을 구분한다. 어떤 이란 친구는 자기가 뉴욕에 도착하고 일주일쯤 되었을 때 세컨드 애비뉴 버스를 타고 업타운으로 가던 이야기를 해주었다. 24번가에서 문이 열리더니 벌거벗은 몸에 손바닥만 한 목욕가운만 걸친 여자가 버스에 탔다.

마지막 계단에 올라서던 그녀는 갑자기 손으로 주머니를 마구 더듬더니 충격을 받은 얼굴로 외쳤다. "내 버스표! 버스표! 맙소사, 버스표를 다른 목욕가운에 넣어뒀나 봐요!" 운전사는 한숨을 쉬고는 그냥 타라고 손짓했다. 내 친구는 소동이 벌어지는 동안 내내 여자를 보고 있었는데, 구경하는 사람이 자기 혼자뿐이라는 걸 알고 좀 부끄러웠다고 했다. 다른 사람들은 구경은커녕 아예 처음부터 여자에게 눈길도 주지 않았다.

작년 10월에 F선 지하철을 타고 가다가 광기 어린 눈빛의 남자가 열차에 올라타는 모습을 보았다. 남자는 쩌렁쩌렁한 목소리로 묵시록의 몇 구절을 읊더니, 똑같이 큰 목소리로 9·11 사태는 우리의 죄악을 벌하려 신이 내린 천벌이라고 설교하기 시작했다. 승객들 사이에서 그 남자를 향한 싸늘하고 뻣뻣한 반발심이 느껴졌지만, 단 한 사람도 고개를 돌려 그를 바라보지 않았다.

이삼 주일 전에는 브루클린 음악원에서 남편과 함께 연극을 보고 브루클린의 애틀랜틱 애비뉴 역의 계단을 내려가 2호선 지하철을 기다렸다. 피곤해서 앉고 싶던 차에 빈자리가 몇 개 있는 벤치가 보였다. 그 벤치 끝에는 비닐봉지를 대여섯 개 들고 있는 남자가 앉아 있었는데, 20미터쯤 떨어진 거리에서도 느껴지는 조용한 적의의 분위기에 기피 인물일지도 모른다는 느낌이 왔다. 그렇지만 남편도 함께 있고 해서 그냥 그 좌석으로 걸어갔다. 우리는 남자와 네 개의 빈자리를 사이에 두고 끝자리에 앉았다. 일 분쯤 지난 후, 그는 봉지들을 챙겨 우리를 비척비척 지나가다 우리

쪽으로 침을 칵 뱉었다. 조준을 썩 잘하지는 못했지만, 그래도 내려다보니 내 바지 무릎에 아주 작은 침방울이 묻어 반짝거리고 있었다. 우리는 그냥 모른 척했다.

이 세 일화는—목욕가운을 입은 여성, 광신도 설교자, 침 뱉는 남자—"그런 일이 벌어지고 있지 않은 것처럼 행동하라." 법칙으로 대처할 수 있는 다양한 강도의 황당하고 분통 터지는 행위를 보여준다. 그렇지만 남편은, 침을 뱉은 남자의 경우, 내게 가래침이 더 많이 묻었다면 자신이 뭔가 행동을 취해야 한다는 압박감을 느꼈을 거라고 말했다. 그리고 이 도시의 모든 사람이 알다시피, 행동은 위험을 내포한다. 그래서 보통은 우리 사이에 존재하는 예측이 불가능한 사람들을 유령으로 취급하는 편이 낫다. 귀먹고 눈먼 벙어리처럼 보이는 관중을 향해 외로운 서사를 공연하는 방랑 유령들 말이다.

행동을 취한다는 건 상황과 관점에 따라 용기 있다고, 아니면 그저 바보 같다고 볼 수도 있다. 수년 전, 남편은 펜 스테이션 행 지하철 객차 안에서 본 광경이 잊을 수 없이 인상적이었다고 한다. 키가 아주 큰 흑인 남자가 짧은 반바지 차림에 높은 비닐 부츠를 신은 여자와 함께 지하철을 탔다. 두 사람 다 강력한 약물에 취한 듯한 모습이었다. 여자가 앉을 자리를 발견하고 즉시 고갯짓을 했다. 비틀거리며 서 있던 남자는 담배 한 개비를 꺼내 불을 붙였다. 이 위법행위가 있고 몇 초도 안 되어, 아담한 금발의 백인 남자가 정중하게 항의했다. 이십 대 후반쯤 되어 보였고, 베이지색 트렌치코트의 단추를 목까지 꼭 채우고 있었다. "실례합니다." 중서부 어디서 형성된 게 틀림없는 억양으로 남자가 말했다. "귀찮게 해서 죄송하지만, 지하철에서 담배를 피우는 건 불법이라는 점을 알려드리고 싶군요." 키 큰 남자는 자기한테 말을 건 남자를 내려다보고, 위아래로 훑어보며 체격을 살핀 후, 잠시 아무 말도 없다가, 깊고 감미로운 목소리로 말했다. "죽고 싶어?"

대부분의 뉴욕 이야기라면 거기서 끝났겠지만, 이 이야기는 아니다. 키 작은 남자는 아니라고, 죽고 싶지는 않다고 인정했지만, 해야 할 말을 멈추지도 않았다. 오히려 고집스럽게, 차분하게 법을 옹호하고 그 명시적인 엄격함을 논증했다. 키 큰 남자는 계속해서 담배를 피웠지만, 적수를 보는 눈에는 갈수록 은근히 재미있다는 눈빛이 담겼다. 흡연자는 내릴 차례가 되자 나가기 전에 지칠 줄 모르는 중서부의 작은 남자를 보고 고개를 끄덕이더니 말했다. "데일 카네기 과정 재밌게 들으시게!"

그 이야기는 끝도 좋고 위트도 있었지만, 행동해야 할 때가 언제인가에 대한 윤리적 통찰은 전혀 주지 못한다. 그저 이 도시의 일원이라는 것 말고는 아무 공통점도 없는 타인들 사이에서 끝없이 펼쳐지고 있는 드라마의 일환일 뿐이다. 그러나 미소라든가 시의적절한 한마디 말이 자칫 안타까운 사태가 되었을지도 모를 상황을 바꾸기도 한다. 지난 1년 반 동안, 열다섯 살인 우리 딸은 브루클린의 집에서 맨해튼의 어퍼웨스트사이드에 있는 학교까지 지하철을 타고 통학하느라 "척하기 법칙"에 수반되는 냉랭하고 얼어붙은 표정을 완벽하게 습득하고 있었다. 귀에 워크맨을 꽂고, 불가피한 괴짜 캐릭터가 다가와 말을 걸려 하면 안 들리는 척했다.

어느 날, 맞은편에 앉은 '삼십 대의 백인 남자'가 노골적으로 쳐다보는 바람에 딸은 마음이 불편해졌다. 남자의 눈길을 피하고 있던 딸은 그가 마침내 지하철에서 내리자 안심했다. 그러나 열차가 역을 떠나기 전, 남자는 딸 앞의 창문에 덥석 뛰어 매달리더니 유리창을 쾅쾅 주먹으로 치기 시작했다. "사랑한다!" 남자는 고함을 쳤다. "사랑해! 너는 내 평생 본 중에서 가장 아름다운 여자애야." 깊은 수치심에 젖은 소피는 꼼짝도 하지 않았다. 승객들은 남자를 투명한 벙어리로 취급했지만, 과장된 음유시인 같은 남자의 사랑 고백을 뒤로 하고 열차가 덜컹거리며 출발하자 소피 옆에 앉아 있던 한 남자가 신문을 보다가 고개를 들고 무미건조한 말투로 말했다. "짝사랑하는 남자가 생긴 모양입니다."

소피는 기분이 나아졌다. 법칙을 어기고, 그 남자는 자기가 몹시 공공연한 소란을 목격한 증인임을 자인했다. 별일 아니라는 투는 그 사건에 내재한 코미디를 규정했고, 삭제의 게임에 집단으로 참여한 타인들 사이에서 원치 않는 주목의 대상이 된 딸을 외로운 불행으로부터 꺼내주었다. 그 몇 마디 안 되는 말로, 아무 힘도 들이지 않고, 그 사람은 딸에게 꼭 필요한 것─평범한 인간의 연대감을 보여주었다.

뉴욕을 거치고 머무는 사이, 우리가 보지 않은 척 듣지 못한 척 심지어 냄새 맡지 못한 척한 것들이 수도 없이 많지만, 사실 우리 대다수는 아주 많은 것을 보고 듣고 냄새 맡는다. 망각의 가면 뒤에는 경계심이(그리고 그토록 늘 경계하고 있어야 하는 피로감이) 있다. 시골길에서 백일몽에 빠질 수는 있다. 하지만 수백 명이 같은 인도를 바삐 걸어가는 5번가에서 백일몽에 빠지는 건 전혀 다른 얘기다. 그러나 바로 여기 이렇게 사람이 많다는 사실 때문에 타인을 능동적으로 인식하는 일은 대체로 선택의 문제가 되었다. 그렇지만 낯선 사람들 사이에서 오가는 칭찬, 모욕, 응수, 미소, 진심 어린 대화는 이 도시의 소음, 이 도시의 자극, 이 도시의 매혹이기도 하다. "척하기 법칙"을 항상 엄격하게 준수하며 살아간다면 못 견디게 따분할 것이다. 우리 도시인들에게는—타고난 도시인이든, 나 같은 개종자든 상관없이—즉흥적으로 사고하고, 상황을 가늠하여 행동할 것인가 말 것인가를 결정하는 데서 얻는 기쁨이 있다. 대체로 우리는 필요에 따라 자신을 차단하지만 아주 가끔은 벽을 허물고 서로에게 닿아 뜻밖에도 깊은 지성이나 온정이나 그냥 단순한 친절을 만나게 된다. 그리고 그런 일이 일어날 때면 언제나, 한 가지 진실을 새삼 떠올려 곱씹는다. 나만큼 크고 복잡하고 풍요로운 내면의 삶이 모두에게 있다는 것이다.

이따금 모르는 사람과 나눈 짧은 대화가 영원히 각인될 때가 있다. 심오해서가 아니라 비범하게 생생하다는 이유로 말이다. 20년도 넘는 옛날에 브로드웨이와 105번가의 인도에 한 남자가 누워 있는 모습을 보았다. 그는 육십 대 초반쯤이었는데, 더 젊었을 수도 있다. 면도도 안 한 더럽고 누추한 남자는 멍하니 무감각에 빠져, 찢기고 구겨진 종이봉지로 싼 술병을 꼭 움켜쥐고 옆으로 비스듬히 누워 있었다. 내가 그 곁을 지나가는데, 갑자기 남자가 팔꿈치로 땅을 짚고 몸을 일으키더니 나를 보고 소리쳤다. "어이, 이쁜 아가씨! 나하고 저녁식사 같이 할까?" 그 질문이 너무 시끄럽고 직설적이라서 나는 발걸음을 멈췄다. 발밑에 누워 있는 남자를 내려다보며 나는 말했다. "초대해 주셔서 감사하지만, 오늘 저녁에는 바빠요." 찰나의 망설임도 없이 남자는 나를 보고 씩 웃으며 건배하듯 술병을 치켜들며 말했다. "그럼 점심은?"

2003

9·11, 혹은 1년 후

1

9·11은 삼천 명의 사상자를 남긴 미국의 대참사가 벌어진 아침을 의미하는 국제적인 속기부호가 되었다. 두 숫자는 공포의 어휘목록에 올랐다. 수십, 수백, 수천, 가끔은 수백만의 희생자들을 지칭하는 지명과 이데올로기 용어들, 미라이[17], 오클라호마 시티[18], 아르헨티나의 실종자들, 사라예보, 캄보디아, 집단화[19], 문화혁명, 아우슈비츠. 9·11은 또한 하나의 발단, 시간의 측정법이

---

17) My Lai, 베트남 남부의 작은 마을로, 1968년 미군 1개 대대가 이곳의 주민들을 참혹하게 대량학살했다.

되었다. 이전과 이후, 프리pre와 포스트post. 새로운 시대의 여명, 경제학적 단층선, 전쟁의 발발, 세계에서 악의 존재, 미국적 순수의 상실을 지시하는 기호로 쓰이기도 했다. 그러나 우리 뉴요커들에게는, 그때 공격현장에 가까이 있었건 멀리 있었건 상관없이, 9월 11일은 훨씬 더 내밀한 기억으로 남는다. 그 후로 몇 주일 동안 우리가 그 공격 이후로 만나지 못한 친구와 이웃들을 보자마자 던진 첫 질문은 "너희 가족은 괜찮아? 아무도 잃지 않은 거야?"였다.

미디어의 질문인 "9월 11일 이후 이 도시의 삶은 어떻게 바뀌었습니까?"는 이곳은 물론 해외의 언론을 통해서도 거듭거듭 반복되었지만, 그날 당일을 지나치고 넘어가면서 그 질문에 대한 답을 한다는 건 불가능하다. 그날 아침, 그리고 그 후로 이어진 수많은 아침들로부터 나온 우리의 이야기가 없다면, 이전도 없고 이후도 없고 변화를 말할 수도 없다. 순전히 운이 좋아 사랑하는 이를 잃지 않은 우리에게도, 9월 11일은 결국 집단적인 심리적 외상과 끝나지 않는 애도의 이야기이기 때문이다.

세계무역센터가 무너진 날 브루클린 우리 구역 소방서에 소속된 소방수 서른 명 가운데 열두 명이 세상을 떠났다. 우리 집에서

---

18) 1995년 4월 19일 오클라호마 시티에서 벌어진 폭탄테러는 9·11사태 전까지 미국 본토에 대한 최악의 테러 공격이었다.

19) Collectivization. 사적 소유의 농장과 영지를 국가의 감독과 관리하에 합병시키는 과정. 1930년대에 소련에서 스탈린Stalin에 의해 강제적으로 가혹하게 수행되었고, 동유럽의 여러 국가에서 시행한 국가사회주의적 농업 재조직에서 공통으로 드러나는 특징이다.

몇 블록 떨어지지 않은 주류판매점 주인 찰리, 수년간 우리 부부가 와인을 살 때마다 도와주었던 그는 제수를 잃었다. 그녀는 펜실베이니아에 추락한 비행기의 승무원이었다. 테러리스트들이 그녀의 목을 칼로 그었다. 존 스트리트에 사는 내 친구들은 타워들이 쓰러질 때 그들 건물에 갇혀버렸는데, 충격으로 창문이 모두 깨졌다. 경찰의 도움을 받아 간신히 건물 밖으로 나오긴 했지만, 바깥에는 사체의 부위들이 땅바닥에 널려 있어서 조심스럽게 넘어가야만 했다.

트리베카의 화이트 스트리트에서 남편과 딸 줄리엣과 살았던 내 동생 아스티는 세계무역센터 북쪽 건물에서 2블록 거리에 있는 초등학교 P.S. 234를 향해 반대 방향에서 걸어가고 있었다. 줄리엣을 데려다준 지 얼마 되지 않았지만, 첫 비행기가 북쪽 건물에 충돌하자 가서 아이를 데리고 와야겠다고 생각한 것이다. 아스티는 자기가 과잉반응을 하는 걸까 생각했던 기억이 있다고 했다. 그때 두 번째 비행기가 굉음을 내며 그녀의 머리 바로 위에서 충돌했다. 올려다본 그녀는, 머리 위로 우뚝 솟은 건물에 커다란 구멍이 뻥 뚫린 것을 보고 달리기 시작했다. 그때쯤 사람들은 밀물처럼 북쪽으로 밀려가고 있었다. 누군가가 "오, 맙소사, 사람들이 뛰어내리고 있어!"라고 외치는 소리가 들렸다. 그녀 옆에 있던 여자가 길거리에서 토했다.

내 친구 래리가 일하는 〈월스트리트 저널〉의 사무실들은 바로 쌍둥이 빌딩 건너편에 있었다. 래리는 건물에서 탈출해서 더는

달릴 수 없을 때까지 달렸다. 숨을 고르려고 잠깐 멈춰 서서 돌아본 그는, 몸에 불이 붙은 채 창문에서 뛰어내리는 사람들을 보았다. 몇 시간 후, 그는 브루클린 브리지를 건너 간신히 집에 돌아왔다. 공포에 질린 아내 메리가 문을 열었을 때, 눈앞에는 머리에서 발까지 하얀 가루를 뒤집어쓴 유령 같은 남자가 서 있었다. 포옹을 풀고 물러선 남편을 본 메리는 우윳빛 가루 속에 섞여 있던 미세한 유리 조각에 찢긴 팔에서 피가 흐르고 있다는 걸 알았다.

2

본다고 해서 다 믿을 수 있는 건 아니다. 외상을 유발하는 사건들은 흔히 해리解離를 수반한다. 눈앞에서 전개되는 광경이 비현실적으로 보인다. 나는 첫 비행기로 인한 피해를 브루클린의 우리집 창문으로 보았지만 두 번째 비행기가 두 번째 타워를 들이박는 모습은 텔레비전으로 보았다. 내 마음속에 간직된 두 그림은 이상하게 잘못 짝지어져 있다. 첫 비행기에는 두 번째 비행기에 없는 힘이 있다. 비율과도 상관이 있고 매개 없이 본 광경이라는 점과도 상관이 있다. 내 집 창문을 통해 익숙한 고층빌딩에서 피어오르는 연기를 보고 나는 충격을 받았다. 21인치 텔레비전 스크린으로 본 이미지는 생경하고, 심지어 환각 같은 느낌이 있어서 나는 보면서도 "이건 현실이야. 실제로 일어나는 일이야."라고 되뇌어야 했다. 반면 두 번째 충돌을 두 눈으로 보고, 그 무서운 파괴의 참상을 불과 몇 블록 떨어진 거리에서 보고 들었던 아스티는 평정심을 유지했다. 그날 밤 줄리엣을 재우고 건물을 가르는 비행기의 모습을 텔레비전에서 보았을 때, 그제야 아스티는 비로소 울기 시작했다.

직접적 이미지와 매개된 이미지의 문제는 9·11 사태와 후유증에 있어 중요한 의미가 있다. 세계인이 그 사태를 텔레비전으로 지켜보았을 뿐 아니라, 자신들이 스펙터클한 미디어 이벤트를 연출하고 있다는 것을 테러리스트들이 알았기 때문이다. 그들은 첫번째 비행기 충돌과 두 번째 비행기 충돌 사이에 텔레비전 뉴스팀이 현장에 출동하여 비행기가 두 번째 타워를 들이박는 무서운 광경을 기록할 테고, 그 테이프는 전 세계가 볼 수 있도록 재생되고 또 반복재생될 것임을 잘 알고 있었다. 그들은 또한, 그 광경은 대자본 헐리우드의 재난 영화와는 비교도 되지 않으리라는 사실도 알았다. 테러리스트들은 영화제작사들이 속이 메슥거릴 정도로 재탕해서 만들어낸 닳아빠진 허구를 조작해 그로테스크한 현실로 바꾸었다. 이와 동시에, 시나리오 작가의 입장에서 보면, 실제 테러 사건들을 가져다 작가가 생각하는 스릴 넘치는 스펙터클에 걸맞게 부풀리는 데는 상상력이 별로 필요하지 않았을 거라는 말도 해야겠다. 9·11 사태는 상상할 수도 없는 사건이 아니었다. 우리 모두 상상할 수 있었다. 그러나 실제가 되자 판타지는 말살되었다.

9월 12일에 나는 평상시라면 러시아워였을 시각에 지하철을 타고 학교 근방인 어퍼웨스트사이드에 밤새 피난해 있었던 열네 살 짜리 딸 소피를 데리러 가고 있었다. 그 객차 안에는 사람이 얼마 없었다. 나를 포함해서 대여섯 명의 말 없고 넋 나간 승객들이 꼭 가야만 할 곳에 가느라 앉아 있었다. 평소 타고 다니던 호선에 피해가 있어서 열차를 갈아탔는데, 눈을 들어보니 역사 벽에 거대한 아놀드 슈왈제네거 영화의 포스터가 붙어 있었다. 거대한 배우의 사진 옆에 인쇄된 텍스트는, 한 마디로 테러리스트의 공격에서 아내와 아이를 잃은 소방관이 복수에 나선다는 내용이었다. 욕지기가 올라왔다.

나만 그런 건 아니었다. 뉴욕의 대참사 이후 헐리우드는 재빨리 입장을 바꿨다. 〈뉴욕타임즈〉의 기사들에서 거물 영화제작자들은 모든 게 달라졌다면서 극적인 선언을 쏟아냈다. 새로운 시대가 열렸다. 어느 소설가 겸 시나리오 작가는 텔레비전에 출연해 다시는 똑같은 이야기들을 쓰지 않겠다고 공공연히 다짐했다. 진지함이 역습했다. 여러 정간물에 '아이러니'는 죽었다는 선언이 실렸다. 〈뉴요커〉에 기고하는, 독설과 냉소로 유명한 영화평론가는 사랑에 대한 진심 어린 진술로 칼럼을 끝맺었다. 진심인 것처럼 보였다. 조각가인 시동생은 동료 예술가들과 나눈 대화를 전하며, 다들 하던 작업을 재고하고 있다고 말하더라고 했다. 짧은 기간, 타블로이드와 잡지 표지에서 연예인들 사진이 사라지고 소방관과 경찰관 사진들이 그 자리를 채웠다. 뉴스 채널은 방송 중 광고를 뺐다. 구조대가 사망자의 훼손된 신체 부위를 찾느라 땅을 파는 현장의 영상과 주방세제나 알러지 약 광고를 교차로 함께 방송한다는 건 용납할 수 없는 일임을 잘 아는 것 같았다. 그러나 이제, 이런 문화적 대격변의 논의는 거의 다 사라지고 없다. 슈왈제네거의 영화인 〈콜래트럴 데미지〉는 상영을 철회했다가 한참 후에 개봉했고 이제는 다 들어갔다. 영화계의 거물들은 워낙 충격을 받아서 자기네가 무슨 말을 하는지도 잘 몰랐다면서, 슬쩍 약속을 철회했다. 텔레비전 광고는 이미 오래전에 원상 복귀했고, 다른 나라의 벌판이나 도시에 나뒹구는 사체의 이미지는 새 SUV를 살 때 수백 달러를 아끼는 법을 소개하는 포드 딜러의 모습을 보여주느라 중간에서 뚝뚝 잘린다. 아이러니에 관해서는, 그 말은 9·11 사태 이전에도 언론에서 워낙 자주 오용된 데다가 우리 시대의 말투로서 널리 찬양되었기 때문에, 싸늘하고 냉소적인 거리 말고는 아무 의미도 없는 것 같다. 아이러니는 언제나 이중이다. 9·11 직후에 새롭고 진지한 세계가 도래했다면서 미디어에서 공포한 선언들과 불과 몇 달 만에 이루어진 사업으로의 복귀, 이 둘을 나란히 놓고 대조해 보면, 이따금 아이러니한 관점이야말로 우리가 살아가는 현실을 해석하는 유일하게 정당한 방법일 때가 있다는 명백한 증거가 된다.

3

이제 이 도시에는 예전처럼 국기가 많지 않다. 여전히 집 밖에 걸려 있거나 승용차나 택시 안테나에 매달려 펄럭거릴 때도 있지만, 더이상 어디를 보나 국기가 걸려 있는 건 아니다. 뉴욕에 사는 우리는 그 깃발들을 이해했지만, 지난 몇 달 동안 내가 이야기를 나눴던 많은 유럽 사람들은 그것들을 미국적 쇼비니즘으로 오해했다. 그렇지 않다. 그 깃발들은 우리가 가진 것—연대의 증표—이었고, 9월의 그날 당일에 즉시 나타났다. 옷장에 오래된 국기를 보관하고 있는 사람이 그렇게 많을 줄 누가 알았을까? 공격이 있던 주 금요일에 우리 동네에서 이만 명의 사람들이 촛불을 들고 7번가로 나와 우리 지역 파크 슬로프 소방서에서 순직한 소방관들을 추모했다. 국기를 들거나 몸에 두른 사람도 많았고, 빨강·흰색·파랑이 섞인 옷을 입은 사람들도 있었다. 우리 동네에는 늙은 히피들이 아주 많다. 선거 기간에는 우리 가운데 98퍼센트가 민주당에 표를 던졌다. 우리 부부를 비롯해 많은 주민이 베트남 전쟁 반대 시위에 참여했다. 그날 밤 군중 속에서 누군가 "우리는 극복하리라We Shall Overcome"를 부르기 시작했다. 공민권 운동 때부터 시작해 반전운동까지 이어온 오래된 데모송이었다. 그 행렬에 참여한 사람들이 가장 원치 않는 게 바로 더이상의 유혈이었다. 미국은 아직도 전쟁 중이므로, 뉴요커가 징고이스트라면 아직도 어디나 성조기가 휘날리고 있을 테고, 그 의미도 변했을 것이다.

4

"9·11 이후에는 모두가 '참 친절했어', 기억나?" 두 달 전쯤
한 여자가 지하철에서 다른 여자에게 이렇게 말했다. 심한 러시
아 억양에 목소리도 큰 여자는 한 손으로 막대기를 잡고 다른 손
으로는 열심히 손짓하며 방점을 찍고 있었다. 그녀의 동행은 말
씨가 부드러웠고, 말에서 섬의 방언이 들렸다. 아마 트리니다드
나 세인트루시아였을 것 같다. "이제 옛날로 다 돌아갔어." 그녀
도 친구의 말에 동의했다. 사실이다. 우리는 위기 상황에서 훌륭
했고 서로에게 상냥했다. 자원봉사자들이 현장으로 몰려들었다.
겨우 며칠 만에 사람들이 너무 많아져서 수백 명씩 돌려보내야
했다. 우리 동네 서점들은 기부 센터가 되었고, 밀려드는 쓰레기
봉투, 손전등, 장화, 양말, 장갑 들에 파묻혀 결국 주인이 더이상
의 보급품은 받을 수 없다고 정중하면서도 단호한 공지문을 써서
붙여야 했다. 이곳 브루클린에서는, 블록마다 빵이나 케이크, 책
들을 팔아 사망자 가족들을 위한 위로금을 모았다. 처음 보는 사
람들이 길거리에서, 가게에서, 지하철에서 서로에게 말을 걸었다.
그렇게 서로 묻고 이야기할 필요성은 이제 끝났다. 사람들은 각
자의 개인적 삶을 살아가는 일로 돌아갔다.

배우자나 부모를 잃지 않은 우리는 능동적 애도에서 회복에 필요한 억제로 나아갔다. 이러한 심리상태는 이 도시가 재차 공격 받지 않았기 때문에 즉, 세계의 다른 지역 사람들과 달리, 우리는 점령지에 살지도 않고 상시적인 포위에 시달리지도 않기 때문에 가능했다. 촛불과 곰 인형, 시와 편지 같은 임시방편의 기념물은 사라졌다. 방독면이나 항생제, 탈출 사다리, 카약 얘기를 하는 사람들도 없어진 지 오래다. 한때는 다음 목표물이 폭발하면 강에 작은 보트를 던져 타고 노를 저어 주 북부나 뉴저지로 가야겠다고 생각한 사람들이 몰려드는 바람에, 도시에 카약이 품절이었다. 현장의 화재 불길도 드디어 꺼졌고, 도시는 이제 사망자 수를 세고 또 세지 않는다.

P.S. 234는 4개월 동안 휴교했다. 아이들은 1월에 다시 학교로 돌아갔고, 줄리엣은 학교에 가게 되어 아주 기뻐했다. 줄리엣의 반 친구인 여자아이는 공격 후 수 주일 동안 엄마에게 매달려 어디를 가나, 화장실이나 욕조에서나 침대에서 잘 때도 엄마의 몸을 꼭 붙잡고 다녔다. 하지만 그 애도 이제는 거침없는 2학년으로 돌아왔다. '불타는 막대기'가 무서워서 땅에 발을 디딜 수 없다고 부모에게 말하며 걷기를 거부하던 세 살짜리 남자아이도 항상 안아달라고 하지 않는다. 캐널 스트리트 아래로 경찰이 설치했던 검문소도 없어졌고, 이제 이 도시를 방문하는 수백 명의 관광객이 참사 현장을 보려고 줄을 서서 표를 산다. 움푹 들어간 땅의 구멍은 뉴욕 최고의 관광지가 되었다. 내가 아는 한 우리 동네

에는 그 공격 후 살던 집을 팔고 교외로 이사 간 집이 하나밖에 없다. 코네티컷은 테러의 표적이 될 가능성이 별로 없다. 그 후로 몇 달 동안은 다들 시내의 공기에 대해 걱정이 많았다. 아무도 공기 중에 뭐가 있는지 말하지 못했다. 택시를 타고 브루클린 브리지를 건널 때 나는 아직도 가끔 갑작스러운 폭발을 상상한다. 스틸과 콘크리트가 자동차 밑에서 무너지고 내가 이스트리버 속에서 불시에 슬픈 죽음을 맞는 상상을 한다. 그러나 이 도시의 아주 많은 사람들처럼, 나는 운명론자이고, 아니면 우리 어머니가 자주 말했듯 '철학적'이다.

솔직히 말하자면, 내가 뉴욕을 떠날 수 없는 건, 평소 한 사람을 위해 남겨둔 것처럼 그렇게 미칠 듯이, 절망적으로, 이 도시를 사랑하고 있기 때문이다. 그리고 이런 점에서 역시, 나는 혼자가 아니다. 이곳은 크고 멋지고 훌륭한 도시지만—시끄럽고 떠들썩하고 고약하지만—또한 친절하고 다정하기도 하다. 나는 여기서 24년을 살아왔지만, 내 연애는 아직 끝나지 않았다. 이 도시의 일부분은 너무나 추한데, 내 눈에는 그것들이 눈부시게 아름다워 보인다. 나는 언제나 쓰레기, 낙서, 시끄럽게 들썩이며 달려나가는 기차들이 좋았고, 뚱한 청소부, 말 없는 택시기사, 대놓고 끼를 부리는 웨이터에게 가졌던 반감에도 불구하고, 어느새 정이 들어버린 것 같다. 뉴욕에는 한동안 숨죽인 정적이 깃들었다. 추모의 의례에 수반되는 서늘한 침묵이 깔려있었다. 아직도 그라운드 제로 근처에서는 그 정적이 느껴지지만, 현장에서 멀리 떨어진 곳

에서 사람들은 이미 몇 달 전부터 다시 서로 독설을 주고받기 시
작했다. 사람들은 불법주차 단속원한테 소리를 지른다. 트럭 기
사들은 무단횡단을 하는 행인들에게 쌍욕을 내뱉고, 지하철에서
손잡이에 매달려 선 사람들은 서로 밀친다. 그러나 예전에 그랬
듯, 여전히 사람들은 인도에서 누가 쓰러지면 다급히 달려가 돕
는다. 건달과 사기꾼과 음악가와 지하철에서 합창하는 젊은 소년
들에게 동전을 준다. 그리고 성별과 계급을 막론하고 뉴요커들은
그때그때 대충 봐가며 칭찬이나 격려의 말을 툭툭 던진다. "모자
가 예쁘네요." "코트 멋진데요." 아니면 "어이, 거기, 날씬한 분,
우리한테 좀 웃어 주세요." 같은 말들.

5

3월 어느 날 남편은 텔레비전으로 1933년 작 뮤지컬 영화 〈42
번가〉를 보고 있었다. 거의 끝나갈 무렵 루비 킬러가 블라우스와
짧은 반바지를 입고 나타났다. 팔과 다리를 흔들며 미친 듯이 탭
댄스를 추기 시작했다. 발을 끌고, 미끄러지며 내일이 없는 사람
처럼 무대에서 자기가 가진 모든 걸 보여주었다. 소파에 앉아서
터프하면서도 여성적인, 그 강렬한 댄서를 바라보던 폴의 눈에
눈물이 차올랐고, 그는 한순간 지독한 감상에 빠지고 말았다. "예
전의 뉴욕을 위해서." 폴은 말했다. "9월 10일이 아니라 과거 뉴

욕의 모습을 위해서." 폴은 1947년생이다. 1933년에는 세상에 존재하지도 않았다. 그러나 사실 뉴욕은, 장소이자 신화이고, 우리 모두 그 허구에 참여하기 때문에, 우리가 그 허구를 부분적으로 현실로 만든다. 9월 11일 이후, 이제는 사라진 세기 속 상상의 뉴욕은―잘난 척 농담을 흘리는 거친 갱스터와 미녀들의 세계, 말도 안 되는 옷차림을 하고 나이트클럽에서 담배를 팔던 소녀들의 세계, 코튼 클럽과 핫한 재즈와 힙스터와 비트 세대와 연기가 짙게 깔린 클럽들이나 시더 바에서 주먹싸움을 벌이는 추상표현주의 미술가들의 세계―그 어느 때보다 우리에게 애틋한 의미를 띠게 되었다.

이 도시의 주민들은 다른 지역 사람들이 우리를 별로 좋아하지 않는다는 걸 항상 알고 있었다. 뉴욕은 미국 중부에서는 두려움, 분노, 짜증을 유발한다. 안다. 나는 거기서 자랐으니까. 그러다 우리도 잠시 햇빛을 받았다. 몇 달 동안 뉴욕은 미국의 다른 지역에 굉장히 좋은 인상으로 비쳤지만, 그 도시에서 내가 말을 나눈 누구도 이런 현상이 지속될 거라고 생각하지 않았고, 실제로도 오래 가지 않았다. 우리는 밖에서 그렇게 사랑받지 못하므로, 우리 자신을 치열하게 사랑하고 우리의 신화를 찬미한다. 뉴욕을 찬미하는 시와 책과 연극과 영화와 그 모든 노래를. 그리고 이 도시가 입은 그 끔찍한 상처는 우리의 애정을 더욱 뜨겁게 달구었을 뿐이다.

6

진짜 뉴욕과 가상의 뉴욕은 쉽게 분리되지 않는다. 도시를 구성하는 건 물질적인 것뿐만이 아니다. 영적이기도 하다. 중요한 건, 우리 가운데 40퍼센트가 외국 태생이라는 사실이다. 몇 년 전 나는 신문에서 퀸즈의 한 초등학교에서만도 집에서 아이들이 쓰는 언어가 64개나 된다는 기사를 읽었다. 지하철을 타면 스페인어, 러시아어, 폴란드어, 중국어, 아랍어, 내가 무식해 알아보지 못하는 다른 언어들로 신문을 읽는 사람들을 본다. 뉴요커는 공통의 언어나 유사한 배경으로 묶인 게 아니다. 우리는 모든 곳에서 온 모든 사람이고, 대체로 서로에 대해 아주 훌륭한 관용을 보인다. 이 도시의 사람들은 이런 점에서 우리가 독특하다는 걸 안다. 우리의 다양성에 비길 다른 곳은 없다. 우리에게도 물론 추함, 야만성, 잔인하고 멍청한 인종차별이 있다. 그러나 헤아릴 수 없는 문화와 언어와 존재 방식들이 서로 밀치며 북적거리는 혼란을 좋아하지 않는 사람은 여기 살고 싶어 하지 않을 것이다. 테러리스트들은 아무것도 이해하지 못했다. 뉴욕을 해치면서 그들은 세계를 해쳤다.

요즘 뉴요커들은 2002년 9월 11일에 대해, 그리고 우리가 그날을 어떻게 보낼 것인가에 대해 이야기한다. 또 다시 도시가 공격당할까 두려운 마음만은 아니다. 그 날짜 자체가 우리로 하여금 외상을 다시 떠올리게 할 것이기 때문이다. 정상적인 삶을 영위하려 노력했지만, 외상은 여전히 쓰라리고 제대로 소화되지 못했다. 내 동생 아스티는 다가오는 기념일이 너무 무서워서 아예 생각하지 않으려 한다고 말했다. 내셔널 퍼블릭 라디오NPR 기자이자 세계에서 가장 위험한 분쟁지역들을 돌아다니며 종군특파원으로 일했던 내 친구는 그날 프로그램을 진행한다. 그녀는 생전 처음 방송 중에 감정이 복받쳐 울게 될까 봐 걱정된다고 털어놓았다. 기념비가 어떤 모습이어야 할지, 시내에 어떤 구조물이 건설되어야 할지, 이런 것들도 뜨거운 논쟁거리가 되었다. 트윈 타워를 다시 세웠으면 좋겠다는 사람들이 점점 많아지고 있다. 그들의 마음도 이해한다. 이제 1년인데, 스카이라인을 바라볼 때마다 마음이 아팠다. 우리 모두 그 거대하고, 솔직히 좀 못생긴 기둥들이 머리 위로 우뚝 솟아 있는 광경에 익숙해져 있었다. 그러나 죽은 이들을 살려낼 수는 없다. 그리고 도시가 쓰러진 구조물을 정확히 복제한다 해도, 그건 우리가 결코 되찾을 수 없는 도시의 쌍둥이 유령 이상이 될 수 없었을 것이다. 그 부재를 우리의 고통스러운 집단적 흉터로서 직면하고, 뉴욕의 변하지 않은 면모들을 찬미하고 보호하는 편이 낫다. 이민자들의 도시, 복수주의의 도시, 그리고 관용의 도시로.

이 도시에 있던 사람이라면 아무도 그 대량학살의 날을 잊지 못할 것이다. 첫 번째 기념일이 다가오는 지금, 나는 우리 대다수가 아주 작은 자극만 받아도 무섭게 밀려드는 그 참혹한 기억에 빠져듦을 본다. 그리고 우리들 각각에게 그 기억은 다르다. 어떤 이들은 하늘에서 팔과 다리들이 떨어지는 광경을 보았다. 어떤 이들은 영영 걸려오지 않는 전화를 기다렸다. 어떤 이들은 목숨을 걸고 달렸다. 어떤 이들은 보면서도 믿을 수 없어 거리에 얼어붙은 듯 서 있었다. 어떤 이들은 지역을 가로질러 날아오는 파편 때문에 마스크를 쓰고 브루클린을 헤맸다. 브롱크스와 퀸즈에 있던 어떤 사람들은 파란 하늘이 돌연 연기로 까맣게 얼룩지는 광경만을 보았을 뿐이다.

미국은 물론 전 세계에서, 9·11은 좌파와 우파 모두의 정치적 논쟁 속에서 무서우리만큼 자연스럽고 수월하게 툭하면 거론되는 미디어의 완곡어법이 되었다. 그러나 내가 보기에는, 다양한 이데올로기와 종교들의 이름으로 전 세계에서 저질러지는 다른 반인류적 범죄와 마찬가지로, 세계무역센터 공격 또한 개인들을 통해서만 이해할 수 있다. 우리가 구체성을 시야에서 놓친다면—한 남자나 한 여자나 한 아이의 고통과 상실을 보지 못한다면—우리는 공통적 인간성을 시야에서 놓치게 되는 위험을 떠안게 된다. 그것은 타인뿐 아니라 우리 자신에게도, 맹목의 한 형태라 하겠다.

2002

《보스턴 사람들》:
개인적이고 몰개성적인 말들

"새롭거나 이상한 이야깃거리가 있는 것도 아니라네." 스물여덟 살의 헨리 제임스는 1872년 찰스 엘리엇 노튼에게 보내는 편지에서 이렇게 썼다. "사실, 앉아서 잘 생각해 보면 케임브리지의 이상함은 그 메마른 황량함으로 요약되는 것 같군." 1913년, 일흔 살 생일을 2주 앞두고 제임스는 똑같은 단어를 이번에는 형용사로 써서 그의 가족이 정착한 매사추세츠주의 도시 케임브리지를 표현했다. 그때까지 오랫 동안 영국에서 살고 있던 제임스는 형수인 앨리스[20]에게 미국 방문은 불가능하다고 단언했다. 그리

---

20) 헨리 제임스 2세의 형인 윌리엄 제임스는 유명한 심리학자이자 철학자로, 형수인 앨리스 제임스는 훌륭한 일기작가로 명성을 날렸다.

고 "지독하게 메마르고 공허한 케임브리지에서 여름을 보낼 수는 없다."는 이유를 댔다. 내가 이 단어의 반복에 흥미를 갖는 이유는, 바싹 마른 이미지에도 불구하고, 첫 편지를 보내고 12년 후에, 두 번째 편지를 보내기 29년 전에, 헨리 제임스는 그 '메마른' 지역에 소설 한 권을 통째로 바치고 제목을 '보스턴 사람들'이라고 지었기 때문이다.

헨리 제임스 2세는 뉴욕시에서 태어나 형제들, 어머니와 함께 아버지 헨리 제임스 1세의 역마살을 좇아 대륙을 배회하느라 어린 시절의 상당 부분을 유럽 도시들을 떠도는 여정에서 보냈다. 하지만 이 소설가에게 보스턴과 케임브리지는 아주 익숙한 도시들이었다. 1862년~1863년의 학창시절에 제임스는 하버드에서 법학을 공부했으나 그만두고 작가의 삶을 시작했다. 그의 가족은 1864년 보스턴으로 이주했고 그 후 머지않아 케임브리지 퀸시 스트리트 20번지에 항구적으로 정착했다. 그러나 가족이 이사하기 오래전부터 헨리 1세의 핏속에는 뉴잉글랜드의 사상이 흐르고 있었다. 그의 아이들은 이상주의, 개혁, 새로운 사상의 분위기에서 자랐다. 헨리 데이비드 소로, 랠프 월도 에머슨을 비롯해 마거릿 풀러, 윌리엄 엘러리 채닝, 브론슨 올컷을 포함하는 초월주의자들이 모두 가족의 친구였다. 헨리 1세는 또한 즉각적인 노예 해방의 열렬한 옹호자였고, 아들 가스 윌킨슨과 로버트슨을 소로가 교편을 잡은 바 있고 에머슨의 자식 셋과 너새니얼 호손의 아들 줄리언이 수학한 콩코드 아카데미에 보냈다. 노예제도

폐지론자인 프랭클린 샌번—노예 해방을 돕기 위해 하퍼스 페리의 병기고를 습격한 존 브라운 편에 선 기금 모금자이자 적극 공모자—이 관장하는 학교는 단순한 실험적 남녀공학이 아니라 열렬한 이데올로기의 중추였다. 윌키(가스 윌킨슨의 애칭—옮긴이)와 밥(로버트슨의 애칭—옮긴이)은 둘 다 학교를 떠나 북부의 명분을 위한 투쟁에 나섰다. 윌키는 열일곱 살에 입대해 곧 최초의 흑인 연대를 지휘한 로버트 굴드 쇼 연대장의 부관이 되었다. 1863년 5월 28일, 성대한 팡파르에 맞춰 54연대는 보스턴에서 출정했다. 그해 7월 말 찰스턴 베이의 와그너 요새를 공격하던 중 연대 절반의 병력이 사망했다. 윌키 제임스는 중상을 입었으나 목숨은 구했다. 전쟁이 끝난 후, 윌키와 로버트슨은 아버지의 지원으로 플로리다주에 있는 한 농장의 주인이 되어 흑인 노동자를 고용했다. 이 사업은 실패했으나 그들의 노력은 형제들의 이상주의뿐 아니라 그 형제들을 길러내는 데 결정적인 역할을 한 세계, 즉 열정적이고 고아한 정신을 지닌 뉴잉글랜드를 기리는 증언이다.

　제임스 가문에서는 또 다른 사상의 조류가 떠다니고 있었다. 바로 외국에서 수입된 사상이었다. 자연과학자였다가 신비주의자가 된 스웨덴의 에마누엘 스베덴보리, 프랑스의 사회철학자 프랑수아 마리 샤를 푸리에, 두 사람의 제자였던 헨리 1세는 억압과 억제에 묶여 있는 인간이 참다운 자아를 발산하고 팔랑크스라는 공동체에서 질서정연하고 조화로운 삶을 살아갈 수 있는 새로운 사회에 대한 유토피아적 시각과 영적 깨달음(스베덴보리는 성서를

천사의 시점으로 읽는 열쇠를 발견했다고 믿었다)의 해로운 결합을
신봉했다.

어느 시대나, 엄격한 지적 사상은 좀 더 수상쩍은 관념들과 뒤
섞이곤 했다. 유럽과 미국 모두에서 최면과 오컬트의 광풍이 사
교계와 지식인들을 뒤흔들었다. 강령회가 사방에서 열렸다. 헨리
제임스 2세의 형인 위대한 미국 철학자·심리학자 윌리엄 제임스
는 평생 강신술을 믿었고 무덤에 가서도 연구를 계속할 수 있기
를 희망했다. 그래서 아내에게 자기가 죽은 후 접촉해 달라고 부
탁했으며, 실제로 시도가 있었으나, 실패했다. 그러나 미망인이
참석하지 않은 다른 강령회에서는, 윌리엄이 저승에서 말을 했다
는 보고가 있다. 헨리 제임스는 유령 목소리가 들렸다는 소식을
듣고 "가장 저열하고 뻔뻔하고, 공허하고, 천박하고 더러운 쓰레
기"라고 했다. 지금과 마찬가지로 그때도, 진보적 사상가들 사이
에서는 채식이 유행이었지만, 그 밖에 건강과 관련한 여러 다른
유행들도 성행했다. 초월주의자들 가운데 다수가 음식을 꼭꼭 씹
어 삼키도록 권장하는 플레처리즘[21]에 푹 빠졌다. 헨리 2세 역시
한동안 플레처리즘에 빠져 음식을 어찌나 열심히 씹었는지, 이
이론을 믿지 않는 형 윌리엄 제임스가 동생의 잦은 장腸 장애가
다 플레처리즘 때문이라고 탓하기도 했다.

---

21) 미국의 영양식품 연구가인 플레처가 건강 보존을 위해 공복 때만 식사를 하고 음식을 충분
히 씹어 먹을 것을 제창한 식사법이다.

현대의 독자들이 이런 믿음과 사상을 멀게 느낀다면, 잠시 책을 놓고 생각해 보라고 권하고 싶다. 우리는 종교적 분파와 광적인 민병대의 시대에, 영적 스승들이 캘리포니아에서 뉴욕까지 전국에 널려 있는 시대에 살고 있다. 우리의 시대는 외계인과의 영적 교신, 장 청소, 정제당精製糖과 가공하지 않은 로푸드 광풍으로 점철되어 있다. 미국에서 순수, 완벽, 자기계발을 추구하는 유토피아적 원정은 아무리 괴상해도 언제나 비옥한 토양을 찾아 번성한다. 그러나 "어째서 헨리 제임스는 보스턴의 (솔직히 괴짜 비주류도 있지만) 활기찬 지적 기후와 환경을 '메마르고' '공허하다'고 표현했던 걸까?"라는 문제는 여전히 남는다. 제임스는 미국 문화가 한마디로 너무 젊고 얄팍해서 예술가로서의 자신을 지탱할 수 없다고 보았다. 끊임없이 유럽의 매혹에, 유서 깊고 눈에 뚜렷이 보이는 역사에—건축과 회화와 폐허, 그리고 물론, 문학에 이끌렸다.

제임스에게, 미국에서 가장 중요한 작가를 하나 꼽으라면 너새니얼 호손이었다. 그는 청년기에 호손의 책들을 읽고 사랑했으며, 젊은 작가로서 문학적 스승을 만나본 적은 없으나 끝까지 끊기지 않은 영적 유대를 유지했다. 숭고한 이야기꾼인 호손은 자신의 작품에서 미국 청교도주의와 유토피아주의를 모두 비판했으며, 제임스에게 '유일무이한' 미국의 문학적 전례가 되었다. 1864년 5월 19일 아침에 눈을 뜨자마자 위대한 미국 소설가가 죽었다는 소식을 들은 젊은 헨리 제임스는 침대에 앉아 흐느껴 울었다. 그러나 문학적 아들들이 대개 그러하듯 그 역시 아버지를 비판했으며, 호손에 대해 글을 쓸 때면 미국소설에 대한 양가감정을 드러낸다.

그러나 우리의 작가는 명성의 기품뿐 아니라 불편함도 수용해야 한다. 가치 있는 모럴을 가리키는 우위를 지녔기 때문이다. 이 모럴은 예술의 꽃은 토양이 깊을 때만 피어나며, 약간의 문학작품을 만들어내는 데는 많은 역사가 필요하고, 작가를 움직이는 데는 복잡한 사회 기제가 필요하다는 사실이다. 미국 문명은 이제까지 꽃을 피우는 일 말고 다른 할 일들이 많았고, 작가들을 낳기 전에 먼저 글감을 만들어내는 일에 주로 몰두했다. 기껏해야 대서양 양안을 아울러 성장한 서너 명의 아름다운 재능들이 보통 세계에서 인정받는 총합일 뿐이며, 이 소박한 꽃다발 속에서 호손의 천재성은 가장 귀하고 달콤한 향기를 뿜는다고 해야겠다.

제임스가 미국의 문학적 토양이 얼마나 얄팍하다고 느꼈는지는 모르겠으나, 그는 호손이 그 토양에서 싹을 틔웠음을 인정했고 《보스턴 사람들The Bostonians》은 선배 작가의 작품 중에서 특히 《블라이드데일 로맨스The Blithedale Romance》에 빚을 지고 있다. 《블라이드데일 로맨스》는 마가렛 풀러의 초월론자-푸리에주의자[22]적 공동체 실험인 브룩팜에서 짧은 기간 심히 불만족스러운 체류를 했던 호손의 경험에서 영감을 받은 작품이다. 〈브룩팜과 콩코드〉라는 에세이에서 제임스는 호손의 유토피아 로맨스에 등장하는 회의주의자 커버데일의 말을 인용한다. "아무리 영민한 사람이라도 주기적으로 기존의 체제에 돌아가지 않고 개혁가와 진보주의자들에만 둘러싸여 산다면, 낡은 견지에서 발견한 새로운 통찰로 자신을 바로잡을 총명함을 오래 유지할 수 없을 것이다." 이는《보스턴 사람들》을 직격으로 겨냥하는 문장인데, 특정한 캐릭터가 아니라 서사 전체가 자아내는 효과, 즉 경직된 대립 구도 속에 갇힌 사람들의 끝없는 밀고 당기기와 관념을 통해 진실을 폭로하는 효과에 대한 것이다.

소설에서는 두 개의 이데올로기와 두 사람이 서로 대립하게 된다. 간결하기 그지없는 용어들로, 책은 우리에게 개혁주의자와 보수반동, 기세등등한 북부와 패배한 남부, 여자와 남자의 갈등을 보여준다.《보스턴 사람들》은 사상의 소설이지만, 서로 전투를 치르는 제임스의 두 인물—이들은 먼 친척 관계이기도 하다. 한 사람은 보스턴의 노처녀이자 여성 인권 옹호자인 올리브 챈슬러이고, 나머지 한 사람은 미시시피 출신의 극보수주의 독설가 베이즐 랜섬이다—이 주창하는 사상들은 이 책이 파고드는 사상이 아니다. 사실, 두 캐릭터는 감상적이고 진부한 말들을 답습하는 죄를 저지르고, 나는 이들을 창조한 작가가 두 사람의 사상 그 자체에 그리 큰 관심이 없었다고 생각한다. 제임스는 골수 이데

22) 프랑스 F.M.C Fourier(1722~1837)가 주장한 사회주의의 추종자.

올로기 신봉자들의 갈등보다 무한히 복잡한 문제에 관심이 있었다. 헨리 제임스의 소설이 모두 그렇듯,《보스턴 사람들》은 사람들 '사이between and among'에서 벌어지는 일과, 그 상호작용의 아레나가 그 자체의 생명을 갖게 되어 이에 연루된 사람들의 운명을 결정하는 과정을 고찰한다.

미스 챈슬러와 미스터 랜섬은 사랑의 삼각관계가 되는 구도에서 치열한 라이벌이 된다. 두 사람 다 캠브리지 돌팔이 의사의 예쁘고 약하고 아주 매혹적인 피조물이자 노예 폐지론자의 딸인 베레나 타란트를 소유하길 원한다. 영감을 주는 연설에 '재능'을 타고난, 천진한 베레나는 어느 모로 보나 '새로운 사상'의 아이다. "그녀는 몽유병자들의 무릎에 앉았었고, 황홀경 속에서 말하는 사람들의 손에서 손으로 넘겨졌다. 그녀는 모든 종류의 '묘약'을 알았고 새로운 종교들을 옹호하는 여성 편집자들과 결혼의 속박을 인정하지 않는 사람들 사이에서 성장했다." 뉴잉글랜드의 특정한 하위문화의 소산이기도 한, 베레나라는 이 한 사람을 두고 벌어지는 줄다리기를 통해서, 제임스는 신념의 정신분석학적 함의를 탐구한다. 사상의 기후가 어떻게 열정에 사로잡힌 사람을 침범하고 영향을 끼치고 그와 혼연일체가 되며 또한 의식적 무의식적으로 그에게 이용되는지를 살피는 것이다.

그래서 이 책의 지적 활력은 캐릭터들이 스스로 믿는다고 '말하는' 바, 즉 그들의 도그마적 입장이 아니라 '개인적'인 것과 '몰개성적인' 것, '사적인' 것과 '공적인' 것, '특정한' 것과 '일반적인’ 것 사이의 변증법적 긴장에서 나온다. 이 말들은 소설 속에서 다양한 형태로 워낙 자주 반복되어 명백하고 눈에 잘 띄는 후렴처럼 변했다. 그러나 그 말들이 무엇을 ‘의미’하는가는 또 다른, 훨씬 복잡한 문제다. 《보스턴 사람들》이 한 사람의 관점에서 다른 사람의 관점으로 훅훅 건너뛰기 때문에, 화자는 우리에게 주요 인물들의 생각들은 물론, 이들이 각자 이 단어들을 어떻게 특징적으로 사용하는지 알 수 있도록 접근권을 주는 셈이다. 그리고 이에 따라 이 단어들의 의미는 훨씬 더 복잡해진다. 친척인 올리브를 처음 만났을 때, 베이즐은 그녀 집의 부르주아적 호사스러움을 눈여겨보고 “이렇게 잘 조직된 사생활을 대면”한 건 처음이라는 느낌을 받는다. 이것은 정확히 베이즐이 베레나를 위치시키고 싶은 영역이다. 그는 베레나가 “사생활을 위해, 그를 위해, 사랑을 위해 존재한다.”고 철저히 믿는다. 한편으로, 화자는 우리에게 여성해방운동의 강건한 대변인 파린더 부인의 눈빛에 “뭔가 공적인 것, 커다랗고 차갑고 고요한 것…”이 깃들어 있다고 말해준다. 초기 노예 폐지론자 시대의 유물인 흐리멍덩하고 유약한 미스 버즈아이는 또한 일반적인 존재고, 젊었을 때 헝가리 애인과 사귀었다는 뜬소문이 돌긴 하지만 화자에 따르면 결코 “그렇게 사적인 감정을 품었을 리가 없는” 사람이다. “그녀는, 그 시절에도, 오로지 명분과만 사랑에 빠졌다.” 반면 헌신적인 내과의로, 남자들의 성역으로 알려진 전문직에서 여성의 능력을 증명하고 있는 프랜스 박사에게는 명분이란 것이 아무 쓸모가 없다. “그녀는 근시안답게 마음에 들지 않는 표정으로 주위를 둘러보았고, 어떤 식으로든 자기가 일반적일 거라는 기대는 하지 않기를 바라는 눈치였다…." 사교계의 대모인 버라지 부인은 명분에 살짝 발을 담그고 있을 뿐이며, 그 역시 "구체적이기보다 일반적"인 '열정'을 품고 있다. 셀라 타란트는 연설가로서의 딸이 거둔 성공이 "철저히 몰개성적"인 것이라고 강조하고, 베레나 본인도 청중에게 말하면서 "이것은 제가 아니에요…"라고 완강히 주장한다. 이와 날카로운 대조를 이루며, 랜섬은 베레나의 퍼포먼스를 보면서 자기가 현재 "지극히 사적인 연기"를 보고 있다고 마음속으로 생각한다. 그리고 올리브 챈슬러는 자기가 경박한 언니 루나 부인처럼 "너무나 사적이고, 너무나 편협한" 사람이 되지 않기를 바라고 그렇게 되지 않을 거라 믿는 반면, 베이즐 랜섬은 올리브를 "뜨겁고 치열한 한 사람"이라고 파악한다. 베레나 역시 "친구인 올리브가 얼마나 독특한 성정을 지녔으며, 얼마나 예민하고 진지한지, 얼마나 사적이고, 얼마나 배타적인지…" 알게 된다. 이런 단어들은 각 캐릭터의 지각과 맹점과 감정에 따라 미끄러지고, 그들의 상호작용을 통해서만 우리는 제임스의 의미를 해독할 수 있다.

삶에서 힘든 시기를 보내고 있던 친구 그레이스 뉴턴에게 보내는 편지에서, 제임스는 이런 조언을 한다. "이 동정과 다정함 속에서 지나치게 일반화하지 않기만을 바라요. 모든 삶은 특별한 문제이며, 그 문제는 당신 것이 아니라 다른 사람 것이니, 당신 자신만의 끔찍한 셈법만으로 만족하도록 해요. 지나치게 우주에 녹아들지 말고, 할 수 있는 한 견고하고 밀도 높고 고정된 존재가 되도록 해요." 반면, 제임스의 소설가 친구 휴 월폴이 일기에서 '장인匠人' 헨리 제임스를 인용했을 때, 이 구절에서 표현된 감성은 상당히 달라 보인다. "내 삶에는 단 하나의 크나큰 열정이 있었다. 지적인 열정이다⋯. 개인적인 것에 대항해 몰개성적 관심을 키우는 것을 법칙으로 삼도록 하라. 다만 그것들이 상호의존적임을 잊지 말라." 두 대목은 내가 '제임스의 초점이 맞춰진 모호성'이라 부르는 자질을 극화한다. 헨리 제임스는 그레이스에게 "일반화"하거나 "녹아들지" 말고 그녀 안에 특정성, 사적인 것, 고정된 것을 키우라고 호소한다. 그리고 휴 월폴에게는 그 반대인 "몰개성적 관심"을 권장하면서, 중요한 단서를 붙인다. 몰개성적인 것과 개인적인 것은 상호의존적이라는 사실을 잊지 말아야 한다는 것이다.

얼핏 모순으로 보이지만, 이는 제임스의 의미론을 드러내어 보여준다. 각 사례에서 그는 특정한 친구에게 말하고 있고, 그가 나눠주는 지혜는 그가 이해하는 각자의 심리적 필요성을 반영한다. 제임스는 그레이스의 추상적인 감정분출을 제어할 필요가 있다고 느꼈을 것이다. 반대로 휴에게는 아버지 같은 문학적 조언을 건넨다. 제임스의 세계에는 절대적인 것도, 종국적 진실도, 정체된 현실도 없다. 그레이스 노턴에게 촉구하는 견고성은 단지 상대적인 것이다. 어쨌든 언어는 몰개성적이면서 사적이고, 구체적이면서 일반적이며, 우리 안에 있으면서 우리 밖에 있으며, 그리고 제임스는 이 사실을 깊이 이해하고 글을 쓴다. 단어는 공적인 것과 사적인 것이 교차하는 장소다.《보스턴 사람들》에서, 헨리 제임스는 공적인 것과 사적인 것의 안팎을 뒤집고, 이 역전의 배후에 있는 엔진들은 외적이며 내적인 것, 즉, 특정한 문화적 분위기와 성적 열정이다.

배경을 살펴보면, 소설은 초입에 등장하는 올리브의 방들, 즉 "잘 조직된 사생활"로부터 결말에서 공적 건물인 보스턴 뮤직홀로 이동한다. 베레나가 연설하기로 되어있는 장소이자 이야기가 날카로운 크레센도에 이르는 곳이다. 그 사이에는 사적인 장소, 반쯤 사적인 장소, 반쯤 공적인 장소들에서 일어나는 장면들이 있다. 두 번째 환경으로는 미스 피바디의 어두침침하고 추레하고 "볼품없는" 아파트가 있다. 이곳은 파린더 부인이 일군의 동조자들에게 연설하기로 되어있는 장소다. 독자가 처음 미스 버즈아이(뉴잉글랜드 전체가 소피아 호손의 동생이자 소설가의 처제인 엘리자베스 피바디의 묘사임을 알아본 캐릭터이다)를 소개받는 장면에는 우스꽝스럽고도 서글픈 애상이 흐르는데, 이는 이 소설이 다루는 일반성과 구체성 사이의 우려스러운 긴장을 잘 묘사해준다. "오랜 세월에 걸친 박애주의의 실천이 그녀의 생김새를 돋보이게 해주지는 못했다. 오히려 그 생김새에서 감정과 의미를 문질러 지워버렸을 뿐이다. 공감과 열의의 파도는 시간의 파도가 마침내 오래된 대리석 흉상을 바꿔놓는 것과 같은 방식으로 그 얼굴에 작용해, 서서히 예각을, 세부적 특징들이 씻겨 나가게 했다."불쌍한 미스 버즈아이의 얼굴마저 그녀가 사는 방처럼 텅 비고 휑해져, 몰개성적이고 초점을 상실한 무언가가 되었다. 미스 버즈아이의 방 내부는 부르주아인 올리브의 가슴을 짠하게 울리고 "좋은 살림의 부재가 인류를 위한 열정에 필요한 부분인가 고민하게" 만든다. 소설에서 가장 극단적인 이타주의자인 미스 피바디는 자아의 상실을 겪는다.

훨씬 더 복잡한 인물인 올리브 챈슬러는 온 존재로, 이제 늙어가는 노예해방론자 미스 버즈아이의 헌신적 이타주의를 닮기를 원한다. 그리하여 자기 육신의 고통, 난관, 괴로운 제약에서 탈출하고 싶어 한다. 그러나 올리브에게 여성해방운동은 지지하고자 하는 선한 명분을 훌쩍 뛰어넘는 의미다. 그것은 심리적·성적으로 감금된 자신의 상태가 심오하고 사적으로 공명하는 메아리다. 그녀가 베레나를 보기 전부터, 독자는 미스 챈슬러가 "아주 가난한 처녀와 친밀하게 사귀게 되면 좋겠다."고 바란 것을 알고 있다. 그러나 그녀가 접근하는 상점 여직원들은 그런 관심을 경계하고 혼란스러워하며, 불가피하게 젊은 '찰리' 같은 방해물과 어울리게 된다. 그리하여 올리브는 찰리를 "극도로… 싫어하게" 된다. 올리브 챈슬러는 확실히 사랑에 빠져 있으며, 베레나를 향한 그녀의 사랑에서는 성적 갈망의 허기가 느껴지지만, 올리브와 베레나가 막후에서 "한다고" 상상한다거나 올리브가 베레나에게 느끼는 절박한 감정이 육체적 사랑에 대한 욕망과 관련되어 있음을 스스로 충분히 인정한다고 전제한다면 심각한 오독이 될 것이다.

19세기의 윤리가, 특히 미국에서, 우리 시대보다 훨씬 더 동성애를 억압했다는 사실에도 불구하고, 육체적인 애정표현을 포함한 여자들 사이의 친밀한 우정에는 지금보다 훨씬 큰 관용과 훨씬 적은 의혹이 있었다. 예를 들어 '반한다crush'는 단어는 여자아이가 학교에서 다른 여자아이들에게 갖는 감정을 표현할 때도 흔히 쓰였고, 그 어감에 동성애의 '얼룩' 같은 건 없었다. 현대의 미국 문화는 동성의 결합에 비교적 개방적이지만, 그래도 인간의 에로티시즘을 범주화하려는 욕구로 가득 차 있다. 에로티시즘은 본질상 규정에 저항하는 기운이며, 실행에 옮겨지는 건 별개의 문제지만 성별을 막론하고 인간들 사이에서 대부분의 관계에 일정한 역할을 한다. 바꿔 말하자면, 《보스턴 사람들》이 출간되었을 때, 레즈비언에 대한 제임스의 묘사는 지금보다 훨씬 더 모호하게 해석되었을 것이며, 어떤 대목에서 제임스는 성 정체성의 기행, 남성적인 것과 여성적인 것 사이의 변하기 쉽고 뭐라 규정할 수 없는 움직임으로 유희를 벌인다. "솔직히 그녀가 소년이었다면 소녀와 소정의 관계를 맺었을 테지만, 프랜스 박사는 아예 아무 관계도 맺지 않는 것처럼 보였다." 베레나 타란트에게 열렬히 구애하는 베이즐 랜섬은 그녀가 명분과의 관계를 끝내는 환상에 빠진다. "…그러나 그녀가 정말로 소중하게 생각하는 남자 앞에서는, 이 거짓되고 얄팍한 구조물이 그녀의 발밑으로 와르르 무너져 내릴 테고, 올리브 챈슬러의 성을 해방하는 일은(그나저나 그 성별이라는 게 대체 뭐란 말이지? 그는 저속하게 마음속으로 자문했다.) 증기의 땅, 죽어버린 구호의 땅으로 넘어갈 것이다."

그러나 랜섬은 '증기'와 '죽은 구호'의 힘을 잘못 이해하고 있다. 이 둘은 소설에서 공적으로, 또 사적으로 변화를 주도하는 역할을 맡고 있다. 도시를 뒤덮은 전염성 강한 안개처럼, 이 해방론들은, 아무리 닳아빠진 것이라도, 청중을—수백 명이든 한 명이든—유혹하고 주술을 거는 힘을 지니고 있다. 양측의 죽은 구호들은—미스터 랜섬의 반동적 발화와 보스턴 페미니스트들의 급진적 선언—인간의 목소리로 인해 살아 움직이는데, 이 이야기는 바로 그 인간의 목소리에 거의 마술적인 힘을 부여한다. 서사에서 큰 비중을 차지하는, 가장 설득력 있는 목소리는 베레나의 목소리다. 베레나의 연설은 강의보다는 음악 연주에 가까운데, 이럴 때 청중은 그녀의 목소리로 "주술에 걸린다." 동화속의 마녀처럼, 베레나는 "음성을 은실로 자아낸다." 그녀는 또한 랜섬도 홀린다. 캠브리지에서 그녀를 찾을 때, 랜섬은 자기가 사랑에 빠지고 있음을 알고, 그가 보는 그녀의 모습은 사랑하는 이를 환하게 밝히는 찬란한 후광이다. 랜섬은 그녀를 님프에 비유하고, 그녀를 보면 "이 세상 같지 않은 곳들"이 생각난다고 말한다. 올리브도 이와 비슷하게 새 친구의 멋진 자질들이 "부모의 필터를 거치지 않고 곧장 천국에서 떨어졌다."고 상상한다. 베레나 타란트는 빛나지만, 그 빛의 원천, 관중과 베이즐 랜섬과 올리브 챈슬러를 홀리는 마법은 그녀의 성격에 어떤 특정한 자질이 있어서가 아니라, 오히려 없다는 데 기인한다. 베레나는 자의식이 결핍되어 있고, 미스 피바디처럼, 토대가 든든하지 않고, 뚜렷이 규정된 자아가 없다. 그녀가 소설에서 두 번 반복해 말하는 구절인 "아, 그건 제가 아니에요, 아시잖아요. 뭔가 제 밖에 있는 것이에요!"를 랜섬에게 되풀이해 말할 때, 그녀는 이미 쓰인 각본대로 읊는 것일 뿐 아니라, 실제로도 그녀 자신에 대해 진실을 말하고 있다. 헨리 제임스는 내가 항상 느껴왔던 사실을 지적하고 있다. 공적인 인간은 불가피하게 제3자로 슬며시 전환된다는 것이다. '나'로부터 멀어져 '그'나 '그녀'가 된다는 것이다. 《보스턴 사람들》은 미국 유명인 문화의 초기 형태를 탐구한다. 제임스는 이러한 문화가 도래하는 것을 봤고, 소설은 인간이 인간적인 내면의 자질을 모조리 비우고 이윤을 위해 개방된 시장에서 팔고 사는 이미지나 상품으로 변하는 순간을 기대한다. 유명인들이 자기 자신을 삼인칭으로 지칭하는 괴상하면서도 매우 적절한 습관을 갖게 되는 시대 말이다.

영화, 라디오, 텔레비전 이전에 홍보는 신문을 의미했다. 서사의 관점에서 보면, 베레나는 개인적이거나 사적인 성격이 전혀 없는 부계의 씨에서 태어났을 법하다. 베레나의 친부 실라 타란트는 단순한 사기꾼이 아니다. 그는 대중의 인정과 그로부터 버는 돈에 강박적으로 집착하는 사기꾼이다. 등불 근처에서 파르르 떠는 나방처럼, 테란트는 유명세의 화려한 후광에 불가항력으로 이끌린다. 신문사 사무실과 인쇄소를 뻔질나게 드나들며, 가망이 없다는 걸 알면서도 자기가 언젠가 주목을 받게 되기를 바란다. 실라 타란트의 비속하고 부패한 작은 심장은 신문기자의 인터뷰 대상이 될 운명이다. 《보스턴 사람들》에는 적극적인 기자가 나오는데, 마티아스 파든Mathias Pardon이라는 그의 이름 자체가 사과와 변명을 내포한다. 그는 처음부터 끝까지 이야기의 변두리를 서성이며, 처음에는 미스 피바디의 집에 나타나고 그 후 중간중간 가끔 나오다가 마지막에 뮤직홀에 나타난다. 언론의 무의식적 아첨을 구현하는 인물인 파든은 오로지 이름에서만 가책을 느낀다. 그는 자기 질문이 조야하고 주제넘다는 사실을 전혀 알지 못하고, 따분한 기사들을 명랑하게 써나간다. 파든은 희극적인 캐릭터지만, 그의 천박함에는 불길한 저의가 깔려 있다. 이 남자는 윤리적으로 텅 빈 존재이기 때문이다. "그의 신념 역시 셀라 타란트의 신념이었다. 신문에 실리는 것이 행복의 조건이며, 까다로운 사람들이나 그 특권에 따라붙는 단서를 따진다는 믿음이었다." 이 문장에서는 선견지명을 읽지 않을 수 없다. 이 신념이야말로, 무수한 사람들이 "TV 출연"이라는 불안한 영광을 위해 대중 앞에서 치욕과 비굴을 무릅쓰는, 현대 미국의 삶이라는 엽기적인 스펙터클로 결국 이어지기 때문이다.

홍보의 역설은 사적인 것과 공적인 것의 역전을 일으킨다는 데 있다. 언론, 특히 문화를 보도하는 언론의 경우 공적인 소비를 위한 것을—이를테면 예술 같은 것—사람들의 사생활에 대한 가십으로 꾸준히 전락시킨다. "이 천진난만한 시대의 아들[파든]에게 인간과 예술가 사이의 모든 구분은 이미 존재하지 않게 된 지 오래였다. 작가는 사적이었고, 인간은 신문팔이 소년을 위한 먹이였고, 모든 것과 모든 사람은 다른 모든 사람들이 참견할 문제였다." 파든은 특종에 굶주려 스타덤으로 올라서는 베레나의 성공 가도 옆길에 잠복해 있다. 뮤직홀의 이벤트 전날 오후, 기자는 올리브와 베레나를 찾아 헤매다가 허탕을 치자 슬쩍 가족의 집에 침투해 연설자나 그녀의 코치와 관련된 "사적인 작은 물건" 하나라도 내어줄 수 없느냐고 올리브의 누이를 다그친다. 파든은 대중이 미스 타란트만큼 미스 챈슬러에게도 관심이 많다고 말한다. '대중'과 '홍보'라는 기치 아래, 올리브가 '인류의 진보'를 추동하는 기운이라고 찬양하는 여성해방의 대의명분은 집안 문제에 대한 천박한 수다로 변한다.

베이즐과 올리브는 둘 다 베레나를 이승의 존재가 아닌 존재로 바라보지만, 사실 베레나는 몹시 세속적이다. 베레나는 젊지만 평생을 무대에서 살았다. 이러한 삶은 그녀에게서 내면적 영속성과 자신의 욕망에 대한 모든 지식을 앗아갔다. 그리고 정확히 이 표류하는, 외면화된 자질로 인해 그녀는 지나치리만큼 상처받기 쉬운 상태가 되었다. 엄청난 대중을 좌우할 힘을 지닌 처녀는 사생활에서 잔인하게 남들에게 이용당한다. 베레나처럼 물렁물렁한 캐릭터가 철저한 개연성을 지닌 인간상으로 제시된다는 건 작가로서 헨리 제임스의 능력을 잘 보여준다. 베레나는 오랜 시간에 걸쳐 타인의 "죽은 구절들"로 채워진 텅 빈 그릇 같은 인간이다. 처음에는 아버지의 구절, 다음에는 올리브의 구절, 마침내 베이즐의 구절이 그녀의 내면을 채운다. 올리브 챈슬러와의 우정과 의리, 베이즐 랜섬에게 끌리는 마음, 그 두 사람 모두를 기쁘게 하고 싶은 다정하고도 혼란스러운 욕망, 이 모두가 양육권 싸움에 휘말린 어린아이처럼 안쓰럽다. 자기에게도 내면의 삶과 개인적 욕망이 있음을 서서히 깨닫는 베레나의 의식은 올리브에게 숨기고 있는 비밀을 중심으로 생성된다. 베레나는 케임브리지에서 베이즐 랜섬을 보았다고 친구에게 말하지 않는다. 이것은 "세상에서 그녀가 지닌 유일한 비밀이었다—오로지 그녀만의 것인 단 하나였다." 그러니 이 비밀을 포기하기 싫어하는 것도 당연하다.

비밀보다 더 사적인 것은 없고, 비밀은 물론 말이 없다. 침묵은 고독에 속하고, 목소리는 바깥 세계에 속한다. 능변의 베레나와 달리 올리브는 침묵의 질병에 시달린다. 극도로 신경이 예민한 올리브는 가끔 말이 나오지 않아 발작 같은 실어증과 힘겹게 싸워 목소리를 찾아야만 한다. 대중 앞에서 연설하고 싶다는 뜨거운 열망은 있지만, 지나치게 사적인 천성이 병이 되어 약점으로 작용한다. 제임스가 그린 이 노처녀에게는 복화술사 같은 면모가 있다. 올리브는 베레나를 통해 말하고, 다른 몸에서 자기 목소리를 찾는다. 베레나는 랜섬에게, 연설을 작성한 사람은 올리브라고 말한다. "올리브가 내게 뭐라고 말해야 할지 말해줘요. 실재하는 것들, 강력한 것들. 그건 나일뿐 아니라 미스 챈슬러예요!"이 것은 내밀한 영역이고, 한 사람이 다른 사람을 점령하는 문제다. 그리고 그 속에는 폭력성이 있다. 사랑하는 이와 어우러져 뒤섞이는 데서 그치지 않고, 아예 철저히 소유하고 싶다는, 사람을 사로잡는 신열 같은 욕망이다.《보스턴 사람들》에서 단어들은 성적 삽입의 위치를 차지한다. 그러나 가장 강력한 말들은 올리브 챈슬러가 아니라 베이즐 랜섬의 것이다.

올리브와 마찬가지로, 베이즐은 자신의 사상이 남들의 귀에 들릴 수 있게 될 공적 포럼을 절실히 찾는다. 그의 노력을 좌절시키는 것은 병적인 수줍음이 아니라, 그의 사상이 적어도 북부에서는 너무 인기가 없어서 많은 청중을 찾을 수 없다는 아주 단순한 사실이다. 몇 편의 에세이를 집필해서 출판사에 투고했지만 모두 거절당했다. 화자는 우리에게 이런 거절 편지를 보내온 편집자 한 명이 랜섬에게 삼백 년 전이라면 그의 사상을 기꺼이 실어줄 저널을 어렵잖게 찾을 수 있었을 거라고 했다는 사실을 알려준다. 베이즐은 한 마디로 너무 늦게 태어났다. 출간한 저작이 없는 작가로서 베이즐은 그가 발언의 기회를 절실히 원하는 공적 영역에서 목소리 없는 존재가 된다. 비록 종국적 욕망은 올리브와 정반대긴 하지만, 그의 좌절은 올리브의 좌절을 거울상으로 비추고, 베레나를 좇는 동기 역시 마찬가지로 복잡하게 읽혀 있다. 그는 베레나가 대중 앞에서 벙어리가 되기를 바란다. 버라지 부인의 말을 빌자면, 베이즐은 "아예 베레나의 입을 다물게 만들" 생각이다. 우리는 랜섬이 이런 입장을 뒷받침할 정교한 논거를 가지고 있으며, 그의 페미니스트 적수와 마찬가지로 몹시 진지하다는 걸 안다. 랜섬도 챈슬러도 말로 위선을 떨지는 않지만, 미시시피 사람인 랜섬은 폐허가 된 남부의 가난하지만 자존심 강한 생존자이며, 그의 어머니와 누이들은 여전히 패배가 가져온 궁핍한 상황 속에서 살고 있다. 올리브 역시 전쟁에서 둘밖에 없는 남자 형제를 잃었지만(군대에 갔던 제임스의 형제들이 투영되어 있다), 그녀는 삶의 양식을 잃지 않았다. 랜섬의 가족은 신사계급의 정체성 말고는 모든 것을 잃었고, 소설 초반에 그가 올리브 챈슬러의 거실에 앉아 그녀가 처음 등장하기를 기다릴 때 독자는 그의 경험을 채색하는 울분과 원망의 감정을 일별한다. "그는 대비되는 인간의 운명을 생각하며 이를 약간 갈았다. 이 폭신한 여성적 둥지에 앉아 있자니 자기는 집도 없고 잘 먹지도 못한 느낌이 들었다." 랜섬은 모든 말과 행동이 시련의 기억에 영향을 받는 남자고, 올리브처럼 그는 개인적인 상처의 감정과 스스로 인식하지는 못해도 명백하게 존재하는 굶주린 복수심을 반영하는 사상을 움켜쥐었다.

베레나에게 이끌리는 마음이 의식적인 사랑이 되면서, 랜섬이 베레나에게 구애하는 과정은 점점 더 힘의 언어로 묘사된다. "이런 식으로 주제를 가지고 놀면서, 눈에 띄게 망설이는 그녀를 즐기면서, 랜섬은 살짝 남자의 야만성을 의식했다. 그녀의 선한 본성을 시험하고 싶은 충동에 등 떠밀리는 느낌, 그 충동에는 한계

가 없어 보였다." 나중에 그는 무자비한 압박에 그녀가 "공격에
굉장히 노출된…" 상태가 되었음을 알고, 자기가 '포위작전'에 들
어갔다는 사실을 이해한다. 소설의 결말에 이르러, 베레나는 '항
복' 상태가 되고 랜섬은 "근육의 힘으로 그녀를" 올리브와 그녀
를 기다리는 대중에게서 "멀리 떼어 놓았다…". 전쟁의 이미지는
명백하고 제임스는 제2의, 훨씬 더 사적인 남북 전쟁을 암시하고
있지만, 미스 챈슬러에게 거둔 미스터 랜섬의 승리, 즉 베레나와
그녀의 장래를 가정의 굴레 속으로 속박하는 행위는 "근육의 힘"
이 아니라 설득으로 얻은 것이다.

가난과 어두운 미래에도 불구하고 진지하게 베레나에게 구애
하겠다는 랜섬의 결심에 불을 댕기는 것이, 에세이 한 편을 출간
해 줄 출판사를 드디어 찾았다는 얄팍한 명분이라는 점은 흥미롭
다. 글 한 편이 출판된다고 랜섬의 재정적 미래가 바뀌는 것도 아
니건만, 그는 이를 새로운 대중적 목소리의 신호라고 보아 대뜸
붙잡고, 베레나의 목소리를 침묵시키는 기획을 밀어붙일 활력을
얻는다. 반페미니즘적 사상이 베레나에 대한 아주 사적인 접근을
정당화하는 것과 마찬가지로, 대중적 화자라는 새로 쟁취한 위상
은 랜섬의 사적인 발화인 청혼에 신뢰성을 더해준다. 여성 억압
의 파토스를 묘사하는 대단한 능변을 올리브가 아무리 베레나에
게 먹여주어도, 베이즐의 언어적 유혹과는 경생이 되시 않는나.
그의 가장 강력한 말은 미스 타란트는 진짜가 아니라는 비난이
다. 랜섬은 베레나에게 그녀는 남을 기쁘게 하고 싶다는 욕망이

큰 나머지 막후 조종을 당하는 "엉터리 같은 작은 꼭두각시 인형"과 비슷한 모습이 되었다고 말한다. 그리고 애인이 자기 자신에게 한 말을 거꾸로 그녀에 대한 공격으로 돌려준다. "그건 당신이 아닙니다, 절대로 아니지요." 그녀가 원래 명분에 대한 희생적 헌신이라고 믿었던 것, 긍지를 가지고 선포할 수 있었던 믿음인 "그건 내가 아니에요."는 랜섬의 꾸준한 수사적 공격을 통해 사기라는 비난으로 변한다. "…이 말들, 랜섬의 언어 중 가장 효과적이고 핵심을 찌르는 발화는 베레나의 영혼 깊숙이 가라앉아 작동하며 그곳에서 발효했다. 그리고 마침내 그녀는 그 말들을 믿게 되었고 거기에 변화가, 변신이 있었다." 문장 하나하나를 통해 랜섬은 의혹이라는 베레나 내면의 성소에 들어간다. 그가 진실을 건드리고 베레나에게 "자유롭게 …앞으로 나설 수 있다는" 희망을 주긴 했지만, 그의 약속은 결국 다른 이름으로 지속되는 포로 상태의 연속일 뿐이다. 베레나의 운명은 슬프지만, 그녀는 너무나 흐물흐물하고 텅 빈 캐릭터이기 때문에 비극적일 수 없다. 그리고 베레나 타란트를 향한 베이즐 랜섬의 허기는 강력한 적수인 올리브 챈슬러 때문에 더욱 강렬해지는데, 베레나와 달리 올리브야말로 베이즐과 대등하게 맞설 수 있는 인물이다. 이 책의 정치학을 고려할 때, 이 아이러니는 종국적으로 끔찍한 메아리를 만들어낸다. 그리고 《보스턴 사람들》이 반여성적이라는 비난에서 제임스를 구원해주기도 한다. 이것은 명분들과는 불편해도 여성들과는 심오하게, 내밀하게 편안한 책이다.

소설에서는 올리브 챈슬러만 비극적 차원을 확보한다. 이는 이 책에 등장하는 모든 인물 중에서 그녀가 가장 많이 느끼기 때문이다. 감정은 헨리 제임스가 초월한 영역이다. 고통스럽게 사적인 올리브 챈슬러는 결말에서 세상에서 가장 사랑하는 사람을 잃을 뿐 아니라 무서운 대중적 폭로와 실패를 겪는데, 이는 그녀가 자초한 운명이다. 그러나 그녀의 죄과로 인해, 그녀가 느끼는 고통의 깊이나 그 고통의 현실성, 또는 독자가 그녀에게 느끼는 연민이 조금이라도 덜어지지는 않는다. 뻣뻣하고 유머 감각도 없고 편견 덩어리에 자기가 왜 이런 행동을 하는지에 대해 반맹목적으로 무지한 보스턴의 노처녀는 심오한 슬픔과 수치 속에서 영웅적인 인물이 된다.

…랜섬은 보자마자 방금 그녀가 드러낸 유약함은 금세 사라졌음을 깨달았다. 그녀는 다시 몸을 바로 세웠고 황막함 속에서도 꿋꿋했다. 그녀 얼굴의 표정은 영원히 그와 함께 남을 터였다. 시든 희망과 상처받은 자존심을 그보다 더 생생하게 재현하는 표정은 상상할 수도 없었다. 메마르고 절박하게 경직된 그녀는, 여전히 떨고 있었고 불안해 보였다. 반짝이는 연한 눈동자는 죽음을 찾고 있는 것처럼 튀어나왔다. 랜섬은 그 북적거리는 찰나에도 환각을 보았나. 가시처럼 수많은 칼에 찔리거나 섬뜩한 불길에 휩싸여 그때 그 자리에서 죽음을 맞을 수 있었다면, 그녀답게, 여주인공답게, 일말의 전율도 없이 달려

나가 죽음을 맞았을 거라고.

제임스는 "예술에서, 감정은 언제나 의미다."라고 썼다. 내게 이 말들은 소설가의 '시론詩論'뿐 아니라 작가로서 가진 엄청난 힘을 조명한다. 그가 쌓은 세상의 경험과 타인에 대한 공감능력이 창조해낸 작품세계는 기성의 범주, 기존의 사상과 모든 종류의 기정 관념을 결연하게 거부하고, 난해하고 이상하고 섬세하고 언제나 다면적인, 인간관계와 감정의 투기장을 그려냈다. 나는 제임스가 삶을 신념—종교적·정치적·철학적 신념—의 체계로 환원하려는 모든 시도는 필연적으로 거짓말의 양태로 전락할 수밖에 없음을 느꼈다고 생각한다.

말년에 제임스는 정치적 행동가로 활동한 두 작가—조지 버나드 쇼와 H. G. 웰즈—에게 체제에 대한 그의 염증을 설명했다. 제임스의 희곡을 거부했던 위원회의 일원이었던 쇼는 편지에 이렇게 썼다. "사람들은 귀하에게서 예술작품을 원하지 않습니다. 도움을 원하고, 무엇보다 격려를 원합니다." 답장에서 제임스는 다음과 같이 반박했다. "…모든 직접적 '격려'—귀하가 제게 종용하는—지름길과, 뭐랄까, '예술이 없는' 질서의 격려는 사실 피상적이고 오도할 가능성이 훨씬 높습니다…." 웰즈는《은총, 인류의 정신》이라는 풍자적인 저서를 출판해 노년의 작가를 잔인하게 공격했다. 무엇보다 "삶과 문학에 대한 관점"을 비판했다. 웰즈에게 제임스는 이렇게 답했다. "나는 삶과 문학에 대한 관점이 전혀 없습니다. 다만 우리 문학의 형태가 훌륭해지는 건, 바로 그 범위와 다양성, 가소성과 거침없음, 개인적 행위자의 진지하고 시시각각 변화하는 경험을 반영하기 때문이라고 믿을 뿐입니다." 그리고 그 편지의 말미에서 그는 좀 더 자세히 설명한다. "삶을 만들고, 흥미를 만들고, 중요성을 만들어서 우리가 고려하고 적용할 수 있도록 하는 것이 바로 예술입니다. 그리고 그 과정의 힘과 아름다움을 대체할 수 있는 그 무엇도 나는 생각나지 않습니다." 헨리 제임스가 예술과 힘을 믿은 이유는, 예술이 세계를 바꿀 수 있다고 생각했기 때문도 삶의 거울이 될 수 있다고 상상해서도 아니었다. 제임스는 웰즈에게 예술은 "삶의 확장이며, 그것이 소설의 가장 큰 선물이다."라고 설명한다.

제임스는 편지를 주고받은 작가들에 비해 너무 예민하고 섬세했을지 모른다. 그러나 나는 '확장'의 개념을 이해할 수 있었다. 삶과 세계는 우리가 이따금 상상하듯 그리 쉽게 구분되지 않기 때문이다. 하나는 다른 하나에서 나오며, 그것들은 독자로서 우리가 책의 페이지에서 만나는 의식에서 혼재된다. 제임스의 말대로 예술은 삶을 만들 수 있고, 또 실제로도 만든다. 위대한 예술 작품과 마주치면 감정이 생겨나고, 독자나 관객, 또는 청자에게서 생겨나는 그 감정은 결국 그 작품의 '의미'이기 때문이다. 나는 여러 해에 걸쳐 제임스의 캐릭터들, 그리고 이야기들과 함께 살아왔고, 그들은 나를 떠나지 않는다. 그들은 지금의 '나'의 일부가 되었고, 나는 살아생전 보잘것없는 판매량과 독서 대중에게 인기가 없다는 사실 때문에 걱정했던 그들의 창작자가 지금 내 감정을 알면 매우 행복해했을 거라는 생각을 자연스럽게 하게 된다. 그는 자기 작품이 살아남아 더 중요해졌으며 그의 책들로 인해 영원히 탈바꿈한 사람이 나 말고도 많이 있다는 사실을 알면 기뻐했을 것이다.

범위와 다양성, 가소성과 거침없음에 있어 《보스턴 사람들》은 소설이 어떠해야 하는가에 대한 제임스의 비규범적인 생각을 형상화한 것이다. 인간의 현실을 어지럽히고 착취하고 왜곡하는 말의 힘을 그려내는 이야기를 통해, 헨리 제임스는 보스턴이라는 황막한 배경에서 이 연설자에게서 저 연설자로 떠다니는, 강연장들에서 흘러나오고 신문의 행을 채우는 죽은 구호들에 대항해 자기 나름의 뉘앙스가 풍부하고 정확하고 민감한 산문을 제안한다. 제임스가 그의 미국적 소설을 써낸 이후로 그 도시도 변했고 미국도 변했지만, 죽은 구호들, 텅 빈 수사, 클리셰의 사고를 비롯해 언론이 대중에게 쏟아내는 기성의 견해들과 순전한 허튼소리는 여전히 나아질 기미가 없다.

나는 《보스턴 사람들》을 읽고 최소한 우리가 언어를 사용하고 언어가 우리를 사용하는 방식조차 고민해 보지 않는 건 불가능하다고 생각한다. 정체되고 멍청한 정치적 진술들은 말해지고 쓰이는 방식 때문에 우리에게 계속 영향을 끼치고 우리를 좌우한다. 심지어 고결한 명분에 헌신하겠다는 선언마저도 사적인 원한이

나 개인적 불행에서 태어날 수 있다. 우리가 느끼는 바와 우리가 하는 말 사이에는 언제나 괴리가 있다. 헨리 제임스는 쉬지 않고 흘러가는 경험을 언어로 포착하고 수수께끼 같은 인간의 감정과 행동을 명확히 표현하는 일이 가슴 저미게 어려운 일이라는 사실을 알고 있었지만, 이것이야말로 정확히 그가 추구했던 야심이었고 나는, 그의 충실한 독자 가운데 한 명으로서, 그래서 그를 사랑한다.

2004

찰스 디킨스와 음울한 조각

"파리에 있을 때마다, 나는 어떤 보이지 않는 힘에 이끌려 시체안치소로 향한다. 가고 싶지 않지만 언제나 거기로 끌려간다." 찰스 디킨스는 《장사와 무관한 여행자The Uncommercial Traveller》의 화자에게 이 문장을 주었지만, 똑같은 단어를 써서 시체를 보고 싶어 하는 자신의 충동을 묘사했다. "나는 보이지 않는 힘에 잡혀 시체안치소로 끌려간다." 1847년, 이 보이지 않는 힘은 디킨스를 파리의 시체안치소로 거듭, 거듭 유혹했고, 그러다가 한 번은 정신을 차려 보니 익사한 남자의 일그러지고 퉁퉁 부은 시체에 매혹되어 넋을 놓은 자신을 발견하기도 했다. 그로부터 16년 후, 디킨스는 익사에 관련한 소설인 《우리 공통의 친구》를 시작하게 된다. 이 책은 디킨스가 세상을 떠나기 전 탈고한 마지막 책이 되었다. 시체안치소의 석판 위에 누워 있던 그 이름 없는 죽은 남자의 이미지는 오랜 세월 동안 이야기를 기다리는 유령처럼 디킨스의 주위를 맴돌았던 게 틀림없다. 그가 결국 쓰게 된 이야기는 유머, 아이러니, 파토스 등 온갖 언어의 무기로 가득 찬 병기고로 시체의 문제를 공격한다. 그 시체는 디킨스의 뮤즈였고, 《우리 공통의 친구》의 집필을 촉발한 촉매였으며, 모든 인간이 맞닥뜨리는 진실─시체가 나의 미래다. 나는 죽을 것이다─과 전투를 벌이는 언어의 급물살을 터뜨린 비참한 물건이었다.

내가 죽음에 더 가까워졌음을 실감할수록 죽음의 위협은 더욱 커진다. 수술실에서 절개된 상처를 보았을 때는 기절했다. 몇 년 전 나는 교통사고를 당했다. 충돌 직후에는 시야가 흐릿해지고 걷잡을 수 없는 구토증이 올라왔으며, 간신히 의식을 붙잡긴 했으나 쇼크 상태에 들어갔다. 타박상밖에 입지 않았다는 사실을 알고 퇴원해서 집으로 돌아간 후에도, 충격에 며칠 밤 연속으로 소스라쳐 잠을 깨곤 했다. 앞 유리를 산산조각내고 내 주위의 차를 박살 낸 갑작스럽고 엄청난 일격. 정확히 사고가 일어났던 그대로 내 몸에서 다시 반복되는 느낌이 들었고, 공포에 질려 벌떡 일어나곤 했다. 이 꿈의 이미지는 내가 그간 꾸었던 다른 꿈들과는 아무 관련이 없었다. 짧고 격리된 이미지로, 밴이 우리 차를 박던 순간의 재구성이었다. 이 '꿈'은 심리적 외상trauma의 기억에 가깝다고 짐작된다. 참전 군인이나 범죄나 재난의 희생자들은 이런 달갑잖은 기억에 수년간 시달릴 수 있다. 이해할 수 없기에 그들이 소화할 수 없었던 참혹한 경험의 조각들이다. 정신은 공포를 범주화하지 않으려 저항하지만—어떻게 분류해야 할지 알지 못하기 때문이다—불가해한 것의 흔적은 여전히 남아 있을 수 있다. 더이상 똑똑히 정신을 차리고 있지 않아도, 그 불가해한 기억들은 시간과 장소 밖에서 떠다닌다.

디킨스의 여행자는 시체안치소로 끌려가서 시체를 보게 되고, 그 후에는 사방에서 그 시체를 상상하게 된다. 목욕탕에 가서는 자기를 향해 둥둥 떠내려오는 "커다랗고 시커먼 시체"의 환상을 본다. 우연히 목욕물을 삼켰을 때는 "그 속에 있는 사체의 오염"이 느껴지는 것 같아 움찔한다. 한참 후 "바로 그날, 저녁식사 때, 내 접시의 살점이 그 남자의 한 조각처럼 보였다." 여행자가 시체안치소에서 본 시체는 팔다리가 멀쩡하게 붙어 있었음에도, 그는 액체를 흘리며 허물어져 해체되는 시체를 뇌리에서 떨치지 못한다. 시체는 세균이나 음식처럼 그의 몸을 침범할 위험이 있는 추악한 사물이다. 여행자의 혐오는 자신과 그것 사이에 놓인 방호벽이 변하거나 무너지거나 허물어질지도 모른다는 불안에서 나온다. 공포영화는 계속해서 이런 공포를 활용한다. 죽은 자들은, 그러니까, 죽지 않고 세계를 돌아다니고 있고, 보통은 모종의 울부짖는 젊은 여자를 쫓아다니고 있다는 것이다. 터무니없는 공상이긴 하지만, 이런 영화들이 거짓말을 하는 건 아니다. 결국, 죽음은 우리 모두를 따라잡고야 말기 때문이다.

《우리 공통의 친구》 초반에서, 독자는 몇 구의 익사체 가운데 첫 시체를 만나게 된다. 한 경찰 조사관은 시체를 인수하고 나서 자기 책임이 된 그것을 뭐라고 불러야 할지 몰라 곤란을 겪는다. 처음에는 죽은 남자를 '당신'이라고 부르다가 얼마 후에는 옆의 구경꾼에게 "저는 아직도 '그 남자'라고 불러요."라고 말한다. 그 조사관 말고도 대명사의 문제로 어려움을 겪는 캐릭터가 여럿 있다. 누군가를 '당신'이라든가 '그'라고 부른다는 건 무엇을 뜻할까? 언제 '그'는 '그것'으로 변하는가? 이것은 궁극의 질문들이고, 이 소설 속에서 부단히 제기된다. 1986년 컬럼비아 대학에서 논문 심사를 할 때, 디킨스 학자이자 《픽윅에서 돔비까지From Pickwick to Dombey》의 저자인 스티븐 마커스가 내게 디킨스는 자신이 무엇을 하고 있는지 '알았다'고 생각하느냐고, 자기 작품이 형이상학적이라는 것을 알았다고 생각하느냐고 물었다. 나는 "아니요"라고 대답했고, 마커스도 나와 같은 생각이라고 했다. 그러나 예술에서는 아는 게 전부가 아니다. 미지의 것이 종종 표면으로 밀고 올라오기 때문이다. 최근에, 신경과학은 프로이트가 이런 점에서 확실히 옳았음을 증명했다. 뇌가 하는 일의 엄청나게 큰 부분은 무의식적이다. 그리고 모든 소설가는 글을 쓰는 동안 많은 일들이 일어난다고 말해줄 것이다. 캐릭터들이나 그들의 말이 왜 당신에게 나타나는지 또는 어디서 나타나는지 알지 못하지만, 아무튼 그것들은 나타나고, 이렇게 이디선가 불쑥 나타나는 기괴한 유령들과 그들의 목소리는 종종 이야기에 가장 핵심이 된다.

소설의 플롯은 조사관이 '당신' 내지 '그' 또는 '그것'이라고 부르는 익사한 남자의 정체성을 중심으로 진행된다. 이 시체는 개퍼 헥섬과 그의 딸 리지가 템스강에서 발견해 끌어내서 경찰 당국에 넘긴 것이다. 사체에서 발견된 서류 덕분에, 사체의 정체가 런던의 쓰레기를 뒤져 재벌이 된 구두쇠의 상속자인 존 하몬이라는 사실이 밝혀진다. 아들의 죽음으로, 재벌의 돈은 늙은 하몬의 생전에 충실한 하인들이었던 '황금의 쓰레기 청소부' 보핀과 그의 아내에게 넘어간다. 졸부가 된 보핀 가족을 교활하게 관찰하던 사일러스 웹은 그들에게 불리한 음모를 꾸민다. 범죄의 단서를 제공하는 사람에게 걸린 현상금에 혹한 템스강의 하류인생 로그 라이더후드는 속임수로 하몬 영지의 변호사인 유진 레이번과 모티머 라이트우드의 사무실에 취직하게 된다. 라이더후드는 보트를 타고 있다가 시체를 발견한 개퍼 헥섬을 살인자로 허위 고발한다. 이로 인해 상류층의 유진 레이번과 하류층인 리지 헥섬이 만나게 되고, 러브스토리가 시작된다. 그러나 경찰 당국은 틀렸다. 강에서 발견된 시체는 존 하몬이 아니라 그와 닮은 하몬의 친구 조지 래드풋이었다. 이 실수로 인해 수년간 고향을 떠나 살던 존 하몬은 다른 사람인 척 위장하고 제3자로 자신의 죽음을 구경하게 된다. 그는 자기 이름을 로크스미스로 바꾸고 한때 자기 아버지의 집이었던 곳에 들어가 살면서 보핀의 비서로 일하고, 거기서 아름답지만 버릇없는 벨라 윌퍼를 관찰한다. 벨라 윌퍼는 새로 바뀐 하인들의 감독자며 아버지의 유언장에서 그의 배우자로 지목된 여인이다. 존 하몬은 벨라와 결혼하는 조건으로 유산을 상속받게 되어있다. 그리고 두 사람의 험난한 구애 과정이 시작된다. 사회적 인맥 또는 단순한 우연을 통해서 흩어져 있던 이야기의 요소들이 교차한다. 리지와 벨라가 만난다. 리지 남동생의 학교 선생인 브래들리 헤드스톤과 유진 레이번이 한 데 던져져 리지를 가운데 두고 사랑의 라이벌이 된다. 리지를 향한 끔찍하고 치명적인 열정에 사로잡힌 헤드스톤은 라이더후드와 동맹을 맺는다. 난장판의 소동이 벌어진다. 라이더후드, 헤드스톤, 그리고 개퍼는 모두 익사한다. 유진 레이번은 물에 빠져 죽을 뻔하고, 연인들은 결국 재결합하고, 사악한 자들은 벌을 받고, 대부분의 착한 캐릭터들은 "영원히 행복하게 살았습니다."라는 동화의 상태로 향하는 것처럼 보인다.

사물을 보기

은유는 언제나 우리가 마음으로 사물을 보는 방식을 바꾼다. 문장에서 한 사물이 다른 것에 비유되면, 나는 책을 읽으면서 내가 창조하는 마음속 그림에서 두 사물을 섞는다. 그러나 디킨스의 은유는 관습적 지각의 선들을 무너뜨리기 때문에 대다수 작가들의 깃보다 파격적이고, 나는 그의 책을 읽는 와중에 계속해서 내 마음속에서 보는 이미지들을 재조정한다. 정상적인 시야는 상당 수준 우리의 기대에 의해 좌우된다. 우리가 '외부에 존재하는' 별개의 정체성을 지닌 사물들을 서로 구별하는 법을 배우는 건, 우리 뇌가 '전체 사물'의 재현을 가능하게 하는 시각적·언어적 소재를 정렬하도록 발달했기 때문이다. 간단히 말해, 우리는 적나라한 세계를 보는 게 아니라 경험, 기억 그리고 언어로 규정된 시각적 장visual field을 본다. 디킨스를 읽는 독자는 누구나, 그의 작품에서 사물들이 종종 인간적 자질을 띠고 사람들은 종종 사물을 닮는다는 사실을 눈치챈다. 이러한 무생물과 생물의 혼합은 우스우면서도 전복적이다. 이를테면 패시네이션 플레지비가 어떤 집에 들어가려고 할 때, 독자는 "그가 집의 코를 다시 잡아당겼고 또 잡아당겼고 잡아당겼고… 결국 문간에 인간의 코가 나타났다."는 이야기를 듣는다. 은유적 코 다음에 실제의 코가 나오기 때문에, 희극적 긴장이 두 코의 위상을 깎아 먹고, '진짜' 코는 몸에서 분리된 듯 낯설고, 어두운 문간의 공간에 혼자 둥둥 떠서 나타난 것처럼 보인다. 디킨스의 언어는 그것들을 조각내어 해체함으로써 전체 사물의 재현을 엉망으로 만든다. 인간의 몸을 환경으로부터 분리하고 살아있는 것과 그렇지 않은 것을 깔끔하게 구분하는 대신, 디킨스는 이 '정상적' 분리를 혼란스럽게 휘젓고, 한참 후에는 결국 우리 기대치를 완전히 재배열한다.

사일러스 웩을 통해, 디킨스는 이미 '말 그대로' 부분적으로 사물이 된 캐릭터를 창조한다. 그는 나무 의족을 달고 있고, 화자는 우리에게 웩은 이미 "그 의족을 자연스럽게 받아들인" 것처럼 보인다고 말한다. 아마 이는 웩이 '은유적으로도' 나무이기 때문일 것이다. "웩은 꼬인 데가 많은 남자였고, 아주 딱딱한 소재를 깎아 만든 듯한 얼굴은 경비원의 수다보다 표정이 적었다." 그의 몸과 얼굴의 틱 장애는 인간보다는 사물 같아 보인다. 그리고 "웩씨가 자기 자신을 돌보다"라는 제목의 챕터에서, 우리는 의족을 단 신사가 그가 잃어버린 것을 포기하기를 주저해왔다는 것을 알게 되고, 자기 나름의 근사한 논리에 따라 런던의 허름한 구멍가게에 가서 '자신'을 방문한다.

"이렇게 긴 시간 동안 나는 어떻게 지냈나요, 비너스 씨?"
"아주 형편없었습니다." 비너스 씨는 비타협적으로 말한다.
"아니, 내가 아직 집에 있단 말입니까?" 웩은 짐짓 놀란 듯 물었다.
"언제나 집에 있지요."

처음에 이 대목을 읽었을 때 나는 대체 무슨 일이 벌어지고 있는 건지 감도 잡을 수 없었지만, 이 놀라운 대화의 '나'가 웩의 잃어버린 다리뼈라는 걸 깨닫고 웃음을 터뜨리고 말았다. 이 '나'에게 가기 위해서, 웩은 익숙한 대명사를 보통의 자리에서 억지로 떼어내어 다른 곳에 갖다 놓아야 한다. 그는 보통 삼인칭이어야 하는 것을 일인칭으로 둔다. 프랑스 언어학자인 에밀 빙브니스드 Emile Benveniste는 소위 '인칭의 대립'과 '비인칭'을 의미심장하게 구분한다. "담론의 발화 중에는 개인적 본질에도 불구하고 인칭의 조건을 벗어나는 것들이 있다. 그러니까 자기를 지칭하는 게 아니라 '객관적 상황'을 지칭한다는 말이다. 이것은 우리가 '삼인칭'이라고 부르는 영역이다." 인칭의 대립과 비인칭의 차이는 명백하다. 대화에서 인칭은 언제나 역전이 가능하기 때문이다. 나는 당신이 될 수 있고 당신은 내가 될 수 있다. 반면 그, 그녀와 그것의 경우에는 그렇지 못하다. 일인칭을 대화 밖으로 옮김으로써, 웩의 '인칭'은 '비인칭'이 되고, 이 비약을 통하면 조사관이 처음에 죽은 사람을 어떻게 불러야 할지 몰라 혼란스러워했던 이야기로 돌아간다. '나'로 지칭되는 뼈는 결국 웩의 시체 조각이고, 나머지 몸보다 좀 일찍 시체안치소에 가게 된 신체부위다.

디킨스의 작품세계에서 몸이 떨어져 나간 캐릭터는 웩 혼자만이 아니다. 디킨스의 소설에는 팔다리가 잘린 사람들, 피범벅인 사람들, 폭발하고 해체되고 녹아내리는 몸들이 넘쳐나며, 조각조각 찢기고 박살이 나는 은유적 언급들은 헤아릴 수도 없이 많다. 《돔비 앤 선Dombey and Son》에서는 증기기관차가 "뜨거운 열기"로 카커를 깔아뭉개고 지나가 "훼손된 그의 조각들을 허공으로 흩뿌렸다." 《블리크 하우스Bleak House》에서는 크룩이 인체자연발화현상으로 사망한다. 《올리버 트위스트》에서 사이크스는 낸시를 살해한 후 "피로 얼룩진 방안에 시커먼 더미"로 버려두고 떠난다. 《리틀 도릿Little Dorrit》에서 블란두아는 압사당해 "더러운 쓰레기 더미" 속에서 머리가 "원자 단위로 쪼개진" 채 발견된다. 《마틴 처즐윗Martin Chuzzlewit》에서 조셉 윌렛은 한 팔을 잃고 사이먼 테이퍼릿의 두 다리는 짓이겨져 의족으로 교체된다. 미완성의 소설 《에드윈 드루드의 수수께끼The Mystery of Edwin Drood》에서는, 재스퍼가 피부와 뼈를 부식시키는 산酸인 생석회로 조카를 죽인 것이 분명하다. 그리고 이것도 짧게 추린 명단이다. 짓이겨진 사체는 디킨스의 라이트모티프leitmotif—작가의 상상력에 중심이 되는 이미지—이다. 《우리 공통의 친구》에서, 이 파괴된 시체는 "어떻게 인간이 자아를 구성하는가?"라는 강박적 질문을 전달하는 매개가 된다.

웩이 작별을 고한 소중한 다리는 뼈 관련 사업을 하는 남자 비너스 씨의 수중에 있다. 나는 이 허름한 뼈 가게에 디킨스가 이전의 작품에 나오는 모든 박살난 시체들을 모아놓고 비너스에게 그 시체들을 재건하는 불가능한 임무를 맡겼다고 상상하기를 즐긴다. 비너스는 세 가지 문제에 직면한다. 눈앞에 있는 조각들을 보고seeing, 인식하고recognizing, 그리고 정체를 파악하는identifying 일이다. 이야기 내내, 디킨스는 각 단계를 격리하는데, 이는 지각의 현실을 투영한다. 짙은 안개 속에서는 내 앞의 형상들을 '보고도see' 하나도 '알아보지recognize' 못할 수 있고, 그게 아니면 흔히 그렇듯 어떤 얼굴을 알아보고도 이름을 붙여 '정체를 파악하지identify' 못할 수 있다. 지하세계의 백과사전 편찬자인 비너스는 죽은 자의 조각들을 정리하는 일에 착수한다. 화자는 우리에게 "얼핏 가죽과 마른 나뭇가지 조각들 같아 보이는 사물들이 엉망으로 어질러져 있는 상태… 이 뒤죽박죽에서는 아무것도 구체

적인 형상을 결정지어 부여받지 못한다."고 말해준다. 이 "뒤죽박
죽"은 뼈 가게에 국한된 게 아니다. 이야기의 처음부터 계속 존재
한다. 소설은 템즈강의 우울한 석양 속에서 시작된다. 화자는 표
식이 없는 보트에 탄 두 사람을 가리킨다. 이 보트에는 "알아볼
수 있는 표식"이 전혀 없다. 네 문단 후에, 지는 해가 일순 선체
를 밝히고, 독자는 "뭉개진 인간 형상의 윤곽선과 닮은 구석이 있
는" "부패한 얼룩"을 언뜻 보게 된다. "뭉개진muffled"과 "뒤죽박
죽muddled"은 이 책의 세계 전체와 관련이 있는 어휘다. 저 밖에
있는 걸 지각하는 일은 어렵다. 흙먼지가 거리에 휘날린다. 흐릿
한 형상들이 나타났다 사라진다. "흐릿해, 흐릿해, 흐릿해." 또 다
른 캐릭터 제니 렌이 자기 삶에서 누가 누군지 무엇이 무엇인지
의미를 부여하려 애쓰며 말한다. "도무지 알아볼 수가 없어."

세계를 파악하는 일은 《우리 공통의 친구》에서 지각知覺적인
난제다. 그리고 비너스 씨의 주업은 박살난 시체를 재건하는 것
이다. 분리하고 인식하고 이름을 붙이는 일에 대한 놀라운 우화
로서, 비너스 씨는 웩에게 가게 구경을 시켜준다. "나는 계속 나
자신을 갈고 닦아왔고, 시각과 이름으로는 이제 완벽합니다."

"바이스. 연장. 다양한 뼈들. 다양한 해골들. 방부 처리한 인도
아기. 아프리카 이하동문… 다양한 인간. 고양이들. 재건한 영
국 아기. 개들. 오리들. 다양한 유리 의안. 미라로 만든 새. 아,
이런 맙소사, 저건 전체적인 파노라마 전망이군요." 그렇게 촛

불을 들고 흔들면 이 모든 가지각색의 사물들이 이름이 불릴 때마다 순순히 앞으로 나왔다가 다시 들어갔다.

촛불은 사물들을 보이게 하고 알아볼 수 있게 하지만, 어둠 속에서 각 사물을 불러내어 읽히게 하는 건 이름이다. 비너스는 공간과 언어로 해부학적 부위들을 표현하고, 범주화를 통해 넌센스에서 의미를 창출한다. 웩은 해부학자의 작업에 경의를 표한다. "당신은 사회의 골조를 철사로 꿰맞추는 참을성을 가졌군요. 그러니까 인간의 해골을 말하는 겁니다." '사회의 골조'와 인간 몸의 뼈다귀들을 무너뜨려 하나로 합침으로써, 웩은 또 한 번 사물을 기발하게 뒤섞는다. 물론 사회의 사람들에게는 뼈가 필요하지만, 나무 같은 신사가 언급하는 이 '골조'는 소설 전반에 걸쳐 두 가지 차원에서—몸이 공간에서 또 언어에서 시각적으로 재현되는 방식을 통해—공명한다.

우리 모두 우리 자신을 조립할 필요가 있다. 그리하여 우리 몸의 내면적 재현으로서 기본적인 이미지나 골조를 늘 갖고 다니며 그것에 정체성을 고착한다. 몸 이미지의 병리를 살펴보면—뇌병변이나 정서적 스트레스가 원인이 될 수 있다—이런 재현들이 필수적이며 또한 신비스럽다는 걸 확실히 알 수 있다. '환상 사지 증후군phantom limb syndrome'은 팔다리를 절단한 환자가 없어진 다리나 팔에 압박을 느끼고 종종 통증을 느끼는 병인데, 이를테면 웩과 같은 현상이라 하겠다. 이런 사람들은 실제로는 사라져 버린 자신의 일부와 여전히 지속적인 관계를 맺고 있다. 또 다른 질병인 실인증Anosognosia은 뇌의 우반구에 손상을 입으면 발현하는데, 환자로 하여금 자기가 무엇을 잃었는지 인지하지 못하게 만든다. 환자들은 타인이 보기에는 자명한 사실—예를 들어 신체가 마비되었다거나, 왼손을 움직일 수 없다든가, 아무튼 여타의 핸디캡—을 인정하지 않으려 한다. 간단하게 '무시neglect'라 불리는 병을 앓는 사람들도 있다. 이런 사람들은 몸의 왼쪽 부분과 공간의 좌측을 아예 존재하지 않는 것처럼 통째로 무시한다. 무시 증상이 심한 사람들은 심지어, 이성과는 반대로, 손상된 팔이나 다리가 자기 것임을 아예 부인한다. 웩의 반대 증상인 셈이다. 임상적 병증으로 진단받지 않은 많은 사람들을 비롯해 거식증과 폭식증 환자들도 자기 몸에 대해 혼란스러운 이미지를 갖고 있다. 현대 서구 문화는 실제로 날씬한데도 뚱뚱하다고 느끼고, 허벅지와 뱃살, 눈 밑의 처진 살과 주름에 집착하는 사람들로 가득하고, 심지어 비교적 안정된 몸 이미지를 가진 사람들도 꿈속에서 외모가 망가지는 악몽에 시달린다. 나는 잠잘 때 정기적으로 신체 일부를 잃는다. 대개는 이빨과 머리카락이지만 손과 발을 잃을 때도 있다. 일그러지고 부분적이고 망가진 몸의 모습은 이 재현들이 우리가 생각하고 싶은 정도보다 훨씬 위태롭다는 걸 뚜렷이 보여준다. 바로 이런 내면의 유약함을 디킨스는 놀라울 정도로 날카롭게 지도로 그려낸다.

'조립articulation'에 대한 웩의 언급은 이중적이다. 뼈뿐만 아니라 말도 조립되고, 언어 역시 우리의 집단생활을 가능하게 하므로 '사회의 골조'라 불러 마땅하다. 이 책의 세계에서, '사회'라는 말은 특정한 인물들의 모임을 지칭한다. 그중 가장 중요한 것은 포즈냅, 라믈, 베니어링 가족이다. 비너스 씨의 상점과 사교계는 이야기의 관점에서 극과 극으로 떨어져 있지만, 디킨스는 이 둘을 은유적으로 묶는다. 그들은 음울한 파편, 조각 혹은 일부로 연결되어 있고, 이 조각들은 웩의 뼈처럼 의미 있는 골조에 편입되기를 거부한다. 즉, 조립될 수 없는 사물이다. "당신은 잡동사니에도 갖다 붙일 수가 없어요." 비너스는 웩에게 말한다. "무슨 짓을 해도 맞지 않을 테니까요. 좀 안다 하는 사람이라면 누구든 선생님을 척 보기만 해도 이렇게 말할 겁니다—안 돼! 맞는 게 없어!"

베니어링의 집에서 벌어지는 한 장면에서 디킨스의 '사회'는 부러진 인체로 묘사된다. 직접 본 게 아니라 거울을 통해 보이는 상이다. 이 긴 대목은 전적으로 불완전한 문장, 문장의 조각들로 이루어져 있다. 마치 화자가 묘사하는 것의 조각난 본질이 구문법構文法을 침범하는 것만 같다.

성숙한 젊은 숙녀를 비춘다. 흑단 같은 머리채와 잘 분칠하면 훌륭하게 빛나는 안색. 성숙한 청년 신사를 매료할 때 상당히 잘 지속되는. 얼굴에는 코가 너무 많고, 수염에는 붉은색이 너무 짙고, 조끼 속에는 몸통이 너무 크고, 커프스와 눈과 단추와 이야기와 이빨에는 반짝임이 너무 과한 신사.

독자로서 나는 반사된 파편들의 깊이 없는 시각의 장을 본다. 그 속에서 몸통과 치아는 커프스, 단추, 심지어 이야기와 등치된다. 이 이미지는 다시금 비너스 씨의 뼈 가게에 널려 있던 조각들과 '다양한' 조각들의 조립을 상기시킨다. 디킨스는 거울을 활용하여, 사회를 명백히 표면과 작위와 환각의 세계로, '얄팍한 껍데기'로 묘사하고자 한다. 하지만 그러기 위해서 관습적인 몸의 경계를 박살 낼 필요는 없다. 사실 거울은 우리가 시각적으로 온전한 전체인 우리 자신을 바깥에서 경험할 수 있는 유일한 장소다. '나'는 '당신'의 위치를 차지한다. 거의 항상 우리는 우리 자신을 부분으로만 본다. 우리 앞에서 움직이는 손, 팔, 손가락, 몸통, 무릎과 발. 이처럼 거울 속에서 우리 몸을 전체로 보는 행위에 주목한 프랑스 정신분석가 자크 라캉은 거울 단계 이론을 가정했는데, 그 단계는 아이가 소위 타자의 눈으로 본 상像에서 자신을 온전한 인간으로 인식하는 순간을 의미한다. 여기서 타자는 실제의 타인인 동시에 아이가 사는 상징계, 즉 언어이기도 하다. 라캉은 피아제처럼 아이들의 행동을 훌륭하게 관찰한 사람이 아니어서, 나는 그의 거울 단계가 인간 발달의 이야기에서 실제로 일어나는 사건에 상응한다고 믿지 않는다. 그보다는 인간으로서 우리가 몸의 경계에 대한 의식 없이 태어난다는 사실을 라캉 식으로 표현한 말이라고 본다. 유아는 시간이 지나야만 온전한 자아로 조립되는 파편적 존재고, 언어에서 정립되는 경계와 범주들은 자아라는 별개의 완전한 관념을 창조하는 데 필수적이다. 이처럼 파편적이었다가 온전한 총체로 이동하는 몸 이미지의 정신분석학적 발달 모델은 앞서 논한 뇌손상이나 정신병과 연관되면 더욱 강력해지는 생각이다. 라캉의 관점에서, 거울에 비친 사람은 치유적 총체성의 한 형태, 파편화의 단층 위에 지어졌기에 결코 완전히 성취할 수 없는 일종의 이상적 몸을 표상한다.

디킨스에서 사물들이 박살날 때면, 독자는 정체성들이 흔들리고 죽음의 악취가 공기 중에 떠다닌다고 확신하게 된다. 어떤 음울함이 디킨스의 '사회'에 팽배해 있다. 이 사람들은 웹의 뼈처럼 조립에서 탈출하는 조각들이다. 늙은 레이디 티핀스를 예로 들어보자. "그녀의 이름으로 불리는 보닛과 치렁치렁한 천 속 어딘가에 진짜 여자의 조각이 숨어 있는지는 아마 하녀만이 알고 있을 것이다." 이 보닛과 치렁치렁한 천이 부채를 흔들 때, 그 시끄러운 소리는 "뼈가 달각거리는 소리"에 비유된다. 이 소리는 유진 레이번이 소설 앞부분에서 했던 말을 메아리치게 한다. 래드풋의 퉁퉁 불어터진 시체를 내려다보며 유진 레이번은 "레이디 티핀스보다 그리 나쁘지도 않구만."이라고 내뱉는다. 여행가의 접시에 놓인 살점은 독한 풍자로 새롭게 태어난다. 문제는 이것이다. 어떻게 알아보지도 못하는 것에 이름을 주고 성체를 파악한단 말인가?

표류하는 기호들

말과 사물 사이에는 마술적인 연결성이 없다. 아니 《데이비드 코퍼필드》에서 늙은 병사가 하는 말대로, "존슨 박사나 그런 류의 사람이 없었으면 우리는 이 순간 다리미를 침대 틀이라고 부르고 있을지 모르지." 아주 가끔씩, 나는 '~보다than' 같은 단어를 써놓고 그것을 한참 뚫어지게 보면서, 대체 저게 무슨 뜻인지 내가 철자를 제대로 쓰기는 했는지 생각한다. 이런 순간에 나는 언어의 철저히 자의적이고 신비로운 성격과 대면하게 된다. 기호, 혹은 의미론 학자들이 좋아하는 말로 기표, 각인된 글자들인 t-h-a-n이 의미에서 표표히 떨어져 나와 완전히 벌거벗은 부조리를 드러내고 내 앞의 책장에 앉아 있는 것 같다.

《우리 공통의 친구》는 언어와 사물의 괴리를 주장하는 책이다. '레이디 티핀스'의 코미디는 원래 총체적이고 눈에 보이는 사람을 지시하게 되어 있는 이 이름이 대신 움직이는 여자 장신구를 대충 모아둔 더미를 지칭한다는 데서 나온다. 그러나 사회는 외재하는 세계에 관심이 없다. 사회는 언급되는 대상보다 이름에 집착하기 때문이다. 티핀스가 전혀 밝혀질 수 없다는 사실은 별로 중요하지 않다. 베니어링은 의회 선거에 출마하면서 강력한 로드 스닉스워스가 "내 위원회에 이름을 주시면 좋겠"다고 말한다. "나는 경이 직접 참석해주기를 바랄 정도로 주제넘지는 않아. 다만 그의 이름만을 부탁할 뿐이야." 베니어링은 뇌물로 공직에

오르는데, 독자는 그 목적이 "글자당 이천오백 달러라는 엄청난 헐값으로 이름 뒤에 한두 개의 이니셜을 쓸 수 있게 되"는 것임을 알게 된다. 그는 파운드 지폐를 M.P.라는 글자들과 교환한다. 발달한 사회라는 지배적 문화의 허구로 볼 때, 돈은 이상적이고 아무 의미도 없는 기표다. 나는 언제나 종이를 주면 책이나 드레스를 받고, 증권시장은—말에 불과한—루머로 올라갔다 내려갔다 하며 사람들이 선물先物이라는 걸 실제로 거래한다는 사실이 놀랍다고 생각했다. 이 모든 게 내 세계의 일부임을 인정하지만, 그럼에도 괴상하다는 느낌은 여전하다. 디킨스 역시 이런 당혹감을 공유했던 게 틀림없다. 강력한 힘을 가졌지만, 돈은 실재하는 것을 지시하지 않는다. 통화通貨는 표류한다. 디킨스는 돈이 사회의 근본적 허튼소리라는, "모든 것의 전반적인 교란과 혼합—거꾸로 뒤집힌 세계"라는 마르크스의 사상을 따라 읊는다. 돈이 축적되면, 아무것도 사지 못하기 때문에 더욱 무의미해진다. 그저 폐지처럼 쌓일 뿐이다.

돈을 주고 다른 만족을 얻지도 않을 만큼 멍청한 나귀에게 돈이 왜 그렇게 중요한지, 참 이상하다. 그러나 땅에 적힌 메마른 세 글자 L.S.D.밖에 보지 못하는 나귀만큼 돈을 짊어지고 싶어 안날 난 동물은 없다. 흔히 뜻하듯, 사치Luxury, 관능Sensuality, 방탕Dissoluteness이 아니라 그냥 메마른 세 글자일 뿐인데.

디자이너 '라벨'과 셀럽 '이름'으로 자동차에서 립스틱까지 별별 걸 다 파는 시대에, 무의미한 슬로건과 가사와 줄임말이 끊임없이 스크린과 광고판과 잡지커버에서 번쩍이고 진열되고 쓰이는 시대에, 우파 정치인들이 구역질 나도록 똑같은 공허하고 타락한 단어들, '자유'와 '진실' 같은 단어들을 원래 모습을 알아볼 수도 없게 될 때까지, 그래서 철저히 아무것도 의미하지 않게 될 때까지 짜내는 이 시대에, 메마른 글자들에 대한 디킨스의 풍자를 먼 얘기라고 치부하기는 어렵다. 이것의 추한 면은, 그런 헛소리가 권위의 허식을 뒤집어쓰면 힘을 갖는다는 점이다.

청년 시절 디킨스는 속기를 배웠다. 그는 이 새로운 알파벳의 난해하고 꾸불꾸불한 글씨처럼 "포악한 글자들은 생전 처음 본다."고 말했다.

점들을 쥐어짜 변화시키면 이런 위치에서는 이런 뜻이 되고 저런 위치에서는 저런 뜻이 된다. 동그라미들로 놀 수 있는 기막힌 기행들, 파리 다리처럼 생긴 표시에서 나오는 설명할 수 없는 결과들, 잘못된 자리에 그린 곡선의 어마어마한 효과는 내가 깨어 있는 시간을 괴롭혔을 뿐 아니라 잠잘 때도 눈앞에 나타났다.

나는 숫자와의 관계에서 이와 비슷하다. 특히 대수는 여전히 도저히 공략 불가능한 과목이다. 많은 사람들이 학교에서 터득해야 할 낯선 상형문자들과 씨름하거나, 결국 실패한 기억이 있을 것이다. 아이들은 온갖 자의적인 체계들을 소화하라는 기대를 받는데, 이런 요구들은 굉장히 괴로울 수 있다. 슬하에 열 명의 자식들을 두고도 작가 디킨스는 아이로서의 위상을 끝까지 포기하지 않았다. 그는 아이들이나 아이 같은 사람들과 동일시했다. 권력자가 아니라, 권력을 가진 자들의 변덕스럽고 종종 가학적인 요구에 시달리는 사람들 말이다. 디킨스 작품에서 학대받는 아이들의 명단은 너무 길어서 그 이름만으로 몇 페이지를 채울 수 있을 정도다. 선생이나 계부에게 맞아가며 배우는 비참함이 특정 캐릭터들의 이야기에서 온전히 신랄하게 그려지는《니콜라스 니클비Nicholas Nickleby》나《데이비드 코퍼필드》와 달리,《우리 공통의 친구》는 부성의 권위 그 자체의 추상적 본성을 다룬다.

죽은 아버지, 실종된 아버지, 사이가 멀어진 아버지, 그리고 그냥 거리가 있는 아버지는 모두 삶과 문학에서 깊은 울림을 지니는 인물들이다. 아버지는 본질적으로 어머니와 다르다. 우리는 모두 한때 어머니의 몸속에 있었고, 그 몸에서 태어났고, 유아 때는 그 몸에서 먹을 것을 받아먹었기 때문이다. 부성은 모성보다 거리가 더 있고 덜 직접적이다. 부성은 우리가 아이 때 받아들이는 '소유권 주장'으로서, 우리의 정당한, 그러니까 합법적인 이름에 새겨져 있는 권리다.《우리 공통의 친구》에서는 실제로 등장하지 않는 아버지들이 많다. 그들의 몸은 이야기 밖에 있다. '사회'에 떠다니는 글자와 이름들처럼, 책에 등장하는 '아버지상 paternal figures'들은 또한 부성父性의 상이기도 하다. 아이들이 해독하지 못하고, 이해하거나 말을 걸기도 어려운 전제적인 캐릭터들이다. 그들은 직접 대할 수 없는 법의 기호나 이미지로 등장한다. 왜냐하면 그들이 표상하는 사람은 타인의 말을 아예 듣지 못하거나 행방불명이기 때문이다. 법의 묘사로서는 상당히 일리가 있다. 절대 군주제나 독재국가가 아닌 사회에서, 법은 살아 있는 사람의 몸에 거하지 않기 때문이다. 법은 '쓰여 있다.'—위반 시 형벌의 위협을 담은 규칙들을 선포하는 문서에 각인되어 있다.

디킨스의 가부장제—귀족, 의원, 판사와 아버지—는 대체로 불가해한 집단이다. 몇몇은 종이나 글자로만 존재한다. 책이 시작하기도 전에 죽은 하몬 1세는 복수의 '유언'과 집안 구석구석 숨겨놓은 '유언보족서'들—각각의 문서가 돈을 다른 방식으로 분배하고 있는—을 통해서 말한다. 최종 유언도, 일관된 말도 없고 그저 모순된 명령들이 있을 뿐이다. 유진 레이번의 아버지는 M.R.F.(존경해 마지않는 아버지Most Respected Father)로만 나타난다. 유진이 M.R.F.와 벌이는 가상의 논쟁에서, 내면화된 아버지는 전면적인 금지로 아들을 짓밟는다. 또 다른 캐릭터인 트웸로우에게도 아버지상이 있는데, 바로 베니어링이 '이름'만 부탁했던 폭군 같은 스니그워스 경이다. M.R.F.처럼 스니그워스 역시 이야기에 육신으로 나타나지 않는다. 벽에 걸린 초상화로 제시될 뿐이다. 우리가 아는 건 트웸로우가 영지인 스닉스워디 파크를 방문할 때면 '일종의 계엄령' 치하에 놓인다는 사실 뿐이다.

모든 글로 쓰인 언어는 유령 같은 측면이 있지만—페이지에서 독자에게 말을 거는 몸이 없는 목소리—디킨스의 아버지 기호들은 억압적이고, 변덕스럽고, 의미가 소진되어 있다. 아버지들은 말할 때 머나먼 산꼭대기에 앉아서 지시를 내리는 미친 왕의 언어를 쓴다. 그러나 명령을 수행해야 하는 산 아래의 불쌍한 백성들만 혼란스럽게 만들 뿐이다. 아버지들과는 대화라는 게 없다. 말이 일방적으로 흐른다. 카프카가 왜 디킨스를 그토록 우러러보았는지 쉽게 이해할 수 있다. 더러운 관료주의자들과 보이지 않는 권위들로 가득한 낯선 복도를 배회하는 K.[23]는 상부에서 마구잡이로 던지는 신비스럽고 폭압적인 기호들을 파악하고 해석하려 애쓰는 디킨스의 당황한 아이들을 강하게 연상시킨다. 이는 현실을 기술하기보다 위장하는 죽은 언어의 말들이다. 부르주아 가부장인 포즈냅은 런던에서 여섯 사람이 굶어 죽었다는 말을 듣고, 그들 스스로가 자초한 일이라는 익숙한 논리를 내세운다. 아이의 입장을 겸손하게 대변하는 트웸로우는 이의를 제기한다. 포즈냅은 재빨리 그의 손님을 '집권centralization'이라고 비난한다. 트웸로우는 "음절이 어쩌나 많은 그 이름보다는 이런 끔찍한 사건들에 당연히 더 충격을 받았다."라고 응수하는 데 성공한다. '집권'은 '사유' 같은 단어나. 정치가와 관료와 공론가의 입에

---

23) 프란츠 카프카의 소설 《성》과 《심판》의 주인공 이름.

서 이 말은 저변에 깔린 시체들과 희생된 사람들 한 사람 한 사람에게 속한 구체적이고 인간적인 사연을 위장하기 위해 사용된다. 최악의 경우 이 언어는 단지 소음으로 전락한다. 20세기와 우리가 지금 진입하는 새로운 세기는 무시와 살해의 정치학을 숨기고 왜곡하기 위해 이데올로기 용어들이 활용되는 무수한 사례들을 제공한다.

광기

디킨스는 《우리 공통의 친구》를 집필하면서 낭독과 퍼포먼스도 했는데, 가족과 친구들은 그가 도를 넘는 스트레스를 견디지 못하고 일찍 죽게 될까 봐 걱정했다. 디킨스는 그와 가까운 사람들이 '살인'이라고 불렀던 공연을 끝없이 반복했다. 《올리버 트위스트Oliver Twist》에서 빌 사이크스가 낸시를 죽이는 장면이었다. "극장 전체에 나를 무서워하여 공포에 질린 표정들이 가득했다." 디킨스는 이렇게 썼다. "내가 교수형을 당한다 해도 그보다 더한 표정이 나오지는 않았을 것이다." 이때는 디킨스의 삶에서 화멸, 슬픔, 잠식하는 허무의 시기였다. "치열한 낭독회의 자극 말고 아무것도 남지 않았다." 디킨스 전기 작가인 에드거 존슨은 이렇게 쓰고 있다. "그리고 《에드윈 드루드의 수수께끼The Mystery of Edwin Drood》에서 재스퍼가 약에 취해 보게 되는 위험한 흥분으로 돌아가는 것처럼 그 자극들로 돌아가고 있었다." 낭독회는 디킨스에게 일종의 아편이 되었고, 디킨스는 공연할 때면 고고한 감정의 열에 달뜬 몽환에 빠져들었다. 숙녀들은 기절했고, 남자들은 숨을 삼켰고, 낭독회를 끝낸 작가는 녹초가 된 채 절뚝거리며 무대 밖으로 걸어 나갔고, 눈물이 양 뺨을 적셨다. 그는 모든 역할을 혼자 연기했다. 파긴, 사이크스와 낸시. 낸시 역할을 하면서 디킨스는 자기 목숨이 달린 것처럼 애원하고 비명을 질렀다. 사이크스 역할을 할 때는 무자비하게 희생자를 때려죽였다. 소설을 쓴다는 건 복수複數의 존재가 된다는 뜻이다. 자기가 만들어낸 피조물들 사이에서 갈라져 함께 괴로워해야 한다는 뜻이다. 무대에 서면 디킨스는 캐릭터들 속에서 자신을 잊고 낭독하는 글의 공포에 빠져들었으며, 이는 모든 면에서 그의 건강을 심하게 훼손했다. 피터 애크로이드는 디킨스의 전기에서 1869년 초반 작가는 "현재 밤마다 W. 사이크스 씨에게 살해당하고 있다"고 전했으며, 대략 비슷한 시기에 친구에게 "나는 낸시를 살해하고 있네…. 거리를 걸어갈 때면 막연히 '수배'된 기분이 느껴져."라는 편지를 보냈다. 디킨스가 일인칭을 쓰고 있다는 점은 의미심장하다. 무엇보다 일단 이 두 캐릭터가 그에게 '나'가 될 수 있을 만큼 가까웠다는 사실을 보여주기 때문이다.

디킨스는 꾸준히 해체의 극단적인 상태를 탐구했고, 《우리 공통의 친구》에서는 브래들리 헤드스톤이라는 인물을 창조했다. 헤드스톤의 붕괴는 부분적으로 병리학적 반복으로 표현된다. 살인의 기도가 마음속에서 기계처럼 돌아가는 것이다. 디킨스 자신의 공연에 대한 연관성이 두드러지게 드러난다. 디킨스의 허구적 인물인 헤드스톤이 범죄를 저질렀고 창조자인 디킨스는 인물을 창조하고 창조한 인물들에게 공감한 죄밖에 없다 해도, 범죄가 다 끝난 후에도 오래도록 상상 속에서 범죄를 반복하는 헤드스톤과 마찬가지로, 디킨스 역시 자기가 창조한 살인사건을 거듭 반복해 공연하고 싶다는 충동을 물리치지 못했다. 강력한 상상 속 사건은 실제의 사건과 동일한 감정을 자아낼 수 있다. 이에 반박할 예술가는 거의 없겠지만, 물론 허구가 상상으로 완전히 구현될 경우 정신병의 분열에 상응하는 효과를 만들어낸다는 것을 이상하다고 생각하는 사람들도 있을 것이다. 예술에서의 분열이 광기의 분열보다는 낫겠지만, 프로이트가 '승화sublimation'[24]라 불렀던 현상은 내면의 드라마, 공포와 상처가 다른 것—예술가의 몸 밖에 존재하는 예술작품—으로 변화하는 기제다. 이것은 몸이 변화의 도구가 되는 연기를 제외한 모든 예술에 적용된다. 내 책에는 내가 큰 소리로 읽어본 적이 없고 앞으로도 절대 낭독하지 않을 대목들이 있다. 나로서는 너무 고통스러워서 견딜 수 없기 때문이다. 나는 나 자신의 말과 캐릭터를 체현하지 않으려 저항하며, 안전거리를 두고 페이지 속에 남겨두는 편을 선호한다. 디킨스는

---

24) 욕구불만으로 인해 생겨나는 충동과 갈등을 사회적으로 인정되는 형태와 방법을 통해 발산하는 것.

아주 옛날부터 '살인'을 공연하는 것을 꺼렸으나, 시험적으로 '낭독'을 했을 때 친구들의 얼굴에 떠오른 공포의 반응을 보고 나서는 그 충격에 빠진 얼굴에서 힘을 얻어 반복의 추동력으로 삼았다.《우리 공통의 친구》에 나오는 미친 선생 겸 범죄자 브래들리 헤드스톤은 찰스 디킨스의 대리인이 '아니다'. 내가 하려는 주장은 전혀 다른 것이다. 디킨스의 낭독 강박이 작가의 인격과 그의 복수적이고 복잡한 내면의 동일시 기제들―'나는 살해당하고 있다'와 '나는 살인하고 있다'를 둘 다 포함하는―을 들여다볼 수 있는 창문을 열어준다는 얘기를 하려는 것이다.

브래들리 헤드스톤에서, 독자는 현재라면 '정신증psychosis'[25]이라고 불릴 질병을 앓는 캐릭터를 보게 된다. 정신과의 언어는 오랜 세월에 걸쳐 변했고 소설 속 캐릭터를 진단한다는 건 잘 봐줘서 순진한 짓이겠지만, 내가 헤드스톤의 광기에 매료되는 이유는, 정신이상의 양태로 언제나 존재했던 임상적 현실을 광범위하게 묘사하고 있기 때문이다.《인격 장애와 도착에서의 공격성 Agression in Personality Disorders and Perversions》에서 오토 컨버그[26]는 이를 간결하게 진술한다. "정신증에는 심오한 상실감과 정체성의 와해가 있다." 물론《우리 공통의 친구》는 전체로서 '심오한 상실감'과 '정체성의 와해'를 모두 보여주지만, 이런 상실들을 일

---

25) 자아와 리비도의 심한 퇴행으로 인해 심각한 성격 분열을 초래하는 정신질환.

26) Otto Friedmann Kernberg(1928~). 정신분석학자 겸 정신과 교수로 전이 중심 심리치료 창시자.

관성 있게 취급하므로 정신병적 텍스트는 아니다. 대니얼 도르만 박사는 조현병 환자인 캐서린의 서사적 병력에서, 상담 시간 거의 내내 돌 같은 침묵을 지키며 앉아 있더니 상담이 끝나기 직전 '나는 박살난 험프티 덤프티지만 부서진 달걀 껍데기를 다시 붙일 길은 없어요. 나는 깨졌어요.'라고 말했다고 서술한다. 캐서린의 침묵은 최후의 말만큼 중요하다. 산산이 조각난 자아는 방어벽을 세우거나 죽어야 하고, 이런 상태를 표현하는 말들은 쉽게 나오지 않는다. 브래들리 헤드스톤에서, 디킨스는 다원적인 내면적 동요로 인해 폭력을 저지르게 되고 그로 인해 갈기갈기 찢기는 한 남자를 독자에게 보여준다.

헤드스톤은 내면과 외면의 자아, 그의 감정과 말 사이의 철저한 절연으로 고통받는다. 그의 내면에서 벌어지는 무시무시한 알력에도 불구하고, 그의 학교 선생 페르소나는 따분하고 건조하고 감정이 없다. 이처럼 들끓는 내면의 동요와 무감각한 외면의 죽음으로 갈라지는 데에도 임상적 차원이 있다. 영국의 소아과 의사 겸 정신분석학자인 D. W. 위니코트에 대한 이야기들 가운데 내가 제일 좋아하는 일화는 위니코트의 저서 《잡기와 해석Holding and Interpretation》의 서문에서 M. 마수드 R. 칸이 해준 이야기다. 1971년, 생의 막바지에 가까운 나이에, 위니코트는 영국 성공회 목회자 집단과 만났다. 그들이 위니코트에게 한 질문은 간단했다. 정신과적 도움이 필요한 환자와 성직자로서 그들의 조언이 도움이 될 만한 사람을 어떻게 구분할 수 있는가라는 문제였다. 위니코트 박사는 즉시 답변하지 않았고, 잠시 생각한 후 이렇게 말했다. "어떤 사람이 와서 여러분에게 이야기를 털어놓을 때, 경청을 해도 따분하다는 느낌이 들면 그 사람은 아픈 사람이니 정신과적 치료가 필요합니다. 하지만 아무리 스트레스나 갈등이 극심하더라도, 여러분의 흥미를 계속 끄는 이야기를 한다면, 그러면 여러분이 도와주어도 괜찮은 사람입니다."

이 논평의 천재성은, 정신적으로 병든 많은 사람들에 대한 한 가지 진실을 찾아낸다는 데 있다. 자기 내면에서 일어나는 일에 사로잡힌 정신병 환자들은 둘러친 장벽을 사이에 두고 타인과 단절되어 있으며, 이 장벽 때문에 남을 끌어들여 진정성 있는 대화를 나누지 못한다. 화자에게 연결성이 결핍되어 있으면, 불가피하게 청자는 지루함을 느낀다. 헤드스톤은 포즈냅이나 소설 속의 다른 무수한 캐릭터들과 마찬가지로, '타인과의 소통 수단'으로서의 언어와 단절되어 있다. 디킨스가 그토록 분노하며 비난하는, 아버지의 권위를 상징하는 표상들은 그 글자들을 공격할 때 썼던 의미심장한 형용사—'메마른dry'—를 통해 참된 정체를 드러낸다. 메마른 텍스트가 무엇인지 모르는 사람은 없다. 감정을 배제한 텍스트, 인간적인 것에 호소하는 바가 없기에 따분하고 재미없는 텍스트, 건조한 텍스트는 명백한 진실을 난해함 뒤에 숨기거나, 그냥 단석으로 이해가 불가능하다.

해설자[헤드스톤]가 내 소중한 아이드으으으을에게 말을 질질 끌며 설명을 한다고 치자. 예를 들어 여자들이 돌아가신 예수님의 돌무덤을 찾은 이야기에 대해 말한다면, (흔히 갓난아기들 사이에서 쓰이는 방식대로) 돌무덤이라는 말만 오백 번 반복하고 절대로 그 의미는 건드리지 않았다.

이처럼 헤드스톤의 교육방식을 환기함으로써 디킨스는 너무나 그답게 '돌무덤'이라는 단어에서 모든 가능한 의미를 쥐어짠다. 독자는 그 단어가 시체를 안치하는 무덤을 의미한다는 것을 안다. 독자는 또한 이 성경의 이야기 속에서 무덤은 여성들이 찾아갔을 때 이미 비어 있음을 안다. 단어의 의미를 모르는 아이들에게 글자들 자체는 텅 빈 상징이고, 교사의 입에서 쓸데없는 군말이 더 쏟아져 나온다는 뜻일 뿐이다. '돌무덤' 또한 무의미한 헛소리를 늘어놓는 해설자인 헤드스톤을 지시한다. 이 단어는 죽은 자의 표식을 의미하며, 한때 존재했던 것이 이제는 땅속에 묻힌 피와 살의 조각으로 전락했음을 선포하는 이승의 '이름'에 불과하다. 게다가 교사의 교훈은 '집권'이라는 단어처럼 "끔찍한 사건"을 위장하고 있다. 단조롭게 늘어놓는 설명의 따분한 리듬은 헤드스톤이 유진을 습격해 피범벅이 되도록 때린 후 죽었다고 생각하고 버리고 간 사건을 재생하는 기틀이 된다. "자기 강의를 들을 때면 그는 항상 그 짓을 다시 해보면서 방법을 개선하곤 했다. 기도할 때도, 머릿속으로 셈할 때도, 질문할 때도, 온종일." 언어는 얇은 껍데기에 불과하고, 그 아래에는 순수한, 언어로 표현할 수 없는 분노가 숨어 있다.

헤드스톤은 강박의 쳇바퀴에 갇혀, 자신이 저지른 범죄를 끝없이 반복해 재생하지 않고는 못 배긴다. '기계적'이라는 단어는 헤드스톤을 묘사할 때 여러 번 쓰이며, 그가 점점 더 기계나 무생물과 가까워짐을 암시한다. 반복은 의미다. 반복이 없으면 기억도 없고, 인식도 없고, 언어도 없지만, 차이를 허락하지 않는 충동적 반복은 또한 질병의 기호이기도 하다. 《쾌락원칙을 넘어서Beyond the Pleasure Principle》에서 프로이트는 먼저 반복하려는 인간의 충동과 죽음 본능의 관계를 정립한다. 이 에세이에서 프로이트는 모든 부모가 이미 아는 사실에 주목한다. 아이들은 같은 놀이를 반복하면서도 절대 질리지 않고 같은 이야기를 듣고 또 들으면서 조금의 변화도 용납하지 않는다. 프로이트의 이론에서, 같은 것을 지칠 줄 모르고 반복하고자 하는 욕망은 아이가 환경을 정복하는 방식으로, 어른이 되면 이 충동은 사라진다. 프로이트는 환자들의 경우 어린 시절의 사건을 반복하려는 욕구가 "모든 면에서 쾌락원칙을 묵살했다."는데 주목했다. 같은 것으로 계속 돌아가려는 강박은 명백히 자기 파괴적이다. 《우리 공통의 친구》에서 다양성이 없는 반복은 병적이며 음침하다. 존재 자체가 "여덟 시에 기상해 15분에 수염을 짧게 깎고 아홉 시에 아침 식사를 하고 열 시에 시티로 출근했다가 다섯 시 반에 집에 돌아와 일곱 시에 저녁을 먹는" 일과로 요약되는 포즈냅 같은 캐릭터는 "그 짓을 다시 한다."라는 헤드스톤 식의 편협한 사이클의 부르주아 버전이다. 변화도 차이도 허락지 않는 리듬은 시간을 세우고자 추구하며, 시간을 세운다는 건 죽음을 의미한다. 학교 선생은 한순간의 심리적 외상에 갇혀 헤어나지 못하기에, 계속 진행되는 이야기의 가능성을 상실한다.

헤드스톤은 희생자가 아니라 다른 사람에게 범죄를 저지른 가해자지만, 그 내면의 야만성은 양쪽의 특성을 모두 가지고 있으며, 이는 디킨스가 사이크스와 낸시 모두를 체현하는 것과 크게 다르지 않다. "그 남자는 살인자였고 그 자신도 알았다. 게다가 그는 제 몸의 상처를 긁어 부스럼 만드는 것과 비슷하게 그것을 들쑤시며 일종의 도착적 쾌감을 느꼈다." 고문관과 피고문자는 같은 정신적 지대를 차지한다. 결국 헤드스톤의 몸은 그 긴장을 견디지 못하고 폭발한다. 그는 자신의 움직임을 통제하지 못하고, 경련, 코피, 경기, 자기가 기억도 못 하고 매번 기진맥진하고 마는 간질 발작들에 시달린다. 그는 공간에서 자기 몸의 통제권을 잃고 건망증으로 시간 감각을 완전히 잃게 된다. 디킨스의 스토리텔링에 걸맞게, 이 폭발적인 내면의 파괴적 후유증은 헤드스톤 안에 국한되지 않는다. 소설의 더 큰 화폭으로 나와서 위장, 분신, 신분의 오해 같은 형태로 타인에게서 재생된다. 이것은 디킨스 작품의 '글로 쓰임'을 보여주는 자질이다. 그 작품세계의 몽상적이고 과잉 결정의 자질이다. 일단 고삐가 풀리면 디킨스의 테마는 멈출 수가 없다. 이야기 속에서 한 캐릭터와 한 이야기로부터 다른 것으로 퍼지고 피 흘린다.

범죄를 저지르기 위해, 헤드스톤은 '물가의 캐릭터'인 로그 라이더후드로 변장하는데, 이 옷을 입은 그는 자기 정체를 가리기는커녕 오히려 전보다 더욱더 그답게 보인다. "학교 교사의 옷차림을 하고 있을 때는 다른 사람 옷을 입은 것처럼 보였지만, 다른 사람의 옷을 빌려 입은 지금은 제 옷을 입은 듯 잘 어울렸다." 그에게 이 옷들이 '맞춤'인 이유는, 이 옷차림이 숨겨져 있던 것, 억압된 '타자Other'와 잘 어울리기 때문이다. 내면이 밖으로 나온 것이다. '타자'라는 말은 소설에서 경계가 허물어지고 사람들이 조각날 거라는 신호가 된다. 라이더후드는 학교 선생에게 '가장 다른 타자T'Otherest'라는 이름을 붙여준다. 그는 마음속에서 연상하는 세 남자의 이름을 통해 그 이름에 다다른다. '사장님The Governer' 라이트우드, '다른 사장님T'Other Governer' 레이번, 그리고 헤드스톤은 '가장 다른 사장님T'Otherest Governer'이었다가 '가장 다른 사람T'Otherest'이 된다. 이는 분신double에게 매우 적합한 이름이지만, 또한 헤드스톤이 처한 위상의 극한성을 묘사하며 그가 결국 앞뒤가 맞지 않는 언어적 혼란에 빠져들고 끝내 죽음과 부패의 장소인 저승T'Other World—이 또한 라이더후드가 쓰는 표현이다—으로 추락한다는 사실을 말해주기도 한다. 두 남자는 거울에 비친 자신들로 기능하며, 이 반사적 역할은 혼란의 양태이기도 하다. 정체성의 혼란—누가 누구인지—을 가져올 뿐만 아니라 내면과 외면을 가르는 선을 잠식하기 때문이다. 바지선을 타고 자기 옆에서 표류하는 변장한 헤드스톤을 보며, 라이더후드는 총체적으로 이 책에서 대명사의 유희를 통해 계속 울려 퍼지는 발언을 한다. "나 자신을 보고 저렇게 잘 생겼다는 생각은 한 번도 못 해 봤는데." 나는 당신이다. 당신은 나다.

수년 전에 어떤 정신과 의사가 해준 얘기를 나는 잊을 수가 없다. 조현병 환자와 상담을 하기 전에, 의사는 미용실에 들러 긴 머리를 짧게 잘랐다. 환자가 진료실로 들어오자마자 그녀를 보고 충격받은 목소리로 말했다. "당신이 내 머리를 잘랐네요!" '나'와 '당신'이 자아와 타자를 혼동하는 발화에서 뒤섞이고 자신의 분신을 칭하면서 '나 자신myself'이라는 단어를 쓰는 라이더후드의 아이러니한 발언이 메아리친다. 그런 혼란은 조현병에서 드물지 않게 나타나고, 이런 겹침은 분신과 거울상과 유령 자아가 나타나고 또 나타나는 문학에서는 친숙한 테마다. 분신에 대한 그의 유명한 에세이에서 오토 랑크[27]는 예술에서 이런 존재가 끈질기게 등장하는 이유를 거울상과 죽음을 연관지어 설명했고, 디킨스도 이 이론을 배반하지 않는다. 거울에 반사된 분신은, 몸이나 언어 둘 다에서, 해체의 전령이다. 브래들리 헤드스톤이 "나는 무시당하고 추방당했다"라고 외칠 때, 그는 상호적 발화의 종말에 도달했다. 그에게는 이제 어떤 대화도 가능하지 않다. 그가 끝을 향해 달려갈 때, 화자는 우리에게 헤드스톤이 "또박또박 말하는 데

---

27) Otto Rank(1884~1939) 프로이트의 수제자인 오스트리아의 정신분석가.

어려움을 겪는다."고 알려준다. 그는 말을 더듬고 멈칫거리며 입 밖으로 꺼내지 못한다. 그의 언어는 산산조각으로 흩어지고, 이 발화의 조각들은 베니어링의 집에 걸린 거울을 묘사할 때 쓰인 문장 조각들처럼, 조각조각 찢어진 자아를 표시한다. 험프티 덤 프티처럼, 전부 다 깨져 버렸다. 반영된 자아들인 라이더후드와 헤드스톤은 분리된 상태로 남을 수 없다. 그들은 죽도록 싸우고 강에서 끝을 보고 익사하며, 한 시체의 팔다리가 다른 시체와 뒤 엉킨다.

《우리 공통의 친구》는 자아와 타자의 이런 관계를 축으로 한 다. 두 사람이 거울처럼 서로를 비추는 미러링은 병들고 혼란스 러울 수도 독립적이고 건강할 수도 있지만, 소설은 이런 역학을 절대 놓지 않는다. 관계가 끊기면 자아가 사라진다. 벽에 갇혀 격 리되고 인식되지 못한 자는 익사한다. 내가 보기에 이것은 간단 한 진리이다. 그저 내가 아는 그 어떤 작가보다 디킨스가 더욱 완 전하게 더욱 정교하게 그려냈을 뿐이다. 나는 이런저런 철학이 나 체계의 렌즈를 통해 책을 편협하게 '읽는' 일에 관심을 가져본 적이 없지만, 디킨스가 《우리 공통의 친구》에서 미러링과 언어의 역할을 관찰해 지도로 그려내는 자아와 타자의 지리는, 인간의 정체성에 대한 근본적 질문들에 대한 해답을 추구하는 정신분석 과 신경생물학의 사고와 강하게 공명한다.

1949년 처음 출간되었을 당시 거울 단계에 대한 라캉의 에세 이를 읽은 위니코트는 미러링이라는 라캉의 아이디어를 어머니와 아이 사이의 관계와 관련된 임상 경험의 토대에 놓았고, 아이가 어머니의 대답하는 얼굴에서 자기 자신을 인식하게 된다는 사실을 입증한다. 이 역학은 《조절 영향과 자아의 기원: 정서적 발달의 신경생물학Affect Regulation and the Origin of the Self: The Neurobiology of Emotional Development》에서 앨런 쇼어가 한 말과 깊은 관계가 있다. "일차적으로 돌보는 사람이 중개하는 초기의 사회적 발달은 장래 아이의 사회감정적 발달을 주관하는 뇌의 구조가 진화하는 데 직접적인 영향을 미친다." 바꿔 말해, 천성과 양육을 대치시키는 오랜 이항대립은 설득력이 없어진다. 외부세계 또한 우리가 된다. 인간은 미완의 유기체로 태어나 타인과 함께 하는 경험을 발달시키면서 물리적 현실이 된다. '나'와 '당신'은 문화의 믿음과는 달리 그리 깔끔하게 분리되지 않는다.

언어는 우리의 발달에 결정적인 역할을 하고, 두뇌 연구는 방브니스트 같은 언어학자들이 예전에 해독한 내용을 물리적으로 입증하기 시작했다. G. 리졸라티는 원숭이로 행한 실험에서 '거울 뉴런'이라는 일군의 뉴런을 발견했는데, 이 뉴런 군은 원숭이들이 손으로 움켜쥐거나 찢는 행위를 할 때뿐만 아니라 다른 원숭이가 똑같은 행위를 하는 것을 볼 때도 뇌에서 활성화되었다. 리졸라티는 언급하지 않지만, 이는 아이들에게서 나타나는 증상 전가transitivism라는 현상과도 밀접한 관련이 있다. 쉽게 말해, 걸음마를 하는 아이가 넘어져 울기 시작하면, 넘어지는 모습을 본 아이 또한 울어대기 시작하는 현상이다. 1998년 출판한 〈우리 손안의 언어Language in Our Grasp〉라는 논문에서, 리졸라티와 연구원들은 인간에게서도 비슷한 뉴런의 활동이 뇌의 좌반구에서 일어나며, 이 반사적 행동이 언어의 토대를 형성한다고 주장한다. "자신의 거울 체계를 통제하는 관찰자의 능력 발달이 (자발적으로) 신호를 보내는 데 결정적이다. 이런 현상이 일어나면 원초적 대화가 정립된다. 이 대화는 언어의 핵심을 형성한다." 미러링은 발화를 가능하게 한다. 언어는 언어적 상호작용을 가능하게 하는 '나'와 '너'의 반사적 자질에 의존한다.

《데카르트의 오류Descartes' Error》에서 안토니오 다마시오는 우리가 자아라고 부르는 것은 뇌에서 꾸준히 재생되는 유기체의 재현이라고 제안한다. "자아는 반복적으로 재구성되는 생물학적 상태"이며 '주체성'은 "사물을 지각하고 반응하는 행위를 하는 유기체"의 또 다른 '이미지'나 '재현'이라는 것이다. 다마시오는 명백하게 말하지 않지만, 그가 주체성이라고 설명하는 이 내면적 재현이나 두뇌 이미지는 관계의 이미지로서 변증법적이다. 그는 주체성을 '나'와 '당신' 사이의 관계에 국한하지 않고 모든 외부의 사물을 포함시킨다. 다마시오는 주체성에서 언어가 행하는 역할에는 다른 사람들보다 관심이 없고 자아를 위한 비언어적 서사를 제안한다. 그러나 그는 "언어는 자아의 근원이 될 수는 없으나 분명히 '나'의 근원이다." 나는 자아가 언어로 구성된다고는 생각하지 않고, 오히려 언어가 지각과 기억에서 불가결의 역할을 하며 개인적인 인간의 서사와 뒤섞일 수밖에 없다고 여긴다. 캘리포니아 대학에서 언어와 두뇌를 연구해온 엘리자베스 베이츠는 이를 명쾌하게 진술한다. "언어의 경험이 성숙한 두뇌의 형상과 구조를 만들어낸다."

"나라는 것은 없었다"

웩의 불안정하고 괴사하는 '나'는 그가 완벽하게 표현할 수 없는 불안을 반영한다. "어떤 상황에서도, 말하자면 흩어진 존재가 되는 걸 좋아할 수 없단 말이야, 여기에 한 조각 저기에 한 조각, 이런 식으로, 대신 신사다운 사람처럼 몸가짐을 추스르고 싶어." 소설에 나오는 조연이자 덜덜 떠는 알코올 중독자 돌스 씨는 몸가짐을 추스를 수가 없다. 그의 '나'는 웩처럼 헤매고 돌아다니지 않는다. 아예 사라져 버렸다. 돌스는 "통제권이 없는 상황"이라고 반복적으로 중얼거리고, "불쌍하게 박살난 환자. 아무도 원치 않는 곤란"이라는 삼인칭으로 언급한다. 책의 논리에 충실하게 화자는 돌스를 '그'가 아니라 '그것'이라고 지칭한다. 그리고 헤드스톤처럼 돌스 역시 기계 같은 면이 있다. "그 인물의 호흡 자체가, 힘겹게 작동할 때마다 덜걱거리는 시계처럼 한심스러웠다." 돌스의 '나'는 지하로 들어가 본명인 클리버Cleaver와 함께 매장당했다. 뼈를 자르는 칼을 의미하는 클리버는 절단과 분쇄를 암시하는 여러 말들 가운데 하나다. 돌스 씨라는 별명은 이 폐인의 딸

제니 렌이 "인형 옷을 지어주는 사람"이라는 이유로 유진 레이번이 붙여준 것이다. 돌스 씨의 일인칭 대명사는 술에 빠져 죽었는데, 그는 그것 없이는 다른 사람과 직접 소통할 수가 없다. 돌스는 아이처럼 행동하는 어른이다. 딸인 제니는 그를 '당신'이나 '아버지'라고 부르지 않는다. 더 유아적이고 아마도 더 정확한 명칭일 '배드보이Bad Boy'로 언급한다. 어린 아이들이 신비스럽고 유동적인 '나'를 터득하기 전에 자기를 삼인칭으로 지칭하는 일은 흔하다. 그리고 디킨스의 소설은 이 대명사에 대해 신기할 정도로 통찰력을 보인다. 이 책에서 '나'는 결코 당연한 것이 아니다.

사람은 어떻게 안정된 자아를 가지고—그 자아가 무엇이든—일관된 삶을 살아갈까?《우리 공통의 친구》는 기억, 거울상을 비추는 인식, 대화, 그리고 이야기하기와 허구를 통해 총체적인, 혹은 거의 총체적인 자아에 이르는 길을 제시한다. 시간을 연결하는 조직으로서, 기억은 확실히 우리가 스스로에게 만들어주는 내면의 서사에 필수적이다. 1983년에 내가 편두통으로 마운트 사이나이 종합병원의 신경과 병동에 입원했을 때, 맞은편 병상에 중증 뇌일혈을 앓는 여성이 있었다. 그녀는 거의 말을 하지 않았고, 말을 하더라도 온전한 문장을 만들지 못했다. 날마다 남편이 문병을 왔지만, 그녀는 남편을 알아보지도 못하는 상태였다. 터프한 노인이었던 그녀는 간호사가 밤마다 채우는 족쇄를 풀고 도망쳤지만, 한 순간에서 다음 순간으로 유지되는 자아가—시간 속에서 지속되는 이야기가 전혀 없었다. 그것은 사라져 버렸다. 수년 전, 어떤 여자가 폴에게 연락해서, 재능 있는 작곡가이자 음악가였지만 뇌막염으로 기억을 잃은 자기 남편의 이야기를 들려준 적이 있다. 그는 공책에 글을 썼는데, 그 속에서는 수백 수천 번 똑같은 외침이 쓰여 있었다. "12:00, 나는 어디 있지? 12:01 나는 어디 있지? 12:02 나는 어디 있지?" 그렇게 계속, 계속된다. 영원한 반복의 악몽에 갇힌 그는 한순간을 다른 순간과 연결할 수는 없어도 그 격리된 순간들에서 자신의 방향감각 상실을 느낄 정도의 자의식은 유지하고 있었다. 아무 맥락도 없이, 지속적인 고뇌에 시달리는 것보다 더 큰 시련은 상상하기 힘들다. 이 남자에게 있어서, 시간은 모든 의미를 잃었다.

지속적 정체성을 되찾으려는 남자의 투쟁을 가장 감동적으로 기록한 글은 A. R. 루리아의 《박살난 세계를 가진 남자The Man with a Shattered World》다. 루리아의 환자 재지츠키Zazetsky는 2차 대전 중에 부상을 입었다. 폭탄 파편이 뇌의 두정엽을 손상시켜 심각한 기억상실증과 실어증을 유발했다. 시야가 파괴되어 사물을 알아보는 데 심각한 어려움을 느꼈고, 사물을 알아보더라도 이름을 대지 못할 때도 많았다. 그는 또한 우측의 시각과 몸 오른쪽의 자각을 잃었고, 심각한 몸 이미지의 왜곡에 시달렸으며, 글을 읽지 못하게 되었다는 사실을 깨닫고 공포에 질렸다. 이런 끔찍한 장애에도 불구하고, 그는 알파벳을 다시 배우고 어느 정도 문해력을 회복했다. 놀랍게도 아직 쓸 수는 있었다. 다만 종이에서 손을 떼지 않아야만 가능했다. 자기가 쓴 글을 기억하고 읽는 데 엄청난 난항을 겪으면서도, 그는 자기 삶의 기억과 경험을 기록했다. "우울하다. 모든 걸 처음부터 새로 시작해서 부상과 질병으로 잃어버린 세계의 의미를 되찾아야 하고, 조각조각을 맞춰 일관된 전체로 복원해야 한다는 것이." 재지츠키는 전체라는 생각에 매달렸고, 끔찍하게 느린 작업 속도에도 불구하고 자신의 기억에서 의미를 창조하기 위해 집요한 노력을 계속했다. 그러나 의사인 루리아와 재지츠키 본인 모두, 일상의 파편화된 현실이 시간이 흘러도 나아지지 않았다는 것을 인정했다. 그는 죽을 때까지 그 프로젝트를 붙잡고 노력했다.

병원에서 내가 만난 뇌일혈 환자와 달리, 재지츠키는 자신에게 무슨 일이 일어났는지를 뼈아프게 인식하고 있었다. 그의 자의식은 온전했다. 인식 가능한 자아를 갖고 있었지만, 그 자아는 너덜너덜했다. 캐런 캐플런-솜즈Karen Kaplan-Solms와 마크 솜즈Mark Solms는 〈신경정신분석 임상적 연구Clinical Studies in Neuro-Psychoanalysis〉에서 베르니케의 실어증을 앓는 여성의 사례를 다루고 있다. 그녀는 재지츠키처럼 자신의 상태를 정확히 인식하고 있었다. "아, 그럼요." K.부인이 한 말이 인용되어 있다. "나는 조각조각 부서졌어요. 마음속 전체에서 조각조각 부서졌어요." 이 음울한 '조각들'과 '언어를 통해' 일관된 구조물로 그것들을 복원하려는 노력은 《우리 공통의 친구들》의 핵심적 드라마와 강력하게 공명한다.

템즈강에서의 익사 혹은 익사의 위기는, 경계가 불분명하고 사물과 육신이 서로 구분되지 않는 무시무시하게 부서진 공간으로 들어간다는 뜻이다. 이곳은 헤드스톤의 간질이나 유진 레이번의 정신착란과 은유적으로 연관되는 장소. 유진이 템즈강에서 리지에게 구조되었을 때, 화자는 독자에게 유진의 얼굴이 심하게 훼손되어 친어머니조차 그를 못 알아볼 정도라고 말해준다. 의식 불명상태에서 유진의 열에 달뜬 발화는 "익사자가 심연에서 표면으로 자주 떠오르는"것에 비유된다. 그러나 정신이 맑아지면 그는 "내게 너무나 과분한 이 은신처를 떠나 내가 방황하면, 내 이름으로 나를 불러요. 그러면 돌아올 거라 생각합니다."라고 말한다. 이처럼 이름을 부르는 행위는 조립된 해골을 구경시켜주는 비너스 씨를 연상시키고 다시 임상적 경험과 병치를 이룬다.《깨어남》에서 올리버 색스는 그가 '명료한 막간lucid intervals'이라고 부르는 현상을 설명한다:

> 그럴 때—뇌에 엄청난 기능적 또는 구조적 교란이 있음에도 불구하고—환자는 불현듯 온전히 원래의 자신으로 돌아온다. 이런 현상은 중독이나 발열, 혹은 다른 착란상태의 절정에서 반복적으로 관찰된다. 가끔은 환자의 이름을 부르면 정신을 차리기도 한다. 그리고 일 초나 몇 분 동안 제정신이었다가 다시 착란상태로 빠진다.

《우리 공통의 친구》에서, 누군가의 이름을 부르는 행위는 원래

의 모습으로 복원하는, 적어도 잠정적인 응집력을 약속하는 마술
적 힘을 갖는다. 고유명사는 언어에서 자아의 상징계이며, 이 때
문에 개인적이 아니라 집단적 현실의 언어적 표식이기도 하다.
그리하여 고유명사는 무의식의 탈출구로 기능하고, 책에서 직설
적·은유적으로 등장하는 익사의 관점에서 보면, 표면으로 '올라
와' 다른 사람들에게로 '나가는' 길이기도 하다. 단어가 우리 내
면에서 시각적 이미지와 구분되는 근본적 이유는, 우리가 말할
때는 우리 자신이 말하는 것을 듣기 때문이다. 몸의 경계를 넘음
으로써, 단어는 말 그대로 우리 안팎에 동시에 존재한다. 부모가
우리에게 준 이름들은 평생 우리의 표식이 되고, 유아와 노인이
라는 어울리지 않는 한 쌍을 얽어매는 연속성의 기호를 제공한
다. 이름은 강력하고, 올리버 색스는 옳다. 그들의 말은 의식을 잃
은 사람을 깨울 수도 있고 다시 의식을 잃지 않게 할 수도 있다.
　자동차 사고가 난 후 나는 즉시 내 몸이 온전한지 살펴봤고 기
적적으로 그렇다는 걸 깨달았다. 그럼에도 나는 얼어붙었다. 꿈
쩍도 할 수 없었다. 움직일 수도 있었겠지만 그러지 않았다. 남편
과 딸이 반대편 문으로 탈출했다는 걸 알았고 그들이 무사했다는
사실에 틀림없이 안도했겠지만, 그러나 그런 느낌을 받은 기억
은 없다. 대신 완전히 텅 빈 느낌이 들었고, 아주, 아주 차분해졌
고, 얼마쯤 시간이 흐른 뒤―얼마나 많은 시간이 흘렀는지는 전
혀 모른다―시야가 흐려지고 잿빛으로 침침해지더니 의식이 가
물가물해졌다. 그 순간 마술처럼 어떤 남자가 내게 말을 걸었다.

측면의 깨진 차창을 통해 팔을 뻗어 내 얼굴에 손을 대고는 목을 움직이지 말라고 말했다. 우연히 근처를 걸어가던 응급대원이라면서, 사고를 봤다고 말했다. "의식을 잃고 있어요." 내가 그에게 말했다. "이름이 뭐예요?" 그가 말했다. 나는 이름을 말해주었다. "오늘이 며칠이죠?" 그래서 또 대답했다. 그는 내 이름이 뭐냐고 재차 물었고, 나는 다시 대답해주었다. 나는 안정감을 주는 그의 손길과 이 간단한 대화가 어우러져, 소방대원들이 도착할 때까지 내가 의식을 잃지 않게 해주었다고 믿는다.

유진을 계속해서 불러오는 건 리지지만, 그가 반혼수상태에서 내뱉는 말들을 보면 마치 찾을 수 없는 어떤 다른 말을 찾는 것처럼 보인다. 제니 렌은 그 말을 모티머 라이트우드에게 주고, 라이트우드는 유진에게 전해준다. 그 말은 '아내'다. 유진의 움직임은 '내'가 아닌, 알아볼 수 없는 반송장에서 다른 사람들에게 소속된 인간으로 명명되고 신분이 밝혀진다. 《두 도시 이야기A Tale of Two Cities》의 루시 마네트가 말하는 짧은 문장 둘에서도 정확히 동일한 삼중의 움직임이 일어난다. 문이 열리고 한 남자의 망가진 형체가 나타난다. 수년 동안 타워의 감방 어둠 속에 갇혀 있던 남자, 예전의 삶과 이름을 잊어버린 남자, 쓰지 않은 목소리가 너무 가늘어져서 "땅속에서 들려오는 것만 같은" 남자. 이 폐인을 처음 본 루시는 말한다. "저것이 무서워요." 그리고 잠시 후 다시 말한다. "그러니까 저 사람 말이에요, 아버지." '저것it'에서 '저 사람him'으로 변하는 디킨스적 변화는 '우리 아버지my father'

라는 세 번째 단계를 밟는다. '아내'처럼 '아버지' 역시 인간의 연결을 표현하고, 이 말로 표현된 유대를 통해 재생과 회상의 과정이 시작된다. 이것은 책의 제목에서 선언하는 '공통성' 혹은 '상호성mutuality'이다. '우리 공통의 친구'라는 말들은 이중성을 넘어선다. 최소한 세 사람이 연루된 관계기 때문이다.

소설에서 결정적인 순간은 주인공 존 하몬이 한동안 가명으로 힘든 삶을 살고 나서, 죽었다 살아난 자신의 이야기, 소설이 시작되기도 전에 일어난 이야기를 조각조각 짜 맞추려 할 때 일어난다. "한때 사람이었던 유령이 자신을 알아보지 못하는 인간들 사이를 걸어 다닌다 해도, 내가 느끼는 것보다 더 이상하거나 외롭게 느껴지지는 않을 것이다." 혹독하게 엄하지만 우유부단한 아버지와 오래전 세상을 떠난 어머니 사이에서 태어난 아들 하몬은 아버지의 유언을 받아들여 정당한 이름을 주장하는 것이 싫기에 유령 같은 경계선의 존재로 살아간다. 가문으로 다시 그를 불러줄 사람도 없다. 그는 "나 자신이 두려워 마음이 오락가락하는" 상태로 영국에 돌아온다. 그가 두려워하는 자아는 분신인 래드풋으로 나타난다. 래드풋은 고국으로 돌아오는 선상에서 사람들이 그와 혼동하는 남자다. 헤드스톤의 내면적 분열은 죽음으로 끝난다. 하몬은 익사할 뻔하지만 결국 찢어진 존재를 재통합하는 데 성공한다. 그의 독백은 그 재건의 시작을 표시한다:

이제 나는 병들고 미친 기억들로 넘어간다. 그 기억들이 매우 강력해서 나는 거기에 의지하게 된다. 그러나 그들 사이에는 내가 전혀 알 수 없는 공백들이 있고, 그 공백들에는 시간관념이 전혀 끼어들지 못한다.

나는 커피를 좀 마셨고, 그러자 내 눈앞에서 그가 엄청나게 부풀었다… 우리는 문간에서 몸싸움을 했고… 내가 땅바닥에 쓰러졌다. 무기력하게 땅에 누워 있는 나를 어떤 발이 차서 뒤집었다… 침대에 누워 있는 나 같은 사람이 보였다. 내가 아는 한, 며칠, 몇 주, 몇 달, 몇 년일 수도 있는 침묵이 방안의 남자들이 모두 격렬하게 싸움을 벌이는 바람에 깨어졌다. 나 같은 그 형상이 습격을 받았고 내 작은 여행 가방이 그의 손에 쥐어졌다. 나는 발길에 짓밟혔고 넘어졌다. 주먹다짐 소리가 들렸는데, 꼭 벌목꾼이 나무를 베는 소리 같았다. 나는 내 이름이 존 하몬이라고 말도 못 했을 것이다. 생각도 나지 않았다. 알지도 못했다. 하지만 주먹다짐 소리를 들었을 때 벌목꾼과 도끼를 연상했고 내가 숲속에 누워 있다는 절대적인 생각도 했다.

이 이야기 아직도 정확한가? 아직 정확하다. 다만 '나'라는 단어를 쓰지 않고 나 자신에게 그것을 설명할 수 없다는 전제하에 말이다. 그러나 그건 내가 아니었다. 내가 아는 한, 나라는 것은 없었다.

튜브 같은 걸 타고 미끄러져 내린 후에야 큰 소리가 나고 불길이 치솟는 것처럼 번쩍거리고 타닥거리더니, 의식이 돌아왔다. 여기 존 하몬이 물에 빠지고 있다! 존 하몬, 당신 살려면 발버둥을 쳐! 존 하몬, 살려달라고 하늘에 빌어! 너무 괴로워 큰소리로 비명을 지른 것 같았는데, 그러자 무겁고 끔찍하고 이해할 수 없는 뭔가가 사라졌고, 그건 바로 물속에서 혼자 살려고 발버둥을 치던 나였다!

하몬의 서술은 물에 빠져 죽을 뻔한 위기로 이어지는 사건들의 괴로운 '회상'이고, 그 과정에서 그토록 간절하게 기억하고 싶어하는 이야기의 주체로서 자기 자신을 상실한다. "나라는 것은 없었다." 이 독백에는 나무와 절단의 이미지가 더 많이 나오고, 의식을 되찾기 전에 '튜브'를 타고 미끄러지는 이상한 이야기도 나온다. 처음에 하몬은 거울상인 '나 같은 형상'(래드풋)과 '나' 사이에서 분열된다. 출산 같은 미끄럼 이후에, 그의 이름이 돌아오지만, 자신이 '다른 사람'인 것처럼 자기 자신한테 소리를 지르고, 그 다른 사람을 '당신'이라고 부른다. "당신 살려면 발버둥을 쳐!" 자신을 타자로서, 별개의 독특한 총체적 존재로서 인식한 후에야, 시체는 사라지고 그는 일인칭과 자기 자신의 이야기를 되찾는다. 자아가 존재하려면, 스스로를 타자로 거울상으로 재현해야 하고, 그 온전한 자아의 인식이 주체를 낳는다.

디킨스의 여행자가 상상 속에서 계속 돌아오는 시체를 보고 느끼는 감염의 공포는 완전한 소멸의 공포를 말하는 하몬의 이야기에서 고조된다. 물속에서 사라지는 묵직한 흉물은 더이상 '나'나 '당신'이 아니라 '그것'이다. 내가 아닌 것, 더이상 내가 아닌 것,

'타자'도 아니고 '가장 낯선 타자.' 하몬의 이야기는 기억을 통해 자신을 추스르는 남자의 서술이다. 그 기억이 환각의 왜곡으로 망가지고 무의식의 구멍들로 채워져 있다는 사실에도 불구하고 말이다. 서술이 내면적 독백의 형태를 띠고, 독백 중에 화자는 자기 자신에게 묻는다. "이건 아직 정확한가?" 자기 삶의 단편을 지면에 기록하고자 하는 욕구가 있는 재지츠키처럼, 하몬 역시 불안정한 심리상태에도 불구하고 과거의 조각들을 배열해 일종의 질서를 복원하려 한다. 약에 취하고 폭행당하고 간헐적으로 의식을 잃고 물속으로 던져졌으나, 하몬은 자기 회상이 '미쳤다'고 인정한다. 그는 이 병든 인상 혹은 기억을 한동안 품고 다녔고, 기억하는 것만으로는 충분치 않다. 서술, 혹은 조각들을 짜 맞춰 재건하는 행위가 치유력을 갖고 결국 정체성을 재조립한다.

연속적 자아서사self-narrative의 부재가 병적인 것, 즉 정신병, 뇌손상, 약물, 임사臨死체험의 결과인 것만은 아니다. 정상적 삶에도 조각난 기억에서 의미를 찾는 노력이 있다. 헨리 애덤스가 《교육The Education》에서 썼듯이, "그의 정체성은 남아 있는 것 같다. 절연된 기억들의 뭉치를 정체성이라고 부를 수 있다면 말이다. 그러나 그의 삶은 한 번 더 깨어져 분리된 조각들로 흩어졌다." 우리 모두 자아상self-image, 기억, 그리고 언어를 통해 이런 조각들을 모으고 또 모은다. 나는 오래전부터 내면의 기억들과 그 서술 사이에 간격이 있음을 느꼈다. 나의 회상은 보통 다른 사람이

나 내가 말한 문장이나 문장들을 수반한 이미지들로 나타난다. 이유는 달라도 내 마음속에 각인된 순간들 말이다. 그러나 흐릿한 부분들이나 커다란 간극들은 남아 있다. 그러나 또 다른 시체 이야기가 사례가 될 수 있다. 나는 1986년에 중국에서 마오쩌둥의 방부 처리된 시체를 본 기억이 있다. 밀랍을 바른 그 죽은 남자의 모습을 내 마음속에 간직하고 있지만, 완벽하지는 않다. 그리고 그가, 아니 '그것'이 어떻게 놓여 있었는지는 기억하지도 못한다. 기이한 경험이었지만 무섭지는 않았다. 그 시체는 무섭기에는 너무 비현실적이었다. 내 주변에 함께 있던 사람들의 시각적 인상도 남아 있다. 동생들, 친구들, 우리 중국인 가이드, 그리고 줄 서 있던 다른 사람들, 그러나 그 사람들의 모습도 또렷하게 그려지지는 않는다. 내 친구 에릭이 해준 말이 똑똑히 기억한다. "어째서 수백 명의 사람들이 몇 시간씩 기다려서 그의 시체를 보는 거지?" 생각도 하지 않고 나는 대답했다. "'정말로' 죽었는지 확인하고 싶은 거지." 문화혁명 당시 변방으로 수치스럽고 고통스럽게 추방당했던 우리 가이드가 큰 소리로 웃기 시작했고, 심하게 웃다 못해 주먹으로 나를 때리기 시작했다. 허리를 때리던 그 주먹의 감각은 기억해도 그녀 얼굴은 정확히 묘사할 수 없다. 그러나 그 이야기를 할 때, 나는 경험의 맥락에 기대고 언어의 관습과 통어법에 의지해서, 기억의 조각을 내 머릿속의 여러 그림들보다는 훨씬 총체적인 무언가로 빚어내려 한다. 여러 번 이야기를 반복해서 하면, 서술이 이미지를 보완하기 시작한다. 나는 이야기하는 방법을 '배웠고' 그 별일 아닌 사건에 대한 내 이야기는 내 진짜 기억이 갖지 못한 견고성을 획득한 것이다.

이 새로운 고착성이 이야기를 다른 사람에게 주는 작업을 통해서만 생겨난다는 건 흥미롭다. 한 번도 이야기되지 못한 기억들은 아직 견고한 서사가 아니다. 잠재적 이야기일 뿐이다. 존 하몬의 독백에서처럼 그 서술자가 자아일 수도 있지만, 이건 언제나 타자라는 개념을 상정하고 그 관계에서 생각하는 자아다. '당신'에게 말하는 '나'다. 왜냐하면 이야기하고자 하는 욕망은, 청자가 이야기를 이해할 수 있어야 한다는 전제를 품기 때문이다. 재지츠키는 타자로서의 자신과 진짜 타인들을 위해서 글을 썼다. 그는 질병에 관한 자신의 묘사가 뇌손상을 연구하는 사람들에게 도움이 되기를 바랐고, 이런 면에서는 승리를 거두었다. 그의 글은 연구자들에게 값진 자료가 되었기 때문이다. 디킨스가 '죽지 않고' '살아 있는' 언어로서 고집한 것은, 바로 이런 발화의 대화적 성격이다. 이야기하기를 통해 하몬은 헤드스톤이 잃어버린 '나'를 되찾는다. 돌스 씨가 소설에서 '나'라는 말을 딱 한 번 쓰는 순간은 유진 레이번에게 술 살 돈 몇 푼 있느냐고 물을 때다. 돌의 요청이 아무리 한심하더라도, 이 순간에는 진짜 대화에 참여해 대답을 얻어낸다. 짧은 한순간, 그는 자신을 담론의 축에 놓고 주체로 부상한다.

하몬의 완전한 재활은 소설 후반에 이루어진다. 어렸을 때 하몬의 엄마 역할을 대신했던 보핀 부인은 소년이 누이와 함께 자라난 그 흉물 저택에서 이상한 얼굴들의 환각을 본다. 어느 날 밤 보핀 부인은 사방에서 그 얼굴들을 본다. "한순간 그것은 노인의 얼굴이었다가 젊어졌다. 한순간 그것은 둘 다 아이들의 얼굴이다 가 나이가 들었다. 한순간 이상한 얼굴은 하나였다가 모든 얼굴 들이 되었다." 그 이상한 얼굴은 소설의 유령 같은 주인공의 것이 고, 보핀 부인이 그 빈칸을 채우는 순간 아무도 몰라보던 유령을 망자로부터 데려오고 그의 이름을 부를 수도 있게 된다. 보핀 부 인은 또한 하몬을 개인을 넘어서는 더 큰 서사에 위치시킨다. 그 의 아버지를 포함하고 오랜 시간에 걸쳐 거울상으로 부모와 자식 을 연결하는 세대 간 유사성의 이미지를 포함하는 서사 말이다.

허구의 마술

소설은 알아볼 수 없고 이름도 없고 의식도 없는 익사체로부터 의식이 있고 말하는 주체인 사람 사이를 오가는 움직임을 기록한 다. 우리 모두 상대적으로 잊히고 파편화된 유아기로부터 제대로 된 자아의 내면 이미지로, 의식적이고 언어의 구조 내에서 표현 된 '나'로 옮겨간다. 자궁 내의 삶이나 초기 유아기의 실제 기억 을 가진 사람은 아무도 없지만 어쨌든 우리는 그 시기를 경험했 고, 구별되지 못한 채 떠다니는 그때의 자취는 우리 안에 남아 있 고 심지어 우리 일상 속에서도 불쑥불쑥 떠올라 우리를 사로잡는다. 두려움, 불안, 갈망, 섹스, 잠과 이름 없는 슬픔들 속에서 말이다. 그 육체적 삶의 일부는 대체로 우리가 볼 수 없게 숨겨져 있기에, 그 현실이나 그것의 일부 버전을 글로 새기려는 시도야말로 그 초기의 경험과 아득하게 멀리 떨어져 있다. 그러나 나는 디킨스가 바로 여기로 마음이 이끌렸다고 생각한다. 그 파편적인 무정형의 공간, 내가 가끔 '저변underneath'이라고 불렀던 공간 말이다. 환각에서, 정신병에서, 다양한 뇌손상에서, 꿈속에서, 그리고 예술창작의 어떤 순간들에서, '저변'은 울부짖으며 표면으로 떠오른다. 온전한 그림들은 해체되고 시간은 교란된다. 우리가 자아라 부르고 '나'로 표현하는 이 이야기, 디킨스가 들려주는 그 이야기는 무거운 짐을 짊어지고 있고 부서지기 쉬우며, 우리는 그것을 한 데 묶어두려고 싸운다.

인간의 세계 경험은 직접적이지 않으며 웩이 '사회의 기틀'이라고 부른 것으로 중재된다. 이 기틀은 불가피하고 필수적이지만, 구체적으로 표현하려면 삶을 살 만하게 만들어주는 질서를 부여하는 허구라고 해야 할 것이다. 공간의 물건을 정리하는 뇌의 총체적 사물 재현과 추상적 상징을 통해 연속적으로 소재를 재조직하는 언어는 현실세계로부터 오는 자극의 공격으로부터 내면을 지키는 방패 역할을 한다. 그들은 우리에게 지각의 경계를 만드는 범주를 제공하고, 기대를 통해 외부적 현실에 형상과 의미를 부여한다. 이는 여러 예술가, 철학자, 언어학자, 심리학자가 오랫동안 육감적으로 짐작했던 진실이다. 이런 방패가 없다면 우리는 자아의 내면적 재현을 구축할 수 없다. 뇌 과학자들은 이 두 가지 역동적 구조물의 위치를 파악했고, 공간적인 것은 우뇌가 소리-언어적인 것은 좌뇌가 담당한다는 걸 밝혔다. 그러나 나는, 디킨스가 이런 보호 장치가 없으면 세계가 어떤 모습일지를 들여다본 것 같아서 흥미가 동한다. 우리 모두 앞뒤 맥락이 없는 이 혼란스러운 세계를 경험했기 때문이다. 우리 뇌가 외부의 '잡동사니'를 사물과 단어로 구조화하기 이전 유아기의 세계 말이다. 당연해 보이지만 우리의 유전적 정체성과 개인사가 모두 다르므로, 우리의 뇌 역시 비슷하면서도 모두 다르다. 바꿔 말하자면, 유달리 자극에 민감한 사람들도 있다는 얘기다. 그런 사람들은 자기 내면과 외면에서 일어나는 일을 느낀다. 디킨스도 그런 사람이었다. 디킨스는 캐런 캐플런-솜즈와 마크 솜즈가 디킨스 본인의 언어로 설명한 바를 이해하고, 아니 느꼈다. "주관적인 관점에서 볼 때, 유기체가 흥분 상태에서 모든 자극에 공평하게 반응할 수밖에 없게 된다면 필연적으로 자아의 파편화나 소멸을 초래하게 된다. '나'는 무수한 '그것들'에 파묻혀 압도당한다."

우리는 언제나 '그것들'을 받아들여 삶을 살아갈 수 있게 해주는 분절된 기틀 속에 넣는다. 그러나 그런 통합이 실패하고, 비너스 씨의 말대로 뼈가 어떻게 해도 맞지 않는 그런 때가 이따금 있다. 나는 이런 순간 이런 상태를 구조물에 난 구멍이라고 생각한다. 무의미nonsense로 통하는 창문이다. 우리 모두 고착을 갈망한다. 그리고 우리 가운데 어떤 사람들은 그 고착을 글에서 찾는다.

최선을 다해 삶을 기록한 재지츠키의 욕구는 그 구멍들을 채우고 싶고, 일관성을 거부하는 것으로부터 일관성을 재창조해서 밖의 독자가 자기 이야기를 이해할 수 있게 만들고 싶다는 갈망으로 촉발되었다. 강점과 약점을 막론하고 글로 쓰인 텍스트에는 말해진 언어가 가질 수 없는 견고성과 항구성이 있다. 우리는 대화를 잊거나 잘못 기억하지만, 책은 확신을 지니고 인용할 수 있다. 변하지 않기 때문이다. 《우리 공통의 친구》에서, 디킨스는 자신의 소설이 자아의 안팎 양면으로 박살난 현실에 대한 대응이고 시간과 공간에서 망가진 것을 온전하게 만들고자 하는 욕망의 발로임을 암묵적으로 인정하는 내용을 포함한다. 그의 예술가는 불구가 된 어린 예지자다. 과거에 패니 클리버였던 제니 렌은 상처받지 않고 하늘을 나는 허구적 존재로 자신을 재창조했다. 제니 렌에게도 소설가처럼 캐릭터—인형들—가 있고, 그녀는 동화의 기존 어휘에서 빌려온 이야기들 속으로 인형들을 움직이며 '손상과 폐기물'이라 부르는 천 쪼가리로 옷을 만들어 입힌다. 제니 렌의 허구는 이 손상에서 탄생하며, 목발을 버리게 하지는 못해도 몽상과 이야기 속에서 제니는 온전하고 다친 데 없는 아이가 된다.

디킨스는 언어의 왜곡에 불가사의하리만치 민감했다. 그는 단어들이 교란, 위선, 자기기만의 수단으로 사용될 수 있음을 잘 알았다. 또한, 언어는 작위적이고 국한되어 있으며, 언어들이 산산조각나는 인간 경험들이 있다는 것도 알았다. 목이 메어 말을 더듬는 상실감, 광기와 착란, 그리고 불가피한 우리 자신의 죽음이라는 현실에 다가가는 순간. 디킨스는 모든 사람의 기억이 망각과 침묵으로 끊기고 방해를 받으며, 우리의 총체성과 연속성은 당연하게 주어지는 것이 아니라 우리 안에서, 우리 힘으로 만들어내야 한다는 걸 알고 있었다. 그는 자아란 위협받는 실체이고, 자아를 조각조각 이어붙이는 건 외로운 게임이라는 걸 깊이 이해하고 있었다. 자아는 타자에게 뿌리를 두고 있고, 거기서 우리는 총체성, 대화, 그리고 마침내 이야기를 발견한다. 책의 여정은 '그것'에서 '나'에서 '우리'로 이동한다. 이 디킨스적 '우리'는 언어 그 자체이며 언어로 만들어진 본질적 이야기들이다. 그 이야기들은 우리를 하나로 묶어줄 뿐 아니라 저 바깥 세계에서 의미를 만들어내고 음울한 조각을 막아내는 역할을 한다.

2004

어느 상처 입은 자아의 이야기

    첫 번째 이야기는 우리 어머니의 것이다. 어머니가 그 이야기를 하는 사람이고, 그 이야기를 할 때 어머니는 언제나 끔찍한 한 순간을 넣는다. 집에서 목욕을 하고 있었는데, 사람이 어떻게 나만큼 이렇게 슬플 수가 있을까 하는 생각이 들었다는 것이다. 어머니는 나를 조산했기 때문에 슬펐다. 나는 폐가 덜 발육된 상태였고, 의사는 부모님께 내가 죽을 수도 있다고 말했다. 두 주 동안 내가 인큐베이터에 누워 있는 사이 어머니와 아버지는 내 운명이 결정되기를 기다렸다. 당시 간호사들은 인큐베이터에 남아 있는 아이들에게 손을 대거나 마사지를 하지 않았다. 나는 내 삶의 첫 며칠을 어머니와 떨어져서 보냈고, 지금 나는 그 경험이 특정한 인격의 시작이었다고 생각한다. 세례식 파티가 열리던 날,

나는 경기驚氣를 일으켜 또 어머니를 혼비백산하게 했다. 내 몸이 따뜻해지기만 해도 어머니는 화들짝 놀랐고, 요람에서 소리만 나도 내게 달려왔다. 나는 사랑이 넘치는 어머니의 첫 아이였고, 어머니는 나를 잃을까 봐 두려워하며 살았다. 우리는 유아기를 기억하지 못하지만, 유아기는 우리 몸에 산다. 약한 아이로 태어나지 않았다면 나는 다른 사람이 되었을 것이고, 다른 생각을 했을 것이다. 돌이켜 보면, 나는 살면서 상처 입은 사람이라는 느낌을 품지 않고 다닌 적이 없다. 아주 별 볼 일 없는 감정에서 통렬한 감정까지 폭은 넓지만, 내 가슴 속의 아픔은 둔탁하건 강렬하건 내 삶에서 변하지 않는 항수였다.

밤이고, 나는 침대에 누워 있다. 내 머리 위에, 벽에 박혀 있는 커다란 드릴이 눈에 들어온다. 아무도 드릴을 잡고 있지 않았다. 드릴은 혼자 돌아가기 시작했고, 드릴이 돌아가자 벽에 가늘고 긴 금이 가기 시작했다. 금은 점점 커졌고, 벽이 갈라져 무너지기 시작했다. 나는 공포에 짓눌려 벽에 몸을 부딪치며 조각들을 붙여 벽이 무너지는 걸 막으려 했다. 나는 비명을 질렀다. 나는 어머니를 깨우고 말았다. 어머니는 그날 밤을 생생하게 기억하며 내 동생 리브도 나 때문에 잠을 깼는지 겁에 질려 악을 쓰기 시작했다고 말했다. 어머니가 방에 들어왔을 때, 우리 둘 다 미친 듯이 울부짖고 있었다. 어머니 말로는 내가 벽에 몸을 던지며 벽을 타고 기어오를 기세였다고 한다. 나는 리브도 어머니도 기억나지 않지만, 석고벽에 나타난 쩍 갈라진 틈과 빙글빙글 도는 드릴은 바로 어제 일처럼 기억난다. 나는 깨어 있다고 생각했지만 꿈이었던 모양이다. 문지방이 없는 꿈―나는 꿈속과 현실에서 같은 공간을 차지하고 있었다. 공포는 기억 속에서 결코 줄어들지 않았다. 다섯 살쯤 되었을 것이다.

이 꿈, 환각, 또는 야경증은 어른이 될 때까지 뇌리에서 사라지지 않고 나를 괴롭혔다. 너무 단순하고, 순수하다 못해 추상에 가까웠고, 다른 어떤 경험과도 달랐기 때문이다. 어린아이였을 때 내 꿈의 상당 부분은 마녀와 사람 잡아먹는 귀신과 내가 아는 사람들이 나오고 길거리와 평원과 방과 복도에서 벌어지는 길고 변화무쌍한 이야기들이었다. 허물어진 장벽은 사방에 편재하는 흐릿한 내 상처와 그에 종종 수반되는 공포 둘 다를 효과적으로 상징하는 은유다. 나는 문지방과 경계가 버티지 못할까 봐, 모든 게 산산조각이 날까 봐 두렵다.

내 동생 리브와 나는 어머니와 아버지를 떠나 처음으로 시카고 외곽 하이우드의 작은 집에 사는 할아버지의 사촌을 방문했다. 우리가 어머니를 죽도록 보고 싶어 했던 일주일쯤 후에, 어머니가 기차를 타고 우리를 보러 와서 며칠 후 집에 데려다 주었다. 내 기억이 잘못되지 않았다면, 구름이 낀 오후였다. 우리 셋이 시카고 번화가를 걸어가면서 얼마나 기뻤는지, 엄마 손에 잡힌 내 손의 느낌이 얼마나 좋았는지 기억한다. 도중에, 우리는 다리를 건넜고, 난간을 넘어가려 했던 남자를 두 명의 경찰관이 잡아 누르는 모습을 보았다. 남자가 다리에서 뛰어내리려 했다고 어머니가 말해줬는지 아니면 내가 그냥 알았는지는 말할 수가 없는데, 경찰관들과 그 필사적인 남자는 도시의 위험을 실감하게 해주었고, 그 악의에 찬 분위기가 내게는 무섭다기보다 오히려 영감을 주었다. 금세 우리는 인도로 올라왔다. 좌측에는 커다란 회색 빌딩이 있었고 우측으로는 인도에 드러누운 사람을 사이에 두고 군중이 모여 있었다. 여자였다는 건 알지만 그 여자의 기억은 전혀 나지 않는다. 얼굴이나 몸도 떠오르지 않는다. 어머니와 리브와 나는 모두 그 여자를 보았다. 왜냐하면 우리가 그 여자를 봤다는 사실에 어머니가 심기 불편해했던 것이 기억나기 때문이다. 우리가 다시 길을 가는데, 어머니는 그 여자가 '간질 발작'을 일으켜서 제 몸에 일어나는 일을 통제할 수 없었다고 설명해 주었다. 그리고 우리는 넓은 길을 건너 마셜 필드 백화점에 점심을 먹으러 갔다. 신호등 불빛이 초록색이 되어 우리가 걷기 시작했는데, 횡단보도 중간쯤 갔을 때 불빛이 빨간색으로 바뀌었고, 우리가 그 자리에 없는 것처럼 차들이 출발했다. 이 사실에 나는 많이 놀랐다. 그 교차로, 자동차들, 우리 앞에 우뚝 선 높은 건물들, 휘어지는 램프의 시각적 기억이 지나치리만큼 생생하다. 바로 전에 본 광경, 혼란에 빠진 몸이 그 후의 기억, 혼란에 빠진 거리의 기억을 고조시켰다. 우리를 쌩쌩 스쳐 가며 경적을 울리던 차들이 자기 자신에 대한 통제력을 잃은 여자라는 더 무서운 이미지를 대체했다.

나는 첫 소설에 뉴욕의 건물 옥상에서 간질 발작을 목격하는 이야기를 넣었다. 그 책에서, 여자의 경련하는 움직임을 소설에 등장하는 인물들 가운데 하나가 사진에 담는다. 요즘 나는 그것이 시카고의 그 거리로 돌아가 내가 실제로 기억할 수 없었던 것을 허구로 기록한 것이 아니었을까 생각한다. 나는 간질 환자가 아니지만 내가 본 그 덜덜 떨리는 몸은 내 내면에 어떤 떨림을 일으켰고, 그것은 내가 그 광경을 꿀꺽 삼켜버릴 정도로 놀라게 했고 그것이 있던 자리에 부재를 남겼다. 어머니가 한 말 '간질 발작'으로만 채워지는 부재를.

　많은 아이들이 그렇듯 나는 내향적 몽상—나를 잊을 정도로 몰입하는 긴 꿈들—의 성향으로 세상을 내다보았다. 얼마나 이상한가, 생각하곤 했다. 우리가 보고 냄새 맡고 말하고 먹고 느낀다는 것이, 세상에 나무가 있고 자동차와 집이 있고, 철조망, 옥수수밭, 소들이 있다는 게 얼마나 신기한가. 이런 생각들을 하면 신이나 자연(이 둘은 내 마음속에서 혼재한다)에 대한 친밀감처럼 내가 어렴풋이 느꼈던 어떤 벅차오름이 내 안에서 솟구쳤다. 그것은 사적인 마술의 한 형태였고, 나는 다른 사람들과 달리 아주 먼 곳까지 갈 수 있다는 은밀한 믿음이었다. 나는 이런 내면의 확신이 대체 어디서 왔을까 궁금했다. 어느 모로 보나 나는 말썽을 부리는 아이가 아니었다. 학교에 대한 첫 기억은 대체로 슬픈 일들이다. 나는 읽기는 쉽게 배웠지만 숫자와는 끔찍하게 힘든 씨름을 해야 했다. 줄줄이 늘어선 숫자들이 말을 듣지 않아 아무리 계산해도 정답이 나오지 않던 기억을 떠올리면 지금도 움찔할 정도다. 아이들 사이의 복잡한 관계는—시시각각 변하는 우정과 동맹, 지배와 약점으로 이루어진 학교 운동장의 서열—나를 당혹하게 했고 다치게 했다. 나는 체육도 잘하지 못했다. 어디서나 심각한 약체라 했겠지만, 신체적으로 뛰어난 능력이 있으면 남녀를 막론하고 또래 중에서 단숨에 영웅으로 올라설 수 있는 중서부에서는 더욱 그랬다.

그러나 수많은 반대 증거에도 불구하고 나는 위대한 운명을 타고났다는 외로운 생각에 맹렬하게 집착했다. 내가 이 터무니없는 위치에 매달렸던 이유는 딱 하나밖에 없다는 생각이 든다. 부모님이 나를 아주 많이 사랑하셨다는 것. 어머니와 아버지는 확실히 나를 훌륭하다고 생각하셨다. 그 무엇도 나를 넘어설 수 없다는 느낌을 갖게 해 주셨고, 나와 세 명의 여동생에게 흔들림 없는 믿음을 갖고 계셨다. 그리고 이 믿음은 언제나 필요할 때 우리가 후퇴해 숨을 수 있는 요새였다. 수년이 지나고 나서야 나는 이런 점에서 우리 가족이 평범하지 않고 특별하다는 사실을 이해했다. 우리는, 우리 모두는, 육체적으로 정서적으로 부모로부터 만들어지고, 우리가 '성격'이라 부르는 자질은 물려받은 유전자와 어지럽게 배회하는 특정한 심리적 역사 둘 다로부터 나온다.

어떤 사람들은 다른 사람들보다 심령 경험을 더 많이 겪는다. 초월, 해리, 황홀경의 순간들 말이다. 이제 나는 나 역시 신경학적으로나 감정적인 성향으로나 이런 신기한 환각에 취약한 성향임을 확실히 알게 되었다. 어렸을 때는 두통으로 고생했는데, 여덟 살 때 친구한테 한 번도 머리가 아픈 적이 없었다는 얘기를 듣고 충격을 받았다. 한평생 나는 아무리 찜통더위가 기승을 부리는 날이라도 얼음조각만 보면 오한이 났다. 얼음 생각이 뇌리에 스치기만 해도 정말로 추위를 느끼고 덜덜 떨었다. 한 번은 이것에 대해 신경과 의사에게 물어본 적도 있지만, 그는 내가 무슨 말을 하는지 전혀 모르는 눈치였다. 열한 살 즈음에 나는 지독하게 끈질긴 내면의 목소리와 리듬 때문에 겁에 질렸다. 그 목소리와 리듬은 내가 혼자 있을 때 찾아왔는데, 그들 나름의 의지를 내게 강요해 행진의 리듬에 맞춰 내 몸을 짓눌렀다. 그때 광기의 위험은 내게 아주 실체적으로 느껴졌고, 그 목소리들이 사라진 건 내게 행운이었다. 스무 살 때 나는 처음으로 편두통을 앓았는데, 증상이 8개월 동안 지속되다가 사라졌다. 그 후로 몇 년에 걸쳐, 내 신경계가 불안정하다는 사실이 명확해졌다. 아주 경증에서—검은 반점 몇 개와 눈부신 흰 불빛—팔에 갑자기 경기가 나는 바람에 벽에 부딪히는 수준의 더 극적인 상태까지 포함하는 증세들을 달고 살았다. 한 번은 '릴리풋 환각'이라는 아주 희한한 현상도 겪었다. 내 침실 방바닥에서 아주 작은 분홍색 남자와 그가 끄는 아주 작은 분홍색 소를 보고서는 그들이 정말 거기 있다고 믿은 것이다. 그리고 아프기 전에 몇 번인가 황홀경의 경험을 했고, 불가피한 후유증에도 불구하고 이 순간들을 기억하면 기분이 좋아진다. 내 시야가 갑자기 숭고한 명료성을 띠면서 내가 보통 볼 수 없는 것을 보고 있다고 상상하게 만들기 때문이다. 그리고 내 시각의 환상적 자질을 스스로에게 말해주면, 기쁨의 물결이 덮쳐왔다.

　상식적으로 이런 종류의 행복은 이상異狀이나 허위, 임박한 편두통이나 발작을 예고하는 뇌의 속임수로 간주된다. 물론 어느 정도 사실이다. 그러나 이 경험은 다른 어떤 경험 못지않게 현실적이고, 어쩌면 신경계에서 감정을 따로 떼어내려는 노력 자체가 헛수고일지도 모른다. 중요한 건 해석이다. 아무리 내 감수성이 병적일 만큼 불안정해도, 그건 나 자신의 이야기와 불가분한 것이며, 오랜 시간에 걸쳐 이런 구체적 특징들을 내가 읽어내는 방식이 과거의 나와 현재의 나를 결정한다.

　집에 어떤 '규칙'이 있었던 기억은 없다. 나와 세 동생은 우리 집의 일상적 틀을 전적으로 수용했었다. 일어나서 아침을 먹고, 이빨을 닦고, 옷을 입고 학교에 가고, 숙제를 하고, 일찍 잠자리에 들었다. 가끔 혼이 나긴 했지만, 벌을 받지는 않았다. 어머니나 아버지의 눈에 실망의 빛이 떠오르기만 해도 잠시 엇나갔던 딸은 금세 뉘우치며 진심 어린 사과를 했다. 반면 학교는 규제, 금지, 그리고 처벌 일색이었다. 나는 체벌이 이루어진다는 뜬소문이 돌았던 탈의실이 겁나기도 했지만 선함이라는 개념을 신봉했기에 모범적으로 행동했다. 순수하고 참된—꼬마聖人이 되고 싶었다. 내가 외동이 아니었던 게 다행이다. 내 경건한 믿음과 진지함과 과도한 책임감과 양심과 완벽주의를 놀려댄 내 동생들이 얼마나 큰 도움이 되었는지 모른다. 안타깝지만 유년기의 나에 대한 이 매력 없는 묘사는 정확하다. 항상 너무 많은 감정을 느껴서 내면의 동요를 정리할 방법을 절실히 바랐다. 나는 친절한 아이였지만 한편으로 만사를 너무 딱딱하게 받아들이는 경직되고 유머 없는 꼬마이기도 했다. 이런 성격적 결함이 이젠 사라졌다고 말하고 싶지만, 그건 거짓말이 될 것이다. 나는 질서와 도덕적 한계점, 그리고 혼돈을 막는 모든 양식에 여전히 깊은 애착을 갖고 있다.

롱펠로 초등학교에서는 교내식당에서 대화를 나누는 것이 금지되어 있었다. 심지어 귓속말도 허락되지 않았다. 우리는 침묵 속에서 밥을 먹었다. 규칙을 위반한 말썽꾸러기는 '교내식당 감시원'이라는 직함의 어른에게 이끌려 식당 한구석으로 가서 접이의자가 있는 갈색 테이블에서 혼자 밥을 먹어야 했다. 착한 아이들이 앉는 테이블은 흰색이었고, 길고 매끈한 벤치가 있었다. 갈색 테이블의 세계는 잠시도 가만있지 못하고 활력이 넘치는 장난꾸러기들이 사는 먼 나라였다. 대체로 정숙의 기술을 터득하지 못한 남자아이들이었다. 그 일이 내게 닥친 건 2학년 1학기 때다. 로드 선생님이라는 신기하리만큼 딱 어울리는 이름을 가진 교장 선생님은 보기만 해도 무섭게 어마어마하게 덩치가 컸는데, 그때 뭔가 공지사항이 있어 교내식당으로 성큼성큼 들어오고 있었다. 그는 말하다가 중간에 말을 뚝 끊고, 무섭게도 내 쪽을 가리켰다. "너!" 그가 호통을 쳤다. "갈색 테이블로 가라!" 나는 혼이 쑥 빠졌다. 나는 한마디도 하지 않았다. 아무 짓도 하지 않았지만, 나는 식판을 들고 다른 아이들을 지나쳐 수치의 갈색 테이블까지 길고 죽도록 창피한 길을 걸어야 했다.

그 사건으로 너무 힘들었던 나는 점심식사 후에 놀이터에서 로드 선생님께 용기를 내어 말을 했다. 나는 그에게 다가가서 얼굴을 똑바로 올려다보고 물었다. "제가 뭘 했는데요? 저는 떠들지 않았어요." 교장의 얼굴에 민망함과 불편함이 뒤섞인 표정이 떠올랐다. 그는 잠시 망설였고, 그가 아무 말도 하지 않던 그 짧은 순간, 나는 이미 승리를 예감했다. 그는 내 쪽으로 내려다보면서도 내 눈을 똑바로 보지 않고 퉁명스럽게 내뱉었다. "내가 말하고 있는데 네가 음식을 삼키고 있었어." 나는 일곱 살이었지만 이게 말이 안 되는 소리라는 건 알았다. 그 문장은 절대적이고 가학적인 멍청함의 상징으로 내 의식에 불도장 찍듯 각인되었다. 내면적 계시의 힘을 지닌 문장이었다. 어떤 어른들은 아이들만큼이나 비열하구나. 용기를 내서 말할 수 있었던 건 내가 순수했던 덕분이고, 내 순수함이 로드 선생님의 독재자 같은 변덕과 힘을 합쳐 갈색 테이블의 수치를 흔적도 없이 지웠다.

그러나 내 내면의 윤리적 나침반은 지극히 예민했고, 바로 같은 해 나는 그 후로 오래도록 나를 괴롭힌 어떤 일을 하게 되었다. 내가 저질렀을지도 저지르지 않았을지도 모르는 그 죄는 한 단어의 해석에 좌우되었기 때문이다. 우리 반은 수학문제를 풀고 있었다. 보통 때와 다름없이, 나는 작은 숫자들과 무시무시한 빼기 기호를 붙잡고 씨름하고 있었다. 이유는 알 수 없지만 빼기 기호는 조금 더 우호적인 친구인 더하기 기호보다 훨씬 나빴다. 담임인 G.선생님은 교실을 비웠고, 선생님이 없는 사이 나는 오줌이 마려웠다. 잠깐 참았지만 일어나서 아래층의 화장실로 내려갔다. 그 계단을 내려가던 기억에는 내가 특별히 나쁜 짓을 하고 있다는 느낌이 전혀 없다. 지금은 거의 꿈처럼 느껴진다. 나는 침침한 녹색 복도로 들어가 계단을 내려가서 작은 화장실 칸에서 혼자 소변을 보고 '여자화장실' 표시가 있는 문으로 나왔다. 바로 그때 저 앞에서 G.선생님이 보였다. 공식적인 쉬는 시간이 되어서 반 학생들을 두 줄로 세워 데리고 내려온 것이다. 선생님은 내 눈을 보며 "응급 상황이었니?"라고 물었다. 나는 "네."라고 대답했다. 그 말을 내뱉은 바로 다음 순간부터 그 후로 몇 년 동안, 나는 그때 거짓말을 했던 걸까 자문했다. 그 말의 진짜 의미로 보자면, 정말 응급 상황은 아니었다, 그렇지 않은가? 오줌을 참을 수 있었을까? 그랬을 가능성이 크다. 어려웠을까? 아마도 어려웠을 것이다. 그냥 가야만 했던 것으로 응급 상황의 요건이 충족되는 걸까?

어른이 된 나는 학생을 죄수처럼 취급하는 건 나쁜 교육이며, 절반의 거짓 덕분에 내가 야단을 맞거나 더 나쁜 상황에 빠지지 않을 수 있었다고 생각한다. 그러나 이 이야기의 관심은 내가 했던 의미론적 고민과 한 단어의 의미를 해석하는 데 따르는 윤리적 교훈에 있다. G.선생님이 '응급'이라는 말을 쓰지 않았다면 나는 아마 그 일을 기억조차 하지 못했을 것이다. 어떤 단어, 문장,

구절은 뇌에 새겨진 문신처럼 영원히 사라지지 않는다. 놀이터에서 아이들은 "막대기와 돌멩이는 내 뼈를 부러뜨릴지언정 말로는 나를 다치게 하지 못하리."라는 찬송가를 부르곤 했다. 그때나 지금이나 그 웃기는 가사보다 더 심한 거짓말은 별로 본 적이 없다. 말은 철저히 파괴할 수 있고, 또 치유할 수도 있다.

내 마음속에는 주일학교 선생님이 아브라함과 이삭의 이야기를 읽어주었던 광경의 그림이 없다. 선생님이 어떻게 생겼는지 기억나지 않고 이름도 생각나지 않아서 그냥 Y.선생님이라고 부르려 한다. 창문으로 빛이 들어오고 허공에 먼지가 떠다니던 막연한 기억이 나지만, 그건 세인트 존 루터교 교회에서 보낸 다른 해 다른 수업의 일일지도 모른다. 우리는 그 이야기를 들었고, 선생님이 "어떤 사람이나 물건보다도 하느님을 사랑해야 한단다."라고 말하기 전부터 나는 이미 너무 무서웠다. "부모님보다도요?" 내가 물었다. "그럼."

그 "그럼"이 나를 며칠 동안 괴롭혔다. 대체 무슨 신이 사람한테 자기 아들을 죽이라고 명령한단 말인가? 하느님이 나한테 '우리' 부모님을 죽이라고 하면 어쩌지? 절대 못 할 텐데. 나는 내가 하느님보다 부모님을 훨씬 더 사랑한다는 걸 알고 있었다. 그 수업은 기억나지 않아도 그날 밤 내 침대에 누워 '그 문장'에 대해 생각했던 기억은 생생하다. 지금도 방 반대편에서 들려오던 동생의 고른 숨소리가 귀에 선하다. 그 애가 깨면 좋겠다고 얼마나 간절하게 바랐는지 모른다. 두려움이 내 허파에 자리 잡아 숨쉬는 것도 힘들게 했다. 나는 신이 있다는 생각이 싫었다. 모든 걸 보고 모든 걸 아는 질투심 강한 신이 있다는 게, 이 방안에 나와 리브와 이 신이 있다는 게 싫었다. 그리고 내가 그 누구나 그 무엇보다도 사랑해야 하는 이 신이 아브라함에게 아들을 살인하라고 명령한 바로 그 신이라는 게 싫었다. 신은 무엇이든 할 수 있었다.

'그 문장'을 생각하며 뜬눈으로 밤을 새운 일주일 후 나는 마침내 어머니에게 고백했다. "Y.선생님이 우리는 부모님보다 하느님을 더 사랑해야 한대요." 어머니는 나를 보고 딱 한 마디를 했다. "헛소리nonsense야." 그 말을 했을 때 어머니는 식탁에 앉아 있었고 나는 아주 가깝게 붙어 서 있었다. 내 가슴의 안도감과 온몸을 흘러가던 그 후련한 감각을 아직도 느낄 수 있다. 돌아서는데, 갑자기 체중이 사라진 것 같았다. 계단을 내려가 내 방으로 가는데 둥둥 떠다니는 것 같았다.

우리 딸은 세 살 때 나를 올려다보며 물었다. "엄마, 내가 다 커도 여전히 소피일까?" 나는 시간이 흘러도 그 이름이 몸을 따라다닐 것이기 때문에 그렇다고 대답했다. 하지만 그 질문을 한 세 살짜리는 내가 오늘날 알고 있는 성숙한 젊은 여성과 닮은 데가 거의 없다. 우리는 자아를 연속성으로, 시간이 흘러도 꾸준히 이어지는 이야기로 생각할 필요가 있다. 마음이 항상 유사성, 연상, 반복을 찾는 이유는 그것들이 의미를 만들어내기 때문이다. 인식 가능한 반복이 교란되면 사람들은 말한다. "그는 자기 자신이 아니었어."라든가 "뭐에 씌었는지 모르겠어. 오늘은 내가 아니야."
몇 년 전 나는 조울증 환자이기도 한 여의사가 대중 앞에서 자신
의 회고록에 관해 이야기하는 것을 들었다. 그녀는 조증의 발작
이 끝나는 것을 "나 자신으로 돌아온다."라고 표현했다. 그러나
엄밀하게 말해서, 그 논리에는 오류가 있다. 화학적 호르몬 불균
형에 시달리거나 끔찍한 상실감으로 공황이나 우울증에 빠져들
때와 같은 비일관성도 역시 자아의 일부다. 우리는 이질감이나
낯선 느낌이 들면, 간섭하는 것, 폭발, 발작, 그리고 모순을 다 떨
쳐버리고 싶어 한다. 우리 자아의 소재들 가운데에서 서사로 통
합하기 싫은 것들이다.

그 문장을 곰곰이 생각하며 누워 있던 그 밤들에 나는 내 마음
의 눈에 보이는 것—칼을 든 아브라함이 팔을 허공에 치켜들고
아들을 죽일 준비를 할 때, 아들의 몸을 베어 가를 준비를 하는
그 손—을 어떻게 처리해야 할지 몰랐다. 신학적 설명이 무엇이
든, 내게 그것은 복수와 분노와 임박한 신체 훼손의 이미지였다.
그 무서운 주일학교 수업으로부터 수년이 지난 후, 나는 당시 대
학원생으로 다니던 컬럼비아 대학의 임상 심리학자에게 도움을
구했다. 내가 겪는 온갖 고충과 불안을 설명할 준비를 하고 R. 박
사의 진료실로 들어갈 때만 해도 마음이 아주 차분했다. 의사 맞
은편의 의자에 앉아서 눈을 똑바로 바라보는데, 불현듯, 아주 미
미한 내면의 예고도 없이, 왈칵 눈물이 쏟아졌다. 의사는 아무 말
도 하지 않았지만 나는 그의 손이 편리하게도 팔이 닿는 거리에

놓여 있는 휴지상자를 잡아서, 내게 건네주는 것을 지켜보았다. 그것은 숙련된, 노련한 제스처였다. 심지어 그 당시에도 나는 그 장면이 희극적이라고 생각했고, 이 의사의 진료실에서 뜻밖의 눈물을 쏟은 혼란한 대학원생이 몇 명이나 될까 궁금했다. 우리가 타인뿐 아니라 우리 자신에게도 신비스러운 존재일 때가 많다는 건 유감스러운 사실이다.

나는 몇 주 동안 R.박사를 방문했으나 횟수는 이제 잊었다. 삶과 사랑과 내 신경에 대해 아주 많은 이야기를 나누었지만, 알아본 사람만이 제시할 수 있는 숭고하리만큼 독창적인 논평 하나가 유달리 두드러졌던 기억이 있다. 그는 내가 내 안의 폭력을 끔찍하게 두려워한다는 생각이 든다고 말했다. 그러면서 내가 자신에게나 다른 사람에게나 폭력을 행사할 능력이 없는 사람임을 절대적으로 확신한다는 말도 했다. 그 진술이 그의 입에서 나오는 순간, 나는 어마어마한 안도감을 느꼈다. 마치 내 목에서 발끝까지 칭칭 감고 있던 길고 두꺼운 밧줄을 누가 와서 끊고 풀어준 느낌이었다.

R.박사의 말이 어머니가 옛날에 내뱉은 한 단어, 즉 '헛소리'라는 말의 메아리라는 건, 이 일을 글로 옮기는 행위를 통해서만 이해할 수 있었다.

파리보Faribault의 주립 병원 현장 학습: 실내는 크고 사각형이며, 높은 창이 텅 빈 한쪽 벽을 따라 늘어서 있다. 나는 즐비하게 늘어선 무수한 병상들 사이의 통로를 걸어간다. 창문은 좌측에 있다. 회색의 빛이 밖에서 흘러들어온다. 나는 천천히 걸으며 아무 말도 하지 않는다. 여자인지 남자인지는 기억나지 않지만 누군가가, 아마 안내원일 텐데, 이 병실은 "극심한 지진아"들을 위한 방이라고 말한다. 어떤 병상에 한 소년이, 아마 열 살이나 열한 살쯤 되어 보이는 덩치 큰 아이가 누워 있는데, 마른 엉덩이에 기저귀만 차고 있다. 머리카락은 검고 비단처럼 윤기가 나며, 한쪽 뺨을 베개에 대고 똑바로 누워 있다. 가늘지만 흐물흐물한 소년 몸의 살은 아기의 살처럼 보인다. 아름답고 하얗고 상처 하나 없다. 소년의 눈에는 초점이 없다. 그는 침을 흘린다. 그리고 전망이 있다. 멀리 주차장이 보인다. 주황색 스쿨버스 세 대가 흐린 햇살을 받고 있고, 그 뒤에 키 크고 앙상한 나무들이 있다. 전망이 정신병원 안에서 보이는지 밖에서 보이는지는 확실히 말하기 어렵지만, 버스를 내려다보는 것 같으므로 안쪽에서, 아마 2층에서 보았던 것 같다. 어째서 그 애가 내 안에 고착되었는지, 그건 내가 제대로 대답하기 어려운 질문이지만, 그 애의 모습이 내 안에 있는 뭔가 말할 수 없는 공포와 슬픔을 거울처럼 비추었던 것 같다. 그 아이 안에서 나는 내가 그 이전에도 그 이후에도 본 적이 없는 유기와 고립의 이미지를 보았다. 그리고 버스들의 이미지는 왜 잊히지 않았을까? 아마 집에 갈 수 있다는 약속이기 때문이었을 것이다.

학교에서 왜 열 살, 열한 살짜리 아이들에게 음침한 주립병원 병동 견학이 도움이 되는 현장학습이라고 상상을 했는지는 모르겠다. 우리가 하던 공부는 발달장애, 광기, 주립정신병원이라는 주제와 일말의 관계도 없었다. 5학년 담당인 L.선생님이 견학을 주도한 장본인이었다. (아마 보이지 않는 권위자들에 의해 매년 한 번씩 주최되는 행사였을 것이다. 이듬해에 우리는 전적으로 농장의 사고들만 다루는 박물관에 견학을 갔고, 거기서 탈곡기에 절단된 팔과 콤바인에 갈린 다리의 실제 크기 모형들을 보게 되었다.) L.선생님은 젊고 부드러운 말씨에 정중한 사람이었다. 그때는 똑똑히 알지 못했지만, 선생님의 친절함이 내게 에너지를 주었던 것 같다. 그의 교실은 내 집 같았고, 그 환경에서 나는 번창했다. 나는 학교 무대에 올린 연극의 각본을 쓰고 연출하고 (이기적으로) 주인공으로 연기했다. 5학년과 6학년 학생 모두의 서명을 받아 점심시간에 말할 수 있는 권리를 달라는 청원서를 교장에게 제출했다(이 운동은 참담한 실패로 돌아갔다). 영어 수업에서는 온 힘을 다해《백스터 메이너의 캐리》라는 소설을 옮겨 쓰고 삽화를 그렸으며 노예해방운동가들에 대한 열렬한 애정을 갖게 되었다. 그리하여 해리엇 텁맨Harriet Tubman과 부커 T. 워싱턴Booker T. Washington이라는 새로운 영웅을 갖게 되었고 빅토리아 영어의 난관을 뚫고《톰 아저씨의 오두막》을 읽었으며 소위 아이들 말로 '인기'의 파도를 만끽했다.

이듬해에 내 오랜 상처가 다시 벌어졌다. 2월에 시작해서 학년이 끝날 때까지 이어졌다. 내가 알 수 없는 이유로, 나를 한때 좋아했던 여자애들이 삽시간에 나를 멀리하기 시작했다. 나는 경멸받는 추방자로 전락했고, 잔인한 농담과 괴롭힘의 희생자가 되었다. 밀쳐지고 꼬집히고 떼밀렸다. 6학년의 작은 세계에서 무슨 마술이라도 쓴 것처럼 전지전능해진 사춘기의 여자아이들은 내가 한마디만 해도 킬킬거리고 서로 귓속말을 했다. 나는 몇 달 동안 영문도 모른 채 괴로워했다. 여자애들의 왕따 이야기가 대체로 그렇듯, 내 이야기 역시 단 한 소녀로부터 시작되었다. 그 애가 내 멍든 은밀한 내면을 보고 정조준한 거라고 확신한다. 내가 더 강했더라면, 그 애의 공작에 저항했을지 모른다. 그 애는 형제자매간의 경쟁이 치열한 가족 출신이었다. 내게 상처를 주려는 그 욕망은 집에서 자라난 게 틀림없지만, 당시에는 그 애의 심리를 분석할 수 있는 수단이 별로 없었고, 혹시 그런 게 있었다 해도 나한테 큰 도움이 되지는 않았을 것이다. 노골적인 적의—놀이와 대화에서 나를 확실히 배제하려는 의도—는 저의에 깔린 잔인성이나 나를 다시 받아주는 것처럼 보이는 가짜 친절과 뒤섞였다. 이런 기만이 더 나빴다. 이중성은 역겨웠다. 나는 동네북이 된 개처럼 어깨를 축 늘어뜨리고 기운이 하나도 없는 몸을 질질 끌며 다녔다. 나 자신을 보호하는 유일한 길은 진심 어린 무관심뿐이었을 것이다. 다른 사람들이 그러는 것도 봤고 나도 그러고 싶었지만, 그건 내게 없는 재주였다. 나는 사람들이 나를 좋아하고 우러러보기를 바랐고, 무엇이 나의 비참한 운명을 결정했는지 알 수가 없었다. 그러나 어느 날, 책상에 돌아와 보니 내 그림 한 장이 표시되고 찢겨 있었다. 내 적들은 전략적 실수를 저질렀다. 희미한 이해가 한 줄기 산들바람처럼 내 몸을 스쳤다. 나는 우리 반에서 그림을 가장 잘 그렸고 나 역시 그걸 알고 있었다. 누구나 내 그림을 칭찬했고, 나 역시 내 재능을 자랑스러워했다. 그림을 훼손한 건 질투심의 징표였다.

그 몇 달의 시각적 기억은 회색 조각들이다. 학교 건물의 복도와 내가 숨어서 최대한 숨죽여 울던 화장실 문이 보인다. 화장실에 혼자 앉아서 겨울에 자주 입던 치마와 회색 울 스타킹을 찬찬히 바라보다 보면 불행하더라도 다른 사람들과 떨어져 있다는 사실에 안도감을 느꼈다.

어머니의 부추김에 아버지는 담임선생님인 V.와 내 문제를 의논했다. 그 만남은 우리 집에서 일종의 신화가 되었는데, 아버지가 알려준 말에 선생님이 너무 놀랐기 때문이다. 자기 교실에서 남몰래 일어나고 있던 온갖 술수를 전혀 모르고 있던 선생님이 한 말을 우리 부모님은 나중에 나에게 반복해주었다. "하지만 왜 시리죠? 너무나 많은 일을 해내고 있는데요."

내가 불현듯 깨달음을 얻은 건 이듬해 11월 아니면 12월이었을 것이다. 그 순간 나는 파격적으로 변한 내 상황을 자의식적으로 인식하게 되었다. 우리 가족은 미네소타를 떠나 노르웨이 베르겐으로 갔다. 아버지는 내 어머니의 형제자매와 그 가족들이 사는 그 도시의 대학에서 연구를 하며 안식년을 보낼 계획이었다. 나는 그곳에서 다녔던 루돌프 슈타이너 스쿨을 사랑했다. 선생님들을 사랑했다. 제일 친한 친구인 크리스티나를 사랑했다. 깨달음의 순간은 어느 날 우리 반 소년이 주최한 파티에 갔던 밤에 찾아왔다. 그 남자애는 베르겐 외곽의 커다랗고 낮고 우아한 주택에 사는 부잣집 아들이었다. 나는 어머니가 손수 바느질해 지어준 분홍색 드레스를 입고 있었다. 앞면에 레이스로 만든 장식이 달린 미니드레스였는데, 베르겐에서 제일 큰 백화점에서 산 작은 분홍 스웨이드 단화도 맞춰 신었다. 파티에서 나는 우리 반 남자아이들 모두와 춤을 추었다. 한 명씩 차례로 내 몸에 팔을 두르고 반 아이들 사이에 인기 있던 감상적인 노래, "침묵은 금이다"에 맞춰 몸을 흔들었다. 내가 문을 열고 차가운 밤으로 나갔더니 눈이 내리고 있었다. 야외의 조명이 눈송이뿐 아니라 원형의 진입로를 환히 밝히고 있었다. 눈송이가 어찌나 큰지 천천히 땅으로 내려앉아 세상을 하얗게 덮는 동안 그 낱낱의 모양까지 다 볼 수 있을 것만 같았다. 그 광경은 그저 아름답기만 한 게 아니라, 뭔가 마술의 힘이 닿은 것 같았다. 몇 시간 전만 해도 칙칙한 갈색의 황량한 세계였던 것이 새롭고 찬란하게 빛나는 백색의 설원으로 변해 있었다. 그때도 이해할 수는 없었지만, 그것보다 더 내 마음의 풍경에 완벽하게 어울리는 그림은 없었다. 나는 그 눈을 기억해야 한다고, 살아서 그 광경을 볼 수 있다는 사실에 대한 내 순수하고 강렬한 행복을 기억해야 한다고 스스로에게 말했다.

그 후로 그 생각은 나를 떠나지 않았다.

잔혹하게 변하는 무상한 운명이 준 교훈은 깊이 자리 잡았다. 어떤 사람들에게는 잔인성이 쉽게, 부끄럼 없이 찾아온다. 내게는 한 마디 내뱉은 매정한 말 다음에 도저히 견디기 힘든 무자비한 죄책감과 회한이 뒤따라 왔다. 사람들 사이의 이런 차이들을 나는 계속 생각하지 않을 수 없었다. 성격의 미스터리는 쉽게 분석할 수 없지만, 확실한 건 인간은 굉장히 높은 공감으로부터 철저한 냉담까지 폭넓은 범위를 아우른다는 사실이다. 비밀은 우리 몸 안에, 그리고 다른 사람과 함께하는 우리 삶의 이야기 속에, 반복과 간섭의 어두운 뉘앙스들 속에 있다.

1968년 여름에, 나는 낮 시간의 대부분 동안, 그리고 밤 시간까지도 책을 읽었다. 책 한 권을 다 읽으면 다음 책을 읽었다. 흥미를 끄는 요소들이 있으면 흥분하고 동요했다. 낮에는 책읽기를 멈출 수 없었고, 평생 처음으로 지속적인 불면증에 시달렸다. 어느 날에는 두 시까지 깨어 있었다. 《데이비드 코퍼필드》를 읽고 있었는데, 지쳐서 내려놓았다. 침대에서 나와 창가로 걸어갔다. 블라인드를 걷어 올리고 밤의 불빛도 낮의 햇살도 아닌 밤을 내다보았다. 연노란색-녹색의 아지랑이가 내 앞에 줄지어 서 있는 집들을 밝혔다. 6월의 레이캬비크였다. 밖에는 사람도 없고 아무 소리도 나지 않았다. 모두 잠들어 있었다. 나는 거기 서서 강렬하지만 기분 좋은 슬픔에 사로잡힌다. 바깥을 내다보는 사이 내 불안은 모두 떠나간다. 나는 한참 그렇게 서서 바라보다가 침대로 돌아간다.

다시, 또다시, 창문을 통해 그 이상한 빛에 잠긴 집들을 보았다. 그 기억은 고집스럽고 강력하다. 어째서 다른 기억들은 다 휘발되었는데, 이 기억은 끈질기게 남아 있을까? 눈이 내리는 광경을 보았던 저녁과 달리, 나는 그 광경을 기억하라고 나 자신에게 이르지 않았다. 그런데도 그 기억은 계속해서 돌아온다. 그 기억은 읽기와 불면 모두와 이어지는 멜랑콜리의 감정을 수반한다. 데이비드가 유년기에 겪은 경험은 내게 엄청난 것이었다. 그 창밖을 내다볼 무렵에는 머드스톤 씨의 가학성향과, 가장 사랑하는 사람의 죽음과, 단추가 튀어나오는 페고티의 다정함과, 앤티 벳시의 완강한 선함과, 내가 모든 문학작품을 통틀어 가장 사랑하는 캐릭터로 남아 있는 기적 같은 미스터 딕을 모두 겪은 후였다. 내가 작가가 되겠다는 꿈을 키우기 시작한 것도 그해 여름이었다. 그 책들은 세상 그 무엇보다 내게 가깝게 느껴졌으며, 내게 깊이를 주고 살아 있다는 실감을 주었다. 사랑이 넘치는 부모님을 가진 나는 고아의 느낌을 알 턱이 없었지만, 데이비드 코퍼필드와 제인 에어의 고생은 내 오랜 상처를 건드렸다. 나는 내가 지닌 공감 능력을 남김없이 그 소설들의 주인공들에게 풀어냈다. 그러나 여전히, 그들의 고생과 수치를 읽을 때 느끼는 슬픔은 안전한 번역—내 감정적 삶의 재창조—같은 느낌이었다. 그들을 통해서 나는 내 내면의 방향을 바꿀 수 있었고, 어째서인지 그날 밤 혼자서 본 창밖의 풍경은 지금 돌이켜 볼 때 유년기의 끝으로서의 기점을 표상하는 이미지가 되었다.

그 후 몇 년에 걸쳐 내 상처는 정치적인 것이 되었다. 내가 이렇게 말할 때는 반전운동 참여가 진지하지 못했다든가, 사회운동을 했던 것에 후회가 있다는 뜻이 결코 아니다. 사회적 약자, 권리를 박탈당한 자, 빈민, 피억압자들을 옹호하면서, 오히려 나는 한 집단의 아웃사이더가 되고 있다는, 비합리적이지만 강렬한 느낌에 사로잡혔다. 불편하고 어색했으며, 구박이나 하대를 몹시 민감하게 느끼게 되었다. 정치적 감정은 동일시가 없이는 존재할 수 없는데, 내 경우에는 그것이 불가피하게 힘이 없는 사람들에게로 향했다. 반면 우익 이데올로기들은 권위와 연결되고 싶은 사람들에게 호소력이 크다. 군대 퍼레이드나 전장으로 출정하는 병사들을 보고 가슴 아프기보다 멋지고 화려하다고 느끼는 사람들 말이다. 불가피하게 정치에는 숭고화가 있기 마련이다. 그것이 억압된 공격성과 분노를 표출하는 커다란 통로가 되고, 나 역시 예외가 아니었다. 그리하여 나는, 열정으로 무장하고 정치사를 게걸스럽게 탐독해서, 열네 살에 열혈 선동가가 되었다. 3년간, 나는 읽고 논쟁하고 시위했다. 베트남 전쟁에 반대하며 행진했고, 켄트 주립대 학생 네 명이 사망한 후 칼튼 칼리지에서 수업거부 T셔츠를 찍어내는 일을 도왔으며, 집회에 참석했고, 전쟁으로 폐허가 된 모잠비크를 위해 기금을 모았고, 미국 인디언 운동을 위해 봉투를 붙였으며, 페미니스트로 변모했다.

그러나 심지어 그때도, 나는 모든 수사를 믿지는 않았다. 애비 호프만이나 시카고 세븐[28] 멤버들의 입에서 나오는 철없는 허튼 소리를 다 받아들일 수는 없었다. 흑표당[29]의 무장주의, 웨더 언더그라운드[30]의 폭력, 게릴라 씨어터의 피상성, 그 모두에 이질 감을 느꼈다. 어느 겨울날 오후 미니애폴리스에서 미국인디언운동AIM의 지도자인 러셀 민스의 연설을 들었던 기억이 난다. 미국 인디언 문화의 우월성을 무슨 고인돌처럼 취급하며 설명하는 바람에, 마음속으로 그런 쟁론이 부족들 간의 광대한 차이를 황당 무계한 수준으로 환원했다는 생각을 한 기억이 있다. 나는 이데올로기가 체제에 맞도록 만들기 위해 현실을 밀고 당기고 부추기는 것이 불가피하다는 사실을 이해하기 시작했다. 아무리 고결한 명분에 헌신한다 해도, 거짓말은 나를 움찔하게 했다.

1973년 세인트 올라프 대학에 신입생으로 입학했을 때는, 내가 폭풍처럼 휘말렸던 역사적 시절은 그럭저럭 끝이 나 있었다.

---

28) Chicago Seven. 일리노이주 시카고에서 1968년 베트남전 반대 운동과 반문화 시위를 주 동하며 반국가음모를 꾸민 혐의를 받고 기소된 7명을 지칭한다.

29) Black Panther. 1965년 결성된 미국의 급진적 흑인운동단체. 말콤 엑스의 강경투쟁 노선을 추종하며 총으로 무장해 폭력으로 대응했다.

30) 1960년대와 70년대에 활동한 급진좌파 무장조직. 미시간 주립대학의 앤아버 캠퍼스에서 결성되었고, 원래 '웨더맨Weathermen'이라는 집단으로 활동했다. FBI에 의해 국내 테러리스트 집단으로 분류되었다.

첫 주에 사회학 강의를 들으며 교수와 했던 토론이 생생하게 기억난다. 교수는 과거에 인권운동을 했고 셀마에서 행진한 신부였다. 우리는 '신좌파의 몰락'을 논했다.

나는 좁은 복도에 있는 하얀 계단 맨 아래 앉아 있다. 유리창이 달린 문은 거리로 이어진다. 나는 흐느껴 울고 있다. 그때는 열여섯 살이었고 나보다 다섯 살 연상의 훤칠하고 잘생긴 정치 선동가와 사랑에 빠져 있었다. 그가 헤어지자고 했다. 바닥에 쭈그리고 앉아 있는 젊은 여자들이 나를 위로하려 하고 있다. 이 일이 어디에서 일어났는지 기억이 나지 않는 건 이상하다. 미니애폴리스가 틀림없다고 생각되지만 말이다. 그리고 내 앞에 앉아 있던 두 사람이 누구였는지도 생각나지 않는다. 가까운 친구들은 아니었지만 이름이나, 적어도 생김새라도 기억나야 할 것 같은데. 그 연애가 어떻게 끝났는지도 기억나지 않는다. 그가 내게 편지를 보냈던 것 같지만 그 장소로 편지가 배달된 기억은 전혀 나지 않는다. 억눌렀던 기억을 되살려 보려 하지만, 아무리 노력해도 허사다. 그 계단에 앉아 있을 때, 아무도 위로할 수 없으리만큼 참담한 기분이었다는 건 안다. 가슴이 들썩거렸다. 나는 훌쩍거리다가 코를 풀고 통곡했고, 내 감정의 순수한 힘이 운 없는 목격자 두 명을 내 실연에 억지로 끌어들였다. 생김새는 지금 기억도 안 나지만, 그들의 놀란 얼굴에서 그것을 아주 잘 볼 수 있었다.

그 순간 나는 상처투성이였다. 첫사랑이 참담한 경우는 흔한데, 그건 아마 처음이기 때문에 첫사랑을 흡수해 통합할 수 있는 의식적 역사가 전혀 없기 때문일 것이다. 그렇지만 중요한 사실은 내가 아무 금제 없이, 체면을 다 내팽개치고 '아기처럼' 엉엉 울었다는 것이고, 나는 계단에 앉아 울던 그 소녀에게 경탄하지 않을 수 없다. 사랑했던 사람과의 이별 앞에 서서, 나는 과거로 여행해 까마득한 유아기로 돌아갔다. 나는 그 후로도 다시 사랑에 빠질 테고, 다시 이별을 겪을 테고, 다시 울겠지만, 다시는 그렇게 고삐 풀린 자유로움으로 목청껏 흐느껴 울도록 스스로를 풀어놓지 못할 것이다.

나는 1년 동안 슬퍼했다. 그해에도 나는 베르겐에 있었다. 1153년 설립된 명문 학교 카테드랄 스콜렌의 학생이었고, 도시 외곽에 있는 이모와 이모부의 집에서 지냈다. 부모님이 모든 걸 준비해 주셨다. 부모님께 내 슬픔을 얘기한 적은 별로 없지만, 부모님은 깊이 이해했고 내가 멀리 떨어진 다른 세상에 가 있어야 한다는 걸 알았다. 노르웨이 서해안 산악지대의 비 내리는 도시에서, 나는 부서진 심장을 추스르고 사랑하는 할머니를 날마다 찾아가고 수백 권의 책을 읽고 형편없는 시를 쓰고 헤아릴 수도 없이 많은 담배를 피웠다. 나는 열일곱 살의 지적인 은둔자였고, 그건 내게 아주 좋은 일이었다고 생각한다. 미국으로 돌아오고 얼마 되지 않아 옛 애인이 우리 집에 찾아왔다. 나는 그를 거절했고, 오늘날까지도 그를 돌려보낸 기억은 달콤하게 남아 있다.

대학에서는 도서관으로 피정을 갔다. 나는 언제나 도서관을 사랑했다. 정적, 냄새, 임박한 발견의 기대. 다음 책에서 나는 그것을—어떤 말로 할 수 없는 기쁨이나 놀라운 깨달음이나 전에 느껴보지도 생각해보지도 못한 비범한 뉘앙스를—발견할 터였다. 나는 날마다 몇 시간씩 도서관에 죽치고 앉아서 행복했다. 하지만 나는 집을 떠나지는 않았다. 나는 아버지가 교수로 재직하고 있던 대학에 다녔다. 아버지는 그곳에서 상당한 시간을 재미在美 노르웨이인 역사 학회의 총무 일에 바쳤다. 학회 사무실은 대학 도서관에 있었고, 어머니는 같은 도서관의 정기간행물 부서에서 일했다. 2년 후에는 동생 리브도 그 도서관에서 공부하게 되었고, 그 3년 후에는 잉그리드도 왔다. 셋째 동생 아스티만 다른 도시의 다른 대학 도서관으로 공부하러 갔다.

어느 날 오후, 나는 열람석을 잠시 비우고 여자 친구 일로 상심하고 있던 친한 남학생과 이야기를 나눴다. 열람석으로 돌아왔을 때 책상에 쪽지가 한 장 놓여 있었다. 후회의 편지였다. 그 쪽지를 쓴 사람은 나와 내 친구의 이야기를 엿듣고 나에 대해 가졌던 생각이 모두 잘못됐다는 걸 깨달았다고 했다. 내가 완벽하게 기억하는 문장은 이것뿐이다. "나는 네가 매정한 암캐인 줄 알았는데, 이제는 친절하고 좋은 사람이라는 걸 알았어." 편지에는 서명이 없었다. 정체 모를 이 사람이 나를 싫어했다는 걸 전혀 모르고 있었으므로, 편지는 물론 반갑지 않았다. 그러나 그렇다고 놀라지도 않았다. 그 편지를 받았을 때까지도 나는 여전히 수상쩍었고 여전히 아웃사이더였다. 시골의 삶은 순응성을 먹고 자란다. 가능하다면 아무도 튀지 않아야 한다는 생각이 기본적으로 깔려 있다. 불구·지진아·치매노인은 어쩔 수 없지만, 알면서도 일부러 튀면 전반적인 커뮤니티를 비판하는 것으로 간주되었다. 대체 저 여자애는 자기가 뭐라고 생각하는 거야? 내 열두 살짜리 자아라면 괴롭힘을 주도하는 아이들의 무리가 끼워주면 좋아했겠지만, 열아홉 살의 나는 우리 고향을 지배하는 평등주의의 편견을 비웃을 줄 알게 되었다. 그리고 그 편견이 같은 도시의 대학을 다니는 동안 내내 나를 따라다니며 괴롭혔다. 그러나 가족의 집 뒤편 숲 속에서 꿈을 꾸던 아이―외롭고 초월적이며 특별한 운명을 타고 났다는 느낌에 빠져 있던―의 모습은 도서관의 젊은 처녀에게도 남아 있었으니, 사람들은 아마 그 이질적이고 오만한 내면의 확신을 들이마시고 불쾌한 반응을 보였으리라. 쉽게 상처받는 사람이 오만하지도 않다면 짓밟히고 말 것이다.

나는 읽고 썼다. 단편과 시들을 썼다. 고등학교 때 휘갈긴 끔찍한 것들보다 훨씬 나은 작품들이었다. 대학의 문예지에서는 내가 투고하는 모든 글을 거절했다. 내게 흥미로운 점은, 그때 거절당한 기억을 떠올리면 지금도 억울한데, 나중의 다른 거절들은 전혀 기억나지 않는다는 것이다. 불과 몇 달 전, 나는 서재를 다른 방으로 옮기고 서류를 정리했다. 그 서류 속에서 나는 문학 잡지들이 보냈던 원고 거절 편지를 여러 장 발견했다. 그중 몇 개는 아주 길고 상세한 편지였는데, 나는 아예 그것을 받은 기억 자체가 없었다. 내 원고에 대한 초기의 거절에는 어쩐지 사적인 적의가 느껴졌고, 따라서 내가 무슨 글을 썼든 어차피 무의미했을 것이다. 반면 나중에 받은 편지들은 그저 문학적 취향의 문제였다. 전체적으로, 대학 시절에는 책과 함께한 내면의 삶이 캠퍼스의 일상보다 좋았고, 나는 미네소타와 그 건실하고 진지하고 정중한 루터교도들을 떠나 더 생동감 넘치고 더 위험하고 더 다른 모든 것인 어딘가로 떠나고 싶다는 막연한 꿈을 키웠다.

1975년 가을, 나는 극동에서 한 학기 동안 교환학생으로 공부하기로 했다. 나는 집을 떠났지만 정말로 떠나지는 않았다. 그 여정의 담당 교직원이 우리 부모님이었고, 세 여동생도 함께 갔기 때문이다. 나는 스무 살이었고, 모험을 할 준비를 하며 설렘으로 떨고 있는 젊은 처녀였다. 동료 학생들 몇 명은 문화충격에 시달렸지만, 나는 일본과 대만, 홍콩을 여행하는 처음 몇 주 동안 신열에 달뜬 듯 몽환의 쾌감에 푹 빠져 있었다. 태국의 치앙마이에 도착했을 무렵에는 몸이 감각적 자극에 날카롭게 각성해―낯선 새들의 꿰찌르는 울음소리, 만다린과 광동어 모음의 성조, 눈이 부시다 못해 아플 정도로 화려한 원색의 시장, 꽃들의 새로운 향기, 코를 찌르는 고기 냄새, 미지의 과일에서 풍기는 악취―마치 새로 태어난 느낌마저 들었다. 그때가 아마 내 삶에서 아무것도 읽은 기억이 없는 유일한 시기였을 것이다. 수업을 들었으니 읽기는 했을 텐데, 크게 중요하지 않았던 모양이다. 단어들은 휘발되어 사라져 버렸다.

우리는 치앙마이에서 석 달을 보냈고, 내 앞에 왔다 간 무수한 유럽인과 미국인들처럼 나는 동방의 매혹이라는 주술에 빠졌고 주문이 깨지지 않기를 바랐다. 그건 일종의 문화적 취기였던 것 같다. 내가 본 적도 없고 맛본 적도 없는 것에 풍덩 빠져들고자 하는 욕구 말이다. 노르웨이에서 보낸 몇 년은 친숙한 것들과 함께했다. 나는 그 언어를 알았다. 어머니의 가족과 아버지의 친척이 그 나라에 살았다. 이와는 날카로운 대조를 이루어, 태국은 파격적인 이국이었다. 나는 태국 남자 V.와 사랑에 빠졌고 돌이켜보면 마지막까지 불태워 소진한 욕망의 폭발 같은 나날을 보냈다. 매일 잠에서 깰 때마다 느꼈다—몇 주일 동안 계속 내 안에서 파도치던 걷잡을 수 없는 행복을.

내 감각은 계속 고도의 긴장상태를 유지했고, 그 시절을 회상하기만 해도 나는 현기증을 느낀다. 지금은 그 비슷한 경험도 결코 할 수 없을 것이다. 내 뒤에 남겨둔 게 너무 많다. 너무 많은 참조자료, 이야기들, 너무 오랜 사색의 세월들. 그때 나는 날것이었다. 마치 흑백 영화처럼, 이상할 정도로 색채가 빠진 여러 다른 회상들과 달리, 태국의 기억은 원색으로 불타오른다.

나는 산야山野 부족 출신의 한 남자의 주름지고 지독하게 더러운 진한 갈색 얼굴을 내려다보고 있다. 그는 누런 이빨을 드러내며 내게 미소 짓고 있다. 그의 옷은 로열블루와 빨간색이며 햇빛을 받아 반짝이는 은제 장식으로 뒤덮여 있다. 그 얼굴을 보면 내가 그에게 경이로워하는 만큼 그 역시 나를 경이로워한다는 걸 알 수 있다.

서늘한 밤이라 내가 V.의 집 계단에 서 있는데 치앙마이의 택시 역할을 하는 툭툭 한 대가 길가에 선다. P.와 일행 몇 명이 툭툭에서 내려 우리 쪽으로 다가오지만, 또렷이 기억나는 건 P.뿐이다. 그는 만면에 활짝 웃음을 띠고 내게로 팔짝팔짝 뛰어온다. 하얀 티셔츠, 통 좁은 청바지, 그리고 어깨에는 눈부신 분홍색 깃털 목도리를 걸치고 있다. 그는 내가 포옹할 수 있게 팔을 쭉 내밀며 내 이름을 부른다. "실리! 실리!"

V.와 나는 진한 녹색 나무들 사이로 비추는 햇빛으로 흐릿한 문양이 새겨진 흙길을 걸어 마을로 가고 있다. 대여섯 명의 아이들이 우리 쪽으로 걸어온다. 한 아이는 무하마드 알리에 대한 유행가를 뺑뺑 틀고 있는 요란한 라디오를 들고 있다. "나비처럼 날아서 벌처럼 쏘라"는 가사가 들린다. 아이들은 우리와 가까워지자 나를 흘끔 쳐다보고 꺅 비명을 지르며 돌아서더니 반대 방향으로 쏜살같이 달린다. 가느다란 갈색 다리가 세차게 불끈불끈 돌아오르고, 아이들의 맨발 밑에서 흙먼지가 인다. V.가 내 쪽을 본다. "'정령'이라는 뜻의 태국 말을 외치고 있었어. 시리가 유령이라고 생각한 거야."

나는 거즈처럼 얇고 비치는 모기장 너머로 벽에 있는 작은 오렌지색 도마뱀을 지켜보고 있다. 오후의 햇살이 창문으로 반짝이며 흘러들어온다. 그 기억은 사진처럼 움직임이 없고, 소음이 있었다 해도 내가 잊었다.

무방비의 자아만이 기쁨을 느낄 수 있다.

또 다른 면이 있었다. 나는 그 석 달 동안 말 그대로 두 상처를 보았다.

거리에 사람이 너무 많아서, 움직이기가 힘들었다. '빛의 축제'를 보기 위해 도시 전체가 다 밖으로 나왔다. 메콩강은 횃불과 촛불을 밝힌 수천 대의 크고 작은 보트들의 불로 타오르고 있다. V.와 나는 마구 밀치는 군중 속에서 헤어지지 않으려고 손을 꼭 잡고 걷고 있다. 여동생 아스티가 내 뒤 어딘가에 다른 친구들과 함께 있는데, 그때 내 앞에서 빨강이 폭발한다. 피. 남자의 뒷모습. 무언가가 그의 어깨를 쳤다. 기억은 슬로우 모션이며, 실제 일어났던 사건의 일그러진 버전이다. 그러나 나는 지켜본다. 사람들이 갈라지고, 눈앞에 나타난 광경은 무엇이었던가? 모르겠다. 사람들이 허둥지둥 앞다투어 도망치고, V.가 내 팔을 세차게 잡아당긴다. 비명과 외침이 틀림없이 들렸지만, 그런 소리는 기억나지 않고, 전반적인 혼란에 추가되어 버린다. "누군가 사람들에게 화염병을 던졌어." V.가 내게 말한다. 아직도 어떻게 그가 그런 걸 알았는지 모르겠다. 굳이 묻지도 않는다. 아무것도 느끼지 않는다. 이 사실을 마음에 새긴다. 나는 끔찍한 사태를 목격했는데, 아무 반응도 하지 않는다. 제대로 보지 않아서일까? 내게 사실이 아니었을까? 마취되어 멍한 느낌이다.

나는 미얀마 국경 근처에서 수술을 참관하고 있다. 젊은 남자

가 모터사이클 사고를 당해 오른 다리에 중상을 입었다. 수술대
는 피범벅이다. 그 다리에 살이 심하게 찢어진 커다란 상처가,
지저분하고 깊은 상처가 보인다. 나는 작은 발코니에 서서 그 남
자와 의사들을 내려다보고 있다. 내 옆에는 내가 함께 여행하고
있던 의사가 있다. 나는 치앙마이에 도착한 후로 그 의사 부부와
그들의 딸과 함께 살고 있다. 그 다리를 내려다보며 나는 혼잣말
을 한다. 시리, 너는 그의 상처를 보고 있는데도 괜찮아. 너는 네
생각보다 더 거칠고 강인해. 나는 말 없이 나 자신에게 경탄한
다. 몇 초 후 어지럼증이 느껴진다. 그리고 뱃속에서 익숙한 구
토증이 올라온다. 예전에도 있었던 일이다. 그게 닥쳐오는 걸 느
낀다. 내 무릎이 푹 꺾이고, 나는 기절한다.

미국으로 돌아오고 얼마 지나지 않아 나는 심하게 아팠다. 며
칠 내리 누가 머리에 도끼를 찍은 느낌으로 침대에만 누워 있었
다. 나는 똑바로 설 수도 없고 창문의 빛도 견디지 못하면서 토
하고 덜덜 떨기만 했다. 현기증과 구역질은 심했다가도 없어지곤
했는데, 머릿속의 통증은 다양한 형태와 정도로 8개월 동안 남아
있었다. 도서관에 앉아서 통증을 견디고 착실하게 책을 읽으며,
엽기적인 정신병 증후가 생겨버린 나 자신을 탓했다. 보지도 못
하고 읽지도 못하고 생각도 못 하게, 즉, 할 일을 아무것도 못 하
게 벌을 주는 머리를 갖게 된 것이다. 그러나 최악은, 시간이 흐
르면서 점점 더 나 자신이 무서워졌다는 것이다. 아니, 늘 품고

있던 공포를 더 의식하게 되었다고 해야 할까. 내 안에 있는 공포는 이름 붙일 수 없는 어떤 위험이다.

나는 서서히 두통에서 벗어났고 이듬해에는 훨씬 더 열렬하게 공부에 매진했다. 나는 19세기와 20세기 러시아 지성사에 완전히 매료되었다. 너무나 생생하고 너무나 광기에 차 있고 너무나 끔찍하게 슬펐기에, 내 온 존재를 흠뻑 적셨다. 나는 굶주린 사람처럼 계속 책들을 먹었다. 나는 융을 거부했지만 밤마다 프로이트를 위해 꿈을 꾸었다. 거장의 마음에 들 만한 꿈을 만들어내고 싶었다. 스무 살짜리 여자가 죽은 남자와 전이를 겪고 있었다. 시도 더 썼다. 천천히 꼼꼼하게, 소네트를 썼다. 소네트를 정말 많이 썼다.

그러나 두통은 1982년에 재발한다. 사랑에 빠진 후에, 몇 달에 걸친 황홀한 감정이 결국 내가 사랑하는 남자와 결혼하는 아릿한 절정에 다다른 후에, 끔찍한 두통이 덮치게 된다. 두통의 발작은 파리의 신혼여행에서 간질을 동반해 시작되었고, 경악스럽게도 나를 매그 화랑의 벽에 메다꽂았다가 시작할 때와 똑같이 금세 사라졌다. 반 시간 후 남편과 함께 거리를 걷고 있는데 시야가 갑자기 날카롭게 명료해졌다. 모든 건물, 사물, 사람과 색채가 강력한 카메라 렌즈를 통해 다시 초점을 맞춘 것만 같았고, 머릿속에서 이런 말들이 들렸다. "나는 살면서 지금만큼 이렇게 행복해 본 적이 없어." 나는 1년 내내 아팠다. 그 시기가 끝날 무렵에, 나는 마운트 사이나이 종합병원의 신경과 병동에 입원했다. 약물 소라진으로 기능이 정지한 힘없고 축 늘어진 몸뚱어리가 되어, 죄책감에 시달리며 병상에 누워 분주하게 내 병을 분석했다. 내가 행복하다고 상상만 했던 걸까? 내가 결혼하고 싶지 않았던 거라면, 어째서 그토록 결혼하고 싶은 것처럼 보였을까? 나는 나 자신에게는 풀 수 없는 수수께끼였고 갓 결혼한 새신랑에게는 짐이었으며, 거기에 제정신이 아니기까지 했다. 그 후로 나는 나 자신에게 이질적인 존재였다. 기쁨이건 두려움이건 혹은 깊은 슬픔이건, 종류를 막론하고 고조된 감정은 그런 편두통을 유발할 수 있다는 사실을 안다. 평정, 평화, 휴식을 찾아야 하는 덜컹거리고 발작하고 파닥거리는 몸으로서의 나 자신과 타협하고 있다.

뉴욕에서 보낸 첫 주에, 1978년 컬럼비아 대학에서 대학원 과정을 시작하던 주에, 나는 월세로 빌린 비좁은 학생용 아파트에서서 개수대 위에 붙어 있는 작은 거울을 보았다. 내가 바라보는 사람이 나라는 걸 알았지만, 내 거울상에는 낯선 느낌이 있었다. 희열과 찬미의 감정을 수반하는 타자성이 느껴졌다. 불현듯 내가 바라보는 모습이 낯선 타인이 되었다. 나는 바로 며칠 전 부모님 곁을 떠나왔고, 공항에서 작별인사를 하면서 눈가에 뜻밖의 눈물이 맺히는 걸 느꼈다. 지금 생각하면 내가 보았던 거울 속 모습은 나의 느닷없고 파격적인 자치권의 확인이었고, 집과의 절연이 이루어졌고 내가 멀쩡히 살아남았다는 인식이었다.

나는 고독을 기꺼이 받아들였다. 나는 내가 아는 사람들 모두를 떠나왔고, 이 도시에는 아는 사람이 아무도 없었다. 미네소타에 두고 온 남자친구와 모든 연락을 끊은 것도 오래 걸리지 않았다. 나는 그 도시와 나의 유년기를 버릴 때 그도 함께 버렸고, 그 이별은 급작스러웠다. 아직도 그 일을 생각하면 기분이 좋지 않다. 실수였다는 생각 때문이 아니라, 내 마음속 어딘가 겁에 질린 일부는 내가 그에게 돌아가거나 내 미래에 그를 포함하지 않으리라는 걸 이미 알고 있었지만 나 자신에게 진실을 숨기고 있었기 때문이다. 수년 후, 내가 참석한 디너파티의 주최자가 시끌벅적하게 아내를 죽을 때까지 영원히 사랑한다고 선포했다. 이 주일 후, 그 남자는 다른 여자가 생겨서 아내를 떠났다. 나는 그의 선포가 진지했다고 지금도 믿고 있고, 나에게 내가 그렇듯 그 남자에게도 자기 자신이 알다가도 모를 수수께끼일 거라 확신해 마지않는다.

그해 가을, 나는 다른 세계로 걸어 들어갔다. 뉴욕시는 이 지상의 어느 곳보다 훨씬 찬란하고 훨씬 살아 있었다. 내 몸은 도시의 속도, 기백, 유머에 맞춰 콧노래를 불렀다. 나는 도시인의 육감을 획득했다. 거리에서 막연한 위험의 냄새를 맡고 그에 대비해 빳빳이 긴장하는 능력이 생겼다. 걸어 다니느라 구두창이 남아나지 않았고, 걸으면서 나는 도시의 엄청난 흉측함, 신비스러운 폐허가 된 동네들, 돈이 넘쳐나는 아름다운 부촌들, 시장, 군중, 색채를 한껏 만끽했다. 컬럼비아 대학은 뉴욕시 내에 있고 또 뉴욕시에 속한 학교이기에, 나는 그 몇 년간의 뉴욕과 컬럼비아를 따로 떼어 생각하지 못한다. 도시와 대학 모두 새롭고 정신 나간 사물의 리듬, 그 흥분과 발견의 반복적인 비트의 일환이었다. 내가 수학하는 영문과 대학원은 비평이론으로 떠들썩했다. 푸코, 데리다, 알튀세, 라캉, 들뢰즈, 가타리와 크리스테바는 내가 읽기는커녕 들어본 적도 없는 작가들이었다. 내가 입학했을 즈음에는 구조주의는 이미 휩쓸고 갔고, 인문대학원에 상주하는 힙스터들은 탈구조주의에 푹 빠져 있었다.

사상은 우리의 날씨였다. 우리는 사상 속에서 살고 사상이 우리 속에서 살았으며, 이 뜨겁고 강한 사상들은 학생들이 모여 프랑스에서 수입된 사상들을 논쟁하고 설명하고 꼬치꼬치 따지던 철학관과 헝가리안 패스트리 숍에 전복적인 광채를 드리웠다. 자크 데리다의 신간이 영어로 번역되어 출판되었고, 컬럼비아 대학가 서점 가운데 한 곳인 솔터스는 큼직하게 손으로 쓴 안내문을 창문에 붙였다. "데리다의 《그라마톨로지》 입고!" 학생들은 한시라도 빨리 책을 낚아채려고 서점으로 우르르 몰려갔다.

사상은 언제나 사적이기도 하다.

나는 헝가리안 패스트리 숍에 K.와 함께 앉아 페르디낭 드 소쉬르의 《일반언어학 강의Course in General Linguistics》에 대한 이야기를 나누고 있었다. 그것은 K.가 잘 아는 책이고, 나는 그에게 개념과 소리 이미지의 관계를 묻고 있었다. K.는 냅킨에 나무의 이미지를 그려서 내게 답한다. 책에 있던 이미지와 비슷하다. 내가 그 작은 그림을 보자 추상적이었던 것이 현실이 된다. 나는 이해한다. 간단하지만 잊을 수 없는 깨달음이다. 우리는 언어를 통해 본다. 단어는 사물의 경계를 격리하고 규정하고 창조한다. 자의적이며 표류하지만, 언어는 세계를 해부한다.

F.는 코제브[31]의 헤겔 독법 이야기를 해준다. 그는 철학도이며 좋은 교사이고 소중한 친구다. 그는 참을성 있고 논리정연하며 화들짝 놀랄 정도로 능변이다. 체제들이 그의 말들 속에서 나를 위해 형태를 갖춘다. 그는 《정신현상학》의 주인/노예 챕터에 관해 이야기하고 있다. 책으로 읽으면 헤겔은 너무나 어렵지만, 지금 나는 자의식과 이원성, 거울, '나'와 '당신', 얽힘에 대해 생각하고 있다.

그 책은 내 앞의 도서관 책상에 놓여 있다. 좌측의 창문들은 어스름의 초입이기도 한 오후의 마지막 빛을 들이고 있다. 그 책은 로만 야콥슨의 《언어의 두 가지 측면Two Aspects of Language》이다. 나는 실어증에 대해 읽고 있다. 야콥슨은 실어증 환자는 먼저 아이가 마지막으로 배우는 단어, 즉 대명사 같은 언어적 형태 변환소부터 상실한다고 쓰고 있다. 나는 이 발견에 희열을 느낀다. 논문에 쓸 생각이다. 하지만 그보다 나는 인간의 정체성은

---

31) Alexandre Kojéve(1902~1968). 칼 마르크스와 마르틴 하이데거의 시각에서 헤겔을 분석한 철학자.

오로지 언어에서만 주체로서 자기인식을 할 수 있으나 이 '나'는 유약하며 '너'와 함께 사라진다는 사실을 인지한다. 그 생각은 내가 늘 알고 있었으나 표현할 말을 찾지 못했던 오래된 비밀의 구체적 형상으로서 내 안에서 메아리친다.

나는 어떤 사상을 취하고 다른 사상을 버린다. 그건 무조건 공명의 문제다. 과거의 읽기로 얻은 옛 생각들은 새로운 형태로 돌아올 테고, 나는 우리 사이에서 벌어지는 현상을 표현하는 모든 사상과 사랑에 빠질 것이다. 손길과 감정의 침묵들을 탐구하는 마르틴 부버의 《인간과 인간 사이에서》와 사랑에 빠질 것이며, 요란스럽게 복수複數의 춤을 추는 소설을 분석하는 미하일 바흐친의 《변증법적 상상력》과 사랑에 빠질 것이며, 심지어 제멋대로에 골치 아픈 자크 라캉의 일부와도, 난해하고 사람 속을 터지게 하지만 어떤 대목에서는 불꽃 같은 계시를 선사해 주기에 사랑에 빠질 것이다. D. W. 위니코트에서는 자아와 타자의 이야기, 상처와 여백의 이야기를, 우리가 잊은 유아기의 밀고 당기기가 어떻게 우리 모습을 형성하는가를 알게 될 것이다. 그리고 수년이 흐른 후에는 그 통찰을 내 소설 《내가 사랑했던 것》의 등장인물 바이올렛의 입을 빌려 말하게 할 것이다. "데카르트는 틀렸어요." 바이올렛은 말한다. "'나는 생각한다. 고로 존재한다'가 아니에요. '당신이 있으므로 내가 있다'지요."

나는 뉴욕에서 가난했고, 읽고 쓰거나 그저 아파트에 뜬눈으로 누워 있을 때면 얄팍한 벽을 뚫고 들려오는 이웃들의 소리에 귀를 기울였다. 그들은 요리할 때 냄비와 프라이팬을 덜거거렸고, 서로 말다툼을 했으며, 시끄럽게 사랑을 했다. 경찰 사이렌 소리, 덜컹거리는 청소 트럭, 복도의 발소리에 소스라치게 놀라 귀를 쫑긋 세우고 다음 소리를 경계해야 했다. 우리 건물 엘리베이터에서 한 젊은 여자가 강간을 당했다. 강도와 무차별 습격, 살인의 이야기들이 들려왔다. 어느 날 밤 집으로 가는데, 평범하게 생긴 사람이 길거리에서 나를 세웠다. 시간을 묻는 사람인 줄 알았는데, 그는 내가 미처 피해 도망치기도 전에 소름 끼치는 표정으로 내게 달려들어 음탕한 말들을 퍼붓기 시작했다. 그 시절에는 남자들이 내 뒤를 집요하게 따라다녔고, 감정적으로 습격당하는 느낌에 시달릴 때도 많았다. 그들은 너무 굶주리고, 너무 열성적이었으며, 내가 돌려줄 수 없는 욕망이 너무 넘쳐서, 하루 저녁 데이트를 하고 나면 나는 그 완강하고 끝없는 압박에 완전히 녹초가 되곤 했다. 그러면 혼자 있다는 게 안심이 되었다. 내 책들을, 내 타자기를, 내 침대를 보면 마음이 놓였다. 그러나 때로는 밤늦게까지 춤을 추었고, 마음이 내키는 대로 이따금 열정을 추구하기도 했다. 내 공격성이 기분 좋았다. 그러나 나는 K.를 원했다. 아마 그가 뜬금없이 강렬하게 나를 원했기 때문이고, 그가 내 손에 잡히지 않았기 때문일 것이다. 나는 도착적인 욕망의 반복적 기제에 빠져 붙들리고 말았다. 정규적인 행복과 통증, 그리고 예측 가능한 막간, 사랑에 빠진 백치의 순환고리—그리고 결국은, 몇 달간 움직이다가 기계는 멈추고 만다. 더는 그러고 싶지 않았다.

1981년 2월 23일. 나는 J.와 함께 낭독회에서 나오다가 92번가 Y의 로비에서 잠시 발을 멈추고 방금 들은 시에 대해 이야기를 나눈다. 내가 서 있는 곳에서 문 앞에 있는 아름다운 남자가 눈에 들어온다. 늘씬한 얼굴, 커다란 눈, 작고 섬세한 입을 지닌 남자다. 머리카락은 검은색에 가까웠고 피부는 연한 갈색이다. 그는 작은 시가를 피우고 있었고, 가죽 재킷과 청바지를 걸친 몸을 수그려 담배를 입에 갖다 댄다. 발이 매우 크다는 사실이 눈에 들어오는데, 그것도 마음에 든다. 몇 초 동안, 머리에서부터 발끝까지 찬찬히 살펴보고 나니 정신이 멍해질 정도로 마음이 끌린다. 내가 입을 헤벌리고 쳐다보는 걸 J.가 눈치채고 자기가 아는 사람이라고 말했는지, 아니면 내가 먼저 저 사람이 누군지 아느냐고 물었는지, 그건 기억나지 않는다. "저 사람은 폴 오스터야." 그가 말한다. "시인." 서로 인사를 나눈 우리는 셋이서 택시를 타고 다운타운으로 향한다. 뒷좌석에서 폴이 방금 캘리포니아에서 방문했던 시인 조지 오펜에 대해 내게 말한다. 나는 그의 목소리가 좋다. 그 온기가, 다정함이 좋다. '조지'에 대해 말할 때도 그 느낌들이 들린다. 그때는 그런 생각이 들지 않았는데 지금은 뭔가 친숙한 소리를 들었던 건 아닐까, 궁금해진다. 생전에 아버지가 그런 목소리를 갖고 있었다. 그때는 아버지도 살아 계셨다. 아버지는 사랑하는 사람에 대해 이야기할 때 억양이 달라졌다. 택시에서 나는 이미 사랑에 빠졌다. 넋을 놓고, 매혹되어, 얼이 빠져 있었지만 숨기려 애썼다. 내 옆의 그 남자는 감정을 숨기지 않았다. 그늘지고 사려 깊은 눈에서 다 읽을 수 있었다. 나는 단서를 놓치지 않는다. 파티에서 나는 그하고만 이야기를 나눈다. 우리는 먹는다. 우리는 이야기를 나눈다. 우리는 거리를 걷고 이야기를 나눈다. 우리는 바에 앉아 이야기를 나눈다. 아름다운 눈에 초점이 잡힌다. 그는 나를 본다, 나를 듣는다. 그가 나를 좋아한다는 걸 알 수 있다.

이른 새벽이고 우리는 웨스트 브로드웨이의 길거리에 함께 서 있다. 아주 가까이 붙어 서서, 그의 얼굴을 들여다보고 있지만 지금, 몇 시간에 걸친 이야기 끝에, 나는 할 말이 없어졌다. 늦었다. 저녁은 끝났고, 나는 집에 가서 그를 생각할 것이다. 그때 그가 내게 키스한다, 그리고 그것은 세계 최고의 키스다. 택시가 정차하고 우리는 함께 탄다.

그리고 얼마 후, 나는 그의 시를, 에세이를, 그리고 마침내《고독의 발명The Invention of Solitude》의 앞부분 절반인 "투명인간의 초상"을 읽었다. 그때쯤은 내 안에 많은 책들이 있었다. 그러나 이 책들의 독창성에는 놀라서 정신이 번쩍 들었다. 나는 그의 글을 읽기 전에 그 남자를 만났지만, 그의 작품을 내가 그토록 좋아하지 않았거나 그가 내 글을 진심으로 사랑하지 않았더라면, 상황이 많이 달라졌을 것이다. 우리의 작업은 23년간 우리 연애와 결혼의 내밀한 부분이었지만, 내가 읽었던 것은 그때도 그랬고 지금도 역시 그와 함께 있을 때 내가 '아는' 것과 같지 않다. 그의 작품은 그 안의 내가 알 수 없는 장소에서 나온다.

***

"막히면 나는 초현실주의자들처럼 자동기술법을 쓴다네. 한번 해 봐." S.교수는 내게 말했다. S.는 컬럼비아 대학에서 내가 사사한 교수고 내가 존경하는 시인이었다. 나는 막혔다. 2년 전 뉴욕에 온 이후로 시를 많이 썼지만, 대부분은 독창성 없는 파생물이거나 그냥 약해서 폐기했다. 마침내 나는 내 마음에 드는 시를 써서 〈파리 리뷰〉에 투고했는데, 덜컥 수락되어 출간되는 바람에 정말 놀랐다. 그러나 내가 S.와 상담했을 무렵에는, 냉혹한 압력이 짓누르듯 작업이 자의식으로 경직되기 시작하던 참이다. 나는 내가 쓰는 말들이 너무 싫었다. 그날 밤 나는 S.의 조언을 받아들여 109번가의 내 아파트 파란 타자기 앞에 앉아서 잊어버린 것을 기억해내듯 자유롭게 글을 쓰기 시작했다. 아버지가 역사 학회에 딸들을 데려갔을 때 준 노란 종이를 기억했다. 아버지가 책상에 앉아 공부하는 동안 우리는 마룻바닥에서 그림을 그렸다. 가족의 이야기들이 내게 돌아왔다. 내가 떠나온 삶의 조각들이 떠올랐다. 나는 패턴과 반복을 찾아냈다. 내가 창안할 수 없던 형태가 부상했다. 무언가가 내 안에서 부서졌고, 어느새 나는 신들린 사람처럼 글을 쓰고 있었다. 잠이 들었을 때는, 쏟아붓듯 서른 장을 쓰고 난 후였다. 석 달에 걸쳐 그 서른 장을 편집하고 또 편집해서 한 편의 산문시로 만들었다. 이제까지 내가 한 최고의 작업이었다.

그 후로 나는 다시는 시행으로 글을 쓰지 않았다. 모두 산문이어야 했고, 최고의 산문은 언제나 홍수처럼 밀어닥쳤다. 글을 써야 하는 욕구는 어디서 오는가? 무엇일까? 그것은 선택이 아니라 욕구다. 그것은 방기이고 포기다. 신경계에 관한 책에서 하이퍼그라피아hypergraphia[32]에 대한 글을 읽은 적이 있다. 매일매일 몇 시간 동안 끝도 없이 글을 써야 하는 강박적 욕구는 가끔 간질의 증후로 나타나기도 하며, 뇌 좌측두엽의 병리 현상과 관련이 있다. 후광. 발작. 글쓰기. 도스토옙스키도 하이퍼그라피아가 있었다. 테레사 성녀도 그랬을 것이다. 남편은 "글쓰기는 병"이라는 말을 자주 했다. 그러나 간질이 없어도 하루에 몇 시간씩 글을 쓰고자 하는 욕구에 시달리는 사람들이 많다. 글을 쓰려는 나의 욕구가 내 신경학적 민감성과 연관되어 있을 가능성이 있나? 그럴 수도 있다. 그러나 내가 '무엇'을 쓰는가와는 관련이 없다. 내용은 신경학자들이 거의 논하지 않는다.

나 역시 글쓰기가 두렵다. 글을 쓸 때면 언제나 형용할 수 없는 것, 위험한 것, 벽이 버텨내지 못하는 곳으로 움직이기 때문이다.

---

32) 끝없이 글을 쓰지 않으면 견디지 못하는 정신병. 글쓰기 중독증.

그곳에 무엇이 있는지 나는 모른다. 그러나 그쪽으로 이끌려 간다. 상처받은 자아는 글 쓰는 자아일까? 글 쓰는 자아가 상처받은 자아에 대한 해답일까? 아마 그쪽이 더 정확할 것이다. 상처는 정적인 상수다. 글 쓰는 자아는 복수이고 탄성이 있으며, 상처를 맴돈다. 시간이 흐르면서 나는 말을 잃은 그 상처 입은 핵심을 덮어서 가리려 하면 안 된다는 것을 점점 더 절감하게 되었다. 그곳에 함께 존재하는 지저분한 혼돈과 폭력에 대한 내 공포와 맞서 싸워야 한다는 걸 알았다. 나는 그 두려움을 글로 써야 한다. 글 쓰는 자아는 잠시도 가만히 있지 못하고 탐색하며 목소리들에 귀를 기울인다. 그 목소리들은 어디서 오는가, 잠들기 전에 시끄럽게 떠들어대는 이 수다스러운 존재들은 어디서 오는가? 내 캐릭터들. 내가 그들을 만들지만 나는 그들을 만들지 않는다. 마치 내 꿈속에 나오는 사람들처럼 말이다. 그들은 토론하고 싸우고 웃고 소리를 지르고 흐느껴 운다. 예수님이 귀신들린 남자에게 행한 구마 의식 이야기를 처음 들었을 때 나는 아주 어렸다. 예수님이 그 남자 안의 악마에게 말을 걸고 이름을 물었을 때, 처음 그가 외친 말들은 나를 두렵게 하고 또 흥분하게 만들었다. 악마는 말했다. "나는 무수한 병사들을 거느린 군대이다." 그것은 나의 이름이기도 하다.

2004

옮긴이의 말

시리 허스트베트와 맺은 인연이 어느덧 다섯 권째다. 소설을 《내가 사랑했던 것》,《불타는 세계》,《당신을 믿고 추락하던 밤》까지 세 권 옮겼고, 에세이를 《여자를 바라보는 남자를 바라보는 한 여자》에 이어 이 책 《에로스를 위한 청원》까지 두 권 옮겼다. 그리고 이제 다섯 번째로 옮긴이의 말을 쓴다. 한 권의 책이 대략 이삼백 쪽 안팎이었으니 적게 잡아도 천 쪽 이상 나는 그이를 옮겼다. 옮긴이의 말이 대략 열 쪽 분량이었으니 적어도 사십 쪽 이상 그이에 대한 글을 썼다. 어떤 면에서 허스트베트의 글은 내게 오래 알아 온 지인의 얼굴처럼 친숙하다. 글체와 주제 모두 낯익은 눈가에 지는 주름처럼, 낯익은 손의 온기처럼 내게 '익다'. 하지만 이 낯익음은 여전히 어떤 평화도 가져다주지 않는다. 사실은 잘 알고 있다, 한 단어 한 문장 한 단락 한 챕터, 미지의 모퉁이를 돌 때마다 나는 새삼 매혹당해 '낯익음'의 환상을 버리게 되리라는 것을.

적어도 내게 이것은 러브스토리, 상사병과 짝사랑의 이야기다. 처음에 《내가 사랑했던 것》을 번역할 때부터 나는 '그 어떤 작가와도 닮지 않은' 시리 허스트베트와 어지러운 사랑에 빠졌다. 수많은 훌륭한 작가들이 나를 스쳐 갔으나 허스트베트는 그저 특별하다. 지적이고 사변적인 동시에 열정적이고 에로틱한 허스트베트의 텍스트는 내게, 롤랑 바르트가 《사랑의 단상》에서 사랑의 대상이 갖는 본질로 든 장소성의 부재, 즉 '아토포스atopos'의 매혹을 발한다. 허스트베트의 소설과 비평과 에세이가 '내게' 어떤 의미인지 설명하기 위해서는 사랑의 대상을 설명하는 바르트의 말을 빌려올 수밖에 없다. "내가 사랑하고, 또 나를 매혹하는 그 사람은 아토포스이다. 나는 그를 분류할 수 없다. 왜냐면 그는 내 욕망의 특이함에 기적적으로 부응하러 온 유일한, 독특한 이미지이기 때문이다"라고. 그러니 내가 허스트베트에 품는 애정은 아마도 허스트베트보다 나에 관한 이야기를 더 많이 해줄지 모르겠다. 내가 독자로서 역자로서 허스트베트의 텍스트, 아니 허스트베트/텍스트와 맺어온 관계는 분명히 에로틱한 구석이 있고 그에 수반된 절망과 쾌감 또한 그러했다. 이상하게 들릴지 모르겠지만 내가 시리 허스트베트를 사랑하는 이유는, 역으로 정확히 내가 그이의 글에서 느끼는 그런 방식의 사랑을 이해하고 추구하고 집요하게 파헤치는 작가이기 때문이다.

《에로스를 위한 청원》에서 시리 허스트베트는 사랑하는 사람을 다른 모든 사람과 구분되는, 그러나 이유를 설명할 수 없는, 어떤 '마술적'인 매혹을 두른 존재로 만드는 건 "철저히 비이성적이고, 적어도 부분적으로는 상상의 소산인, 마법에 걸린 공간"이라고 주장한다. 에로틱한 "매혹이 사라지지 않는 건, 여전히 닿을 수 없는 면이, 낯설고 나를 밀어내는 무언가가 있기 때문"이라고 말한다. 이러한 에로틱한 매혹은 시리 허스트베트가 텍스트와 관계를 맺을 때도 똑같이 작용한다. 《위대한 개츠비》를 읽을 때, 시리 허스트베트는 스콧 피츠제럴드의 밀도 높은 '형용사'가 상투적 인물들이 거하는 평범한 세계를 요정의 숲으로 바꾸는 '마술' 같은 '매혹'에 사로잡힌다. 닉 캐러웨이의 서술이 직접 목격하지 못한 개츠비의 죽음을 우리에게 그려줄 때, 닉이 자기 경험을 뛰어넘어 한 존재의 심장을 들여다볼 때, 우리가 우리의 경험의 한계를 뛰어넘어 현실보다 선명한 그 상상에 함께하게 되는 텍스트의 마법에 매료된다. '모호성과 신비'가 가득한 곳, 해석에 저항하는 이 지점, 아무리 손을 뻗어도 닿을 수 없고 항상 울타리 너머에 존재하는 아토포스가 사랑의 지속에 꼭 필요한 부재를 형성하고 에로틱한 욕망을 창출한다. 천지창조의 순간 이미 존재하고 있었다는 생명 원리 '에로스Eros'는 그리스어로 부재와 결핍을 의미한다. 대상에 내재하는 아토포스가 세밀하고 강력할수록, 욕망은 결핍을 채우는데 그치지 않고 흘러넘쳐 여분의 의미를 창출한다. 대상을 향하는 사랑이 아무것도 없을 수 있는 그 자리에 여분의 의미를 채운다. 열정의 부산물이 잉여의 층위를 축적해 의미의 심도를 확보한다. 《위대한 개츠비》에서, 허스트베트는 상투성의 화신처럼 보이던 머틀이 티슈페이퍼에 싸서 서랍 속에 넣어둔 개목걸이에서 심오한 슬픔을 읽는다. 이 대목은, 허스트베트가 피츠제럴드에게 바치는 러브레터의 정점이고 피츠제럴드의 텍스트가 사랑하는 자에게 돌려주는 시혜다. 훌륭한 텍스트가 사랑으로 읽는 자에게 주는 보람, "상상계의 결정적인 승화, 그 승리"다. 비로소 바르트의 표현대로 "욕망이 엿보게 했던 가능성을 초월하는 지복", 오로지 깊이 읽기로만 도달할 수 있는 기쁨의 경지다.

《에로스를 위한 청원》에 실린 글들은 텍스트와 주체 사이에서 작용하는 이러한 에로틱한 긴장이 문학과 예술, 나아가 인간성의 심도深到를 어느 경지까지 확보할 수 있는가를 보여주는 실험이다. 읽어내야 할 텍스트가 자기 자신의 의식이든 혹은 위대한 소설이든, 인간성의 심도는 구체적이고 개별적이며 다층적이고 풍요로운 언어와 서사로만 확보된다. 길거리의 노숙자라도, 대도시에서 스치는 타인도, 어머니와 분리불안을 겪는 어린아이도 충분한 애정을 가진 독해자 앞에서 "자기만의 이야기"와 "대단하고 풍요로운 내면"을 드러낸다. 특히 허스트베트는 스콧 피츠제럴드를, 찰스 디킨스를, 헨리 제임스를 경탄스러우리만큼 깊숙하게 읽는다. 오로지 사랑에 빠진 의식만이 대상을 강박에 가깝게 좁고 깊게 굴착한다. 언어로 표현된 표면이 언어가 표현하지 않고 에두르는 저변을 끝없이 암시한다. 자전적 에세이와 비평이 《에로스를 위한 청원》이라는 하나의 제목으로 아울러지고, 신비로운 텍스트의 매혹이 신비로운 인간의 매혹으로 호환된다.

우리가 사는 세계는 점점 더 좁고 깊은 천착이 아니라 얇고 넓은 포섭을 선호하며, 깊이 비좁게 파 들어가는 탐닉이 아니라 폭넓고 얕게 훑는 광역의 탐욕을 추구하는 듯하다. 모든 층위의 사랑이 얄팍하고 창백해 보이고, 그 원인인지 결과인지는 모르겠으나 우리도 자꾸 납작하고 밋밋해진다. 그러나 시리 허스트베트는 굴하지 않고 싸운다. 바라보는 모든 것, 그녀 자신, 그녀가 사랑하는 작가들, 그녀의 가족, 그녀가 사랑하는 사람들을 특별한 광휘의 아우라로 휘감으며, 죽은 상투성의 언어를 유통하는 세계와 늘 맞서왔던 소수의 오래고 영예로운 싸움의 선봉에 서서. '에로스'의 이름을 걸고.

2020년 4월
김선형

에로스를 위한 청원

첫판 1쇄 펴낸날 2020년 4월 22일

지은이 | 시리 허스트베트
옮긴이 | 김선형
펴낸이 | 박남희
펴낸곳 | (주)뮤진트리

출판등록 | 2007년 11월 28일 제2015-000059호
주소 | 서울시 마포구 토정로 135 (상수동) M빌딩
전화 | (02)2676-7117 팩스 | (02)2676-5261
전자우편 | geist6@hanmail.net
홈페이지 | www.mujintree.com

ⓒ 뮤진트리, 2020

ISBN 979-11-6111-052-3 03840